施定柔——著

迷神记

浙江出版联合集团
浙江文艺出版社

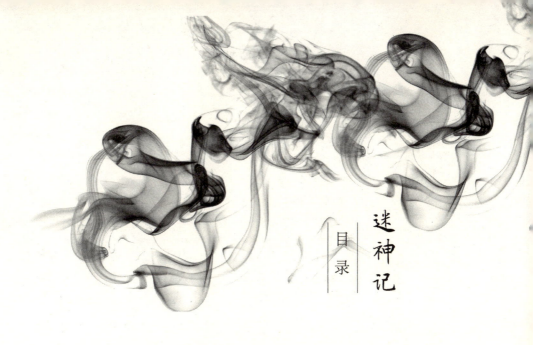

迷神记

目录

目录

第一章

寒冬夜行

马车驶入狭窄弯曲的山道时，裹在皮袄之内的男孩子还没有完全醒来，却已在梦中听见了簌簌的雪声。他若醒得更早一些，也许可以发现黎明之前的雪是淡紫色的。天空净如深海，地上的一切都成了海的倒影。凌晨的空气寒彻肺腑，马车辚辚，在僵硬的耳膜中变得陌生而遥远。如若此时撩开车帘，他会看见道路的两旁几乎全是十丈来高的赤松与冷杉，纯白的枝丫舒展交错，无拘无束地指向苍穹，犹如盛夏中的道道闪电。在森冷的月光下晶莹闪烁的，是水青树与连香树上残留的叶子。上面也许记录着这一年春风初度时第一抹阳光出现的情景，或是蝴蝶飞落掉下了花粉，猕猴跳过划伤了叶脉，以及秋水上涨、山花凋零之类的消息。即便是积雪初晴天气，马车驶过的轻微震荡也会惹来一团缤纷乱雪。山峦黝黑如墨，巨兽般潜伏在树林之后。空山中回响着赶车人轻快的鞭声。

半梦半醒之间，马车忽然轻轻一跳，接着缓缓地停了下来，歪向一边。他听到沉睡中的母亲惊醒过来，尖叫了一声："家贵！出了什么事？"

"奶奶的！这路上几时又多了一个水坑？孩儿他娘，我下去弄弄就好。"母亲的惊呼顿时被父亲粗大沉闷、嗡嗡作响的嗓音淹没了。

刘家贵脱下羊袍，挽起裤腿，毫不犹豫地跳进了水坑。只听得"咔嚓"一响，水面的薄冰破了个大洞，那水坑比他想象的要深出两倍，顿时半截身子都浸在冰水中。他双手扳住车轮，咬牙往上一顶。马车动了一动，又落回原处。他连扳数次，都无法将车轮抬到坑外，一怒之下不由得冲着车厢一阵大吼：

"都给我滚下来！奶奶的！车都快翻了你们还坐在上头！"

车里人立时惊慌地扶着车沿，抖抖索索地跳下来。先下来的妇人英娘是个瘦削标致的女人，车外的空气比车内寒冷十倍，她只好先用围巾捂住耳朵，再将车上一个七八岁的小男孩接下来。那男孩倒伶俐，只轻轻地扶了扶母亲的手臂，自己一跳，跳

到了雪中。

"接着!"

男孩眼光一错,手中已多了两件父亲的上衣。坑中的人上身赤裸,下身湿透,黄里透红的肌肤在冰冷的冬夜冒着热气。他看见父亲的双眉已凝上了一层薄霜,粗壮的腿蹬住坑沿,手臂青筋暴露,猛一使力,肩头的肌肉山峦般拱起。他几乎将整个后车厢都抬了起来,那车子却停留在原地一动也不动。

"骏儿,拿着我的鞭子,去打一下马。"他在水中高叫。

"爹,我……我不会。"男孩子瑟瑟缩缩地答道。

"蠢蛋,你二伯没教你?"

"没有。"男孩子一脸内疚地看着父亲。

"那我们今天只怕就要冻死在这里了!"刘家贵不怀好气地哼了一声,继续用力推车。

男孩子咬着嘴唇想了一想,忽然将皮袍一脱,扑通一声跳进水里,道:"爹爹,我来帮你!"

"骏儿上来!"英娘抢到坑边,一把拉住男孩子的手,使劲地将他往上拽。刘家贵却一掌推开她的手,粗声粗气地道:"这是爷儿们的事,女人站一边去。骏儿,好样的! 你来顶住车轮。奶奶的,冻死我啦,咱们先喝一口苞谷酒再说。"

他从坑边的衣物里翻出一个葫芦递给儿子。男孩子仰头灌下一大口,土产的苞谷酒酒性浓烈,呛得他涕泪交流。他却不肯示弱,不等眼泪流出来,又强自灌下一大口。

"现在还冷吗?"刘家贵问道。

"……不冷冷冷冷冷冷……"男孩子本想说不冷,可惜实在太冷,牙齿冻得咯咯直响,一连说出了十几个"冷"字。若不是下半身已完全麻木,他整个人几乎就要直挺挺地倒下去了。

"也许你喝得太少了,要不要再来一口?"刘家贵神情粗犷,有些不满意地看着这个冻得一脸青白、嘴唇发紫的男孩。他原本想说:"我在你这个岁数的时候早已经……"又觉得现在不是教训人的时候。便将厚大的手掌往男孩的肩头一按,仿佛要将发抖止住,道:"还冷吗?"

"爹爹不冷,我也不冷!"男孩子大声道,生怕自己不信,又加了一句,"真的一点也不冷!"

"这才是我刘家贵的儿子! 以后无论遇到什么难事,你只要想起这一夜,便没有过不去的时候。用手顶住这里!"

"爹爹,我……我的手发麻……"男孩子的话音里已有些哭腔了。

"手发麻就用肩膀来顶。"父亲无情的声音再次响起。

两人一起用力,刘家贵在空中甩了一记响鞭,两匹雄骏的黑马往前一探,车轮终于离开了水坑。两人迅速从冰水中爬出来披上衣裳，又各喝了一大口酒，刘家贵抓起一团雪在儿子的双手上用力地揉搓着，问道："现在好些了吗？"

"痛！"男孩子皱着眉头答道，感到腹中燃起了一团烈火。

"痛就是有感觉，上车去吧。"

"爹爹，我什么时候才会像你那样不怕冷？"

"小子，这是你头一次哪。再多干几回就好啦。"刘家贵摸了摸儿子的脑袋，"上车去吧，我们这就到家了。"

雪地上的阳光十分刺眼，男孩子踩着雪，跟着仙儿来到一个陌生的院子。仙儿穿着件绣着水仙花的新棉袄，胸前一个小小的围兜，已被涎水湿透。她一点也不好看，眼睛极小，笑的时候就眯成一条缝。母亲常说，仙儿出生时老天爷正巧打了一个盹，所以她的脑子不管用，长得也不像刘家任何一个人。单从五官上仔细琢磨也找不出一点与自己相似的地方。她的脸蛋红扑扑的，两颗虎牙凸出来，随时随地流露出婴儿般稚嫩无知的样子。

"记住，你是我姐姐，我是你弟弟。"一路上他不停地向她重复，"弟弟，弟弟，弟弟……"

"哥哥。"仙儿不为所动，固执地叫他哥哥。

"你比我大四岁。"

"哥哥。"

"你为什么叫我哥哥？"

"哥哥。"

"好吧。"男孩子叹了一口气，掏出手绢，替她擦了擦鼻涕。临走时英娘给他带了一大叠柔软的手绢，在路上就已用掉了三条。仙儿不会控制自己身上流出的液体，她经常尿床、尿裤子。她在哪里都会做出令刘家丢脸的事情来。

父亲告诉他，仙儿喜欢热闹，喜欢人多，喜欢和一群小孩子们疯闹。

"你跟着你姐姐玩儿，只要不让她走丢就行。"

仙儿的眼光怯生生的，她不肯拉男孩子的手，出了门就拔腿飞跑。男孩子追上去，从怀里掏出一颗糖塞进她的口里。

仙儿终于停下来，叫了他一声"哥哥"。男孩趁机拉住了她的手又不敢抓得很紧。她不情愿地拉着他往前走了几炷香的工夫，停在一个有着碧油屏门的院子门口。

门内传来孩子们的嬉戏之声。

男孩子迟疑片刻，推开院门，顿时无数的雪球向他飞来。仙儿尖叫着奔了进去，他看见一群孩子一面向她扔雪球，一面追着她大喊："傻大来喽！傻大来喽！"

其中一个男孩子喝道："傻大别动！"

仙儿立即站住，立时又有无数的雪球向她打去。她乐得咯咯直笑，过了一会儿，见雪球越来越密，又哇哇地大哭了起来。

"傻大，我们把你堆成雪人，好不好？"另一个男孩子道，"你不是一直想玩雪人吗？这回我们堆个大的——"话音未落，一个黑影直冲过来，对着男孩子的脸就是一拳，打得他眼冒金星，接着一张愤怒的脸向他恶狠狠地喊道："别欺负我姐姐！"

被打的男孩高他一头，中了一拳，身子只是晃了一晃，一怒之下冷不防抓住他的领子，将他踹倒在地，一条腿半跪在他的背上，道："你是傻大的弟弟？"

"是！"男孩子的手被拧着，痛得钻心，却拼命咬牙忍住。

"那你就是傻二！"

"我不是傻二，我叫刘骏。"

"傻大的弟弟就是傻二！"

"傻二！傻二！傻二！"一群孩子拍着手围着他叫起来，刘骏怒气冲天地翻了个身，朝着那个欺负他的人猛扑过去。

"打架喽！打架喽！大家快上呀！"男孩子们一拥而上，顿时叠成一个人堆，将刘骏夹在当中，大家互相扭打起来。他感到有人拧他的耳朵，有人踢他的腿，他也拧别人的耳朵，也踢别人的腿，十来个男孩子压在一处，二十条腿踢着雪花乱飞。他瞅空将身边一个人的裤子撕了个大洞，又一拳打在另一个人的腰上，有一半的人嗷嗷乱叫。正闹得翻天覆地，只听得有人叫道："快撤！有人来啦！"顿时，七八个小孩从人堆里跳起来，跑得无影无踪。刘骏身子一轻，低头一看，只有一个小个子的男孩被他压在身下，正使劲地拽着他的衣裳。他余怒未消，对准男孩的鼻子"砰"地就是一拳。鲜红的鼻血立时狂涌而出。那男孩怒道："你干吗打我的鼻子？"说罢，一口咬住他的胳膊。

刘骏回手一拳，正捶在男孩子的脸上，这一回，他有些心虚，不敢用力，可那男孩子一张白皙的脸上却出现了一块乌紫。刘骏扭住男孩子的颈子，骑在他身上，道："说！下次还敢不敢欺负我姐姐了？"

"我没欺负过你姐姐！"

"抵赖是不是？"刘骏使劲拧他的手，男孩子痛得眼泪在眼眶里打转，却也不肯示弱，道："我没抵赖！"

"刚刚是不是你向我姐姐扔雪球？"

"什么雪球？我刚出来。"

"你刚出来怎么会被我压在地上？"

"我也不知道。我看见有人打架就过来了。"

"你过来干什么？你凑什么热闹？"

"我不知道你们在干什么，我只是喜欢打架而已。"男孩子道。

刘骏一听，哭笑不得，连忙放开他："那我刚才岂不是白揍了你一顿？"

男孩还在不停地流着鼻血，便从怀里掏出手绢将鼻子捂住。

"你的眼睛也肿了。"刘骏道。

"过几天就会好的。"男孩子道。

"对不起,你若早些告诉我,我也不会打你的。"

"不要紧。我不是也把你的手咬破了?下次若还有架打,记得叫上我。"

那男孩子虽又瘦又小,却是肤色白皙,模样清秀,全身都裹在一件白色的狐袍子里。

"我是新来的。"刘骏道。

"哦。"

"我叫刘骏。"

"我叫慕容子忻。"

"你的名字为什么那么长?"

"不知道,你就叫我子忻好了。你从哪里来?"

"我……我从乡下来,是乡下人。"

子忻觉得这句话很奇怪,道:"这里就是乡下。"

"我是说,我是山里人。"刘骏更正了一下。

"我也是山里人,这里的山很多的。"子忻接着又问,"你明天去不去家塾?"

"爹爹说要我去,不如咱们一起去吧。"

"好啊。"子忻点点头,停顿片刻,忽然问道,"你识字吗?"

"不识。"

"我也不识。"子忻开始咬指甲。

刘骏问道:"你为什么还咬指甲?"

"我天生就喜欢咬。"

"起来吧,别老坐在雪地里。"刘骏道。

子忻双手在雪地里一阵乱摸,摸出一对拐杖,慢吞吞地爬了起来。

"你的腿怎么了?"

"我走路不是很方便。"好像曾有一千个人问过同样的问题,子忻的脸上露出了不耐烦的神态。

"我来扶你一下吧?"

"不用。"

"下回若有人敢欺负你,只管来找我,我帮你打架。"看着子忻一脸青紫,堵在鼻上的手绢又是一团殷红,走起路来更是瘸得厉害,刘骏颇感内疚。

"没人欺负我,"慕容子忻道,"我很少出门。"

"那我去找我姐姐了。"

"再见。"子忻道。

第二章 潜龙斋岁月

学堂就设在西廊不远处的"潜龙斋"中。迎面一排朱红亮漆的隔扇门,长窗上镂着十字葵花的图案,框格间嵌着磨光的贝壳,被一缕冬阳照得闪闪发亮。从廊上空窗望去,中庭上疏疏朗朗几株挂雪的梧桐在寒风中挺立着,远处是曲曲一湾湖水。这去处刘骏当然不曾来过,子忻看上去也不甚熟悉。

走入空空落落的一个斋堂,两人找了张桌子坐下来。刘骏从布袋里掏出笔墨,齐齐整整地摆在桌上。子忻静悄悄地坐在一旁,桌前一无所有。几个男孩子在中庭嬉闹,听得一位长袍老翁缓缓地从院门口走来,咳嗽了一声,便一窝蜂地拥进堂内,各自找着自己的位子坐了下来。

黎先生踱入斋内,笔直地坐在一把太师椅上,捋了捋山羊胡须,闭目养神,待得人声安静下来方缓缓睁开眼,道:"人都来齐了吗?"

"齐了。"一个男孩答道。

"第一堂课,不忙识字,先讲规矩。大凡入学读书,先学修身,次学治心。先要懂得事亲接物,然后方可穷理尽性。这一点,你们可明白?"

座上一群孩子齐道:"明白!"

黎先生点点头,接着道:"为人先要身体端整。衣服鞋袜,要时时收拾干净。男子有三紧:已冠要戴头巾,未冠要总髻——不能披头散发,这是头紧;腰带要扎好,不得松散,这是腰紧;鞋袜要系牢,不得拖沓,这是脚紧。总之,衣冠不得宽慢。宽慢则身体放肆不端严,不端严则易为人所轻贱。"

这一番话说罢,座下顿时一阵哄乱,扎头发的、系鞋袜的、扯腰带的皆而有之。

黎先生面无表情地扫了一眼面前东倒西歪、手忙脚乱的众人,清了清嗓子,又道:"为人子弟,说话常要低声下气,语言详缓,不可高言喧哗,浮言戏笑。父兄长上有所教导,当垂首聆听,不可妄自议论。长上有过,不可径自分解,姑且隐嘿,事后徐徐细禀。朋友之间亦当如此。"

刘骏悄悄地问道:"什么叫'隐嘿'?"

子忻道:"就是闭口不说。"

"凡行步,须得端正,要笼袖徐行,不可以疾走跳踉。若是父母长上召唤,则应疾走而前,不可舒缓。相揖,必折腰;对父亲、长上、朋友必自称名;称呼长上不可以字;有宾客不敢坐于正厅,升降不敢由东阶,上下马不敢当厅,凡事不敢自拟于其父。

"……伺长者侧,必正言拱手,据实以对,言不可妄。事长者出行,必居路之右,住必居左。饮食,必轻嚼缓咽,不可闻饮食之声。开门揭帘,要徐徐轻手,不可有震响。凡如厕,必去上衣;下厕,必浣手。夜行,必以灯烛,无烛则止。夜卧必用枕,勿以寝衣覆首……"

无穷无尽的规矩喷泉般没完没了地从黎先生的口中涌出来,众学生耐着性子听了大半个时辰,已沉闷得昏昏欲睡,忽听黎先生道:"这些规矩还只是个开头,我已给每人印了一本小册子,等会儿学散了,每人家去都要用心温习,把我今天讲的规矩背下来。明天我一条一条地问,答不出的,嘿嘿!"众人心中一惊,正惶恐间,桌上的戒尺响了两下,梆梆有声,都吓得一头冷汗,方知学长们给这位黎先生起的"长脸夜叉"的外号当真不虚。

"现在我们来学作揖。赵清顺,你上来一下。"黎先生站起来,走到堂前,当着众人,认认真真揖了一下,便叫一个学生来学。

每个人不得不都站起来,伸长手拜佛一般揖着,听他一一指正:"双足要稍宽,这样才能立得稳。弯腰的时候,眼要看着自己的鞋头,威仪方美。往下揖时,膝要直,不得曲了。对位尊之人,得手过膝下,再手随身起。很对,就是这样……"一抬眼,见一群孩子此起彼伏地揖着,唯有慕容子忻悄然独坐,一动不动,冷眼看众人,一副万事与己无关的样子。

黎先生板着脸,双目威光四射,沉声道:"子忻,你为什么不学?"

子忻拄着拐杖慢吞吞地站起来,马马虎虎地揖了一下,又坐了回去。

"重来。"黎先生冷冷地道,"如果你面前站着的是皇帝老子,你也这么放肆轻慢吗?"

瞬间,所有的人都停了下来,十来双眸子直直地盯在子忻身上。

子忻只好又认真地揖了一次,慌张之中弯腰微过,一时头重脚轻,扑通一声摔倒在地。他原本脸上又青又肿,看上去十分滑稽;这一摔倒,样子越发可笑。一旁观看的学生有几个顿时忍不住咯咯地笑出声来。

"笑什么笑!如果摔下去的是你们自己的父兄,你们也这么笑吗?"黎先生大喝一声,众人吓得立时噤声。

刘骏忙俯身想将子忻搀扶起来,子忻避开他的手,轻声道:"我自己来。"说罢自己慢慢爬起身来,坐回椅上,拂了拂袍子上的灰尘,满脸发青,低头不语。

剩下的课先讲晨昏定省,如何请安,如何事亲,如何侍疾,一直讲到如何研墨,如何握笔,如何写字……子忻一概没有听见,心中一遍一遍地回荡着众人的笑声。好不容易熬到放学,他默不作声地走回去,一路上不论刘骏如何逗他说话,他都不发一言。到了路口,两人分手,他便独自沿着长廊缓行,快到自己屋子的门口,忽然一双冰手捂住他的眼,一个甜蜜蜜的声音从身后道:"这么早就放学了?"

子忻停住脚步,道:"放了。"

"没逃学吧? 瞧你,什么也没带,哪里像个上学的样子?"说话人是个大眼睛的女孩子,一头浓发,笑起来眼眸流光,耳垂上两粒紫晶耳环在她的笑声中叮当乱晃。

子忻心绪恶劣,懒得说话,那女孩子偏缠着他,道:"你还没告诉我昨天究竟是谁打了你呢? 是不是小虎? 要不,是小金子? 你倒是说啊! 你不说,我怎么找他算账呢?"

"不是,也没关系。"子忻又叹了一口气。

女孩子又道:"你今天为什么老是叹气? 是不是上学上得不开心?"

"没有。"

"吃饭了吗?"

"不想吃。"他走到屋里,靠在床上。

"你不理我,我可去玩儿了。"

"去吧。"

"我去玩儿,你替我照顾一下唐蘅,好吗?"

子忻气呼呼地道:"姐,你不要烦我好不好?"

正说着,只见内屋里冲出来一个扎着冲天小辫的红衣男孩,见了子忻便叫道:"子忻哥哥! 子忻哥哥! 我想死你啦,你想我不想?"说罢将鞋一脱,爬到床上,便去抱子忻的脖子。

子悦连忙道:"乖唐蘅,哥哥今天不舒服,你要乖乖的,不惹他生气才好。这屋子反正大,你自己随便玩儿好了,只有一样,可别碰你哥哥的宝贝金鱼。晚上你爹爹就来接你了。"

唐蘅眨眨眼睛,从床上一跳,跳到子悦的身上,抱着她的脸喷喷喷一阵乱亲,鼻涕唾沫顿时涂了她一脸,唐蘅双手攀着她的肩,猴在她身上,细声细气地道:"子悦姐姐好香呀,我跟你出去玩,好不? 我一定乖,什么都听你的。真的!"

"不成不成,姐姐今天可有顶顶重要的事情要干,你去了只会捣乱……还是留在这里好啦!"子悦三下五除二地帮唐蘅穿好鞋子,他一溜烟儿地跑到书房里找图画儿去了。

门轻轻地掩上时,屋子忽然暗了下来,子忻这才想起早起出门时吹了灯,唯一点着的一个灯笼又被唐蘅拿到里屋去了。一缕阳光从提窗的帘缝中射进来,孤零零地落在飞罩旁的一只半人多高的花觚上。描金的瓶口顿时溜出一道刺眼的金光。他连忙闭上眼,又想起潜龙斋里那一群男孩子的笑声、黎先生冷酷的嗓音,以及自己摔倒时狼狈的模样。

其实子忻摔得并不重,趴在地上时却能想象出脑后十来双眼睛盯着他看的样子。他还小,自然而然地进入了人类世界常见的那种"我想你是在想他是在想我是在想……"之类复杂曲折的推理之中。在两个"我"之间可以自由叠加无数个人称与猜测。到了最后,谁也不知道究竟是谁在想谁。唯一确信的事情是,当时地板上尘土干燥,有一丝奇异的酸味。地砖光洁而冰凉,四条边上细镂着一圈藤茎梅花。黎先生的下摆上有一块不显眼的补丁,里面笼着一双半新不旧、青布厚底的棉靴。子忻还发现老先生的脚很小,靴子很窄,与他高大细长的身躯大不相称。若不是那些羞辱打嗝一般地涌到喉头,或是胃酸那样一趟又一趟地搅动记忆不使之沉淀,这原本是寻常的一天。可是,因为这件事,世界全变了,变得索然无味。子忻一动不动地躺在床上,瞪着头顶上的海墁天花,感到周围的一切旋涡般地飞转起来。

他忽然开始数自己的岁数,开始计算要过多少年后他才会死去。

正胡思乱想中,子忻忽然嗅到一股烟气,探头出来察看,发觉书房里有一团呛人的浓烟涌了出来。接着是"咣啷"一声,唐蘅尖叫着冲出来:"子忻哥哥!子忻哥哥!"

他拾起拐杖赶过去,见书桌上几本书已烧掉了一半,所幸唐蘅及时地泼了水,这才不致酿成大火。

"我……我方才看书……看不清,就把灯笼的罩子拿开了。书挨着火太近就烧……烧了起来。"唐蘅怕火,见子忻赶过来,便抱着他的腿,躲在他身后。

"行了,没烧起来就好。"看着唐蘅吓得肩膀缩成一团,懒得吓唬他,子忻淡淡地说道。

"书烧没了……叔叔会骂你吗?"

"不会。你找别的地方玩去吧。"

仿佛得了赦令一般,唐蘅抽腿就走,又被子忻一把拉住:"你从哪里找的水?"

"鱼……鱼缸。"

子忻的脸拧了起来,急声道:"你说什么?"

"金鱼缸……我把它砸破了。昨天子悦姐姐刚跟我说了司马光砸缸的故事。"

子忻顾不得追究,俯身在地,四处找那条金鱼。唐蘅也连忙钻到桌下去找。过了一会儿,听得唐蘅欢快地叫道:"在这里!它还没有死呢!"说罢从桌子底下爬出来,摊开手,一条鲜红夺目的金鱼正张着大嘴吃力地呼吸着。

"那就好!"子忻喜道,"卧室里有水,你快去把它放好。"

他行走缓慢,怕拿着鱼赶到有水处已经晚了。

"嗯!"唐蘅撒腿就跑,腾腾腾蹿到卧室,远远地道:"好啦!我把它放到水里去啦!子忻哥哥,你不要担心啦。"

子忻慢吞吞地跟过去,拿眼一望,道:"你把它放在哪里?"

"你的茶杯里！茶杯里有水！"唐蘅道。

他的火又冒了起来，吼道："茶杯里是茶，不是水。"

"暂放一下，让鱼吸一口气不可以吗？"唐蘅细气细气地道。

"那是热茶！"子忻看着茶杯里绝望挣扎、奄奄一息的金鱼，泪水不知怎的涌到眼眶，又被他捏着拳头强逼了回去。

唐蘅战战兢兢地看着子忻发怒，跺跺脚，忽伸手从茶杯里捞出金鱼，往门外跑去，一边跑一边道："前面有湖，我把它放到湖里去它就能活了！"

"站住！你不会游泳！"子忻跟了出去，唐蘅一溜烟儿地冲出院子，一脚踢开隔壁竹梧院的大门，跑到九曲桥中，将鱼放入湖水之中。

子忻气喘吁吁地赶到时，看见唐蘅咧着嘴，带着一副哭腔地对他道："我已经把它放到水里去了，它……它还是那个样子。我看它快要死啦。"

墨绿的湖水中薄冰初解，白玉栏杆下浮着那条鲜红的金鱼，它的嘴缓慢地张合着，肥胖的身子歪在一边，仿佛连它自己也不知道该如何把自己浮起来，只用一双绝望的眼睛看着岸上踌躇着的两个人。过了一会儿，它的嘴就不再动了。它像一片落花一般悠然无主，随波漂动。

子忻扒到栏边，找了一根枯枝将金鱼捞了起来，用手绢包好，放在自己的荷包里。

"对不起……"唐蘅的眉上只有一层浅浅的绒毛，皱起来时眉头微微发红，"子悦姐姐说你常常对着这条鱼说话，是真的吗？"

子忻不置可否，只怅然地道："它的名字叫小欢。"

"你不让它死在水里，难道是要埋了它吗？"

"不是。"子忻望着远方，叹了一声，"我把它带在身边。"

"你……你要把它做成咸鱼吗？"唐蘅拉拉他的衣角，颤声问道。

"不是。"

"它……它会变得很难闻的。"

"你若喜欢一样东西，不论它变成什么样子，你都得喜欢。"

每当走入潜龙斋空荡敞亮的正厅，听着堂中孩童恣意的嬉笑，子忻便会无缘无故地感到落寞，觉得自己并不属于这里，觉得无人理睬，觉得度日如年。那群孩子其实大半与他相识，却很少有人找他说话，即便是客气地打声招呼，大约也是看在子悦的分上。他知道谷里的孩子分作好几派，每派都有自己的头儿和擅长的游戏。他很自觉地躲到一边，摊开书本，假装看书，其实心里全是孩子们兴奋的笑声。

那些游戏，他从不参加，也一无所知。唯一高兴做的事情便是等着两派的孩子忽然恶语相向，打成一团，便跳进去撕扯，就算给人得的鼻青脸肿，亦乐此不疲。

读书之后，这种打架的日子渐渐少了。学堂里的孩子仿佛一夜之间全都文质彬彬了起来。以前扔石子、弹鸟、打雪球、骑竹马、挖蚯蚓、游水捕鱼之类的游戏不再时兴,代之而来的是斗蟋蟀、下五子棋、画战马长矛武士盔甲。游戏从地面移上了桌子。谷中的大夫全是读书人,到了节日闲暇,便带着孩子去会诗友、逛讲会。春日间还戴竹冠,披云巾,着文履,携瘿杯,齐去山中远游。鹿皮坐毡一铺,大人们斗起诗来,孩子们能干的不过是收拾诗筒、整理葵笺、分发韵牌、传递酒杯之类的杂事。一个月下来,教完了切韵,便学填诗作文,一开始无非是李、杜、韩、柳,盛唐诸家。黎先生早已排出了教程,"四书"之后便讲《孝经》,接下来依次为《易》《书》《诗》《礼》,直到春秋三传。八岁入学,全部讲完,已是十五。自此以后,游戏从桌上移入脑中。

一想到还有七年要和黎先生共处,子忻便觉头大如斗。黎先生那一双清冷威严的眼睛似乎总在有意无意地审视着他。即使坐在最后一排,也能感到黎先生的目光犹如一把利剑穿过前面好几个人的胸膛,直刺他的心脏。这个时候,他会装作视而不见,扭过头去看墙上一副陈旧的横幅:

"竹密山斋冷,荷开水殿香。

山花临舞席,水影照歌床。"

这四行赵体遒劲朗逸,法度严谨。细看之下,偏又于圆转流美之中多了几分妩媚婀娜。

遐思中,一道阴影扫过来,子忻连忙回头,看见黎先生已经走到面前,板着脸道:"这字写得不错,是吗?"

"……是。"

"这是你父亲在你这个岁数的时候写的。"

"又来了。"子忻心里道。无论什么事情,黎先生都要拿子忻与他爹慕容无风比较,趁机长篇大论地教导一番。你父亲是神童。你父亲博闻强记,过目不忘。你父亲四岁学医,六岁开诊,十岁主堂,十五岁著书,十七岁名满天下。你父亲……

"啪!"习字的册子扔到面前,黎先生道:"这是你写的字,自个儿对着墙上的字好生想想,可还过意得去否?"

子忻垂首不语。

"下学之后,把你写的东西交你父亲看过,让他签字,明儿更正了交上来。再写得不像样,就罚你每个字抄五百遍。你可省得?"

"是。"

头几回老先生训他,他还满脸通红,汗流浃背,恨不得钻地三尺。后来训得多了,他要么点头称"是",要么一声不吭。下了课,收拾书本,第一个离开。

这一年谷里的春天来得特别早。最后一场雪下毕,竟一连晴了整整十日,忽然间便已到了碧草丛生、山花满目、莺啼燕啭、柳絮乱飞的时节。穿过花门,绕过一带短短的红栏,再从数百杆修竹中转出,子忻看见九曲桥上的小亭中有一道熟悉的白影。他心中一暖,匆匆赶过去,几乎被路旁一丛翠若欲滴的忍冬绊了一跤。

这是子忻冬日之后第一次见到父亲。像往日一样,父亲喜欢静坐亭中望着湖水冥思。他背影依然消瘦,腰却挺得笔直,红炉中升起一道细细的茶烟,乳白色的,升到半空,被清风一搅,悠然地弥散开来,了无痕迹地渗入到远处的碧水青天。

"爹爹!"子忻的步子有些踉跄,细小的喊声在空旷的湖际显得格外伶仃。而父亲却显然听到了身后的动静,转过身来,道:"子忻。"

慕容无风眼中笑意温暖,看着儿子蹒跚吃力的步态,目中忽又隐现一丝忧郁:"不要急,慢些走。"

走到父亲身边,子忻扔开拐杖,一骨碌爬到他的身上,挨着他坐了下来。慕容无风将他一抱,掂了掂重量,道:"嗯,几个月不见,你重了好几斤呢。"

"妈妈说我又长高了一寸。"

"腿还时时痛吗?"

"不怎么痛。"

"嗯,那就好。"慕容无风点点头。

子忻把头埋在父亲的怀里,忽然拉了拉他的袖子。

"说吧,又干了什么坏事?"慕容无风摸着儿子的脑袋,缓缓地道。

子忻心虚地摸出那本揉得皱皱巴巴的小册子,道:"我的习字簿,黎先生要您过目签字。"

父亲正在批医案,笔砚就在旁边。看他接过小册子,子忻的心怦怦乱跳,不知不觉已满脸通红。

慕容无风将册子从头到尾地翻了一遍,在最后一页写上"已阅,慕容无风"六个字,然后将册子还给他:"拿去吧。"

见父亲不置一词,子忻越发惶惑,咬着嘴唇,思量半晌,磨磨蹭蹭地道:"爹爹……我……我写不好字。"

慕容无风淡淡地道:"不着急。"

"我的算术……也不好。"

"不着急。"

"要背的书,我老记不住。"

"不着急。"

在父亲身上忸怩半晌,子忻抬眼远望,湖岸垂柳下的草丛中,高高低低长满了蒲公英,便问:"爹爹,为什么那些蒲公英有的高有的低?"

在子忻幼小的记忆中,没有什么问题可以难倒父亲。

果然,慕容无风笑了笑,道:"蒲公英一定要长得高过它周围的草,风才能将它的种子吹到别处。周围的草长短不一,蒲公英自然也就高低不同了。"顿了顿,他又加上一句:"你将来长大了,也要像蒲公英一样,得想法子高过周围的草才行。"

子忻嘻嘻地笑了起来,觉得很有趣,问道:"爹爹,那谁是我的草呀?"

慕容无风微微一笑:"我。"

六岁的男孩似懂非懂地点点头,便习惯性地啃起了指甲。

"不要啃指甲。"慕容无风把手指从儿子的嘴里拿开。过了一会儿工夫,子忻复又啃了起来。这婴儿期的习性,他怎么也改不掉。

在父亲身边玩耍了片刻,拿着毛笔画了几条小鱼,给父亲看了自己收藏在荷包里的金鱼头骨,又喝了几口茶,子忻忽觉倦意袭来,扒在父亲身上倒头就睡。

熟睡中,慕容无风再次把儿子的手指从嘴里拿开,叹了一口气。身后忽来传来一阵窸窣的裙声,一个轻柔声音笑道:"这小猴精又来黏你了。"荷衣将一碗素羹放到桌边,伸手将子忻抱起来:"这小子又沉了不少,我送他到床上去睡吧。"一会儿,她赶回,坐到慕容无风的身边,道:"刚才遇到黎先生,又狠狠地说了子忻一顿。这孩子成天心不在焉,写字丢三落四……罚站也不管用,他气得没法,叫你好好管教管教。"

慕容无风毫不动容:"他还小,四岁半才开始说话。如今刚刚六岁,能写出字来已不错了。"

"你怎么老护着他呀?"

"这几年给他做的手术已够他受的了,若不是成天三病两痛,他也不会这么迟才说话。"慕容无风皱眉,接着道,"我心有愧,不想苛责。况且他服了太多的止痛剂,直到现在还精神不济,动辄困倦。这些都是不得已的后患。"

说到这里,荷衣急了起来:"你给儿子吃的药不会让他变傻吧?早上我问他九加六等于几,他数完了自己的手指,不够用,问我:'妈妈,借你的手指头给我数数,行吗?'数了几趟才告诉我,等于十五。"

"噗"一口茶喷了出来,慕容无风笑道:"小家伙真逗。"

"我小时候可没这么笨。"荷衣叹道。

慕容无风苦笑,过了半晌,忽然道:"荷衣,他还有一次手术。"生怕妻子难过,他又补充了一句:"我保证,这是最后一次手术。"

蓦地,荷衣抬起苍白的脸,颤声道:"忻儿现在已经很好了,你就饶了他吧!"

"还可以更好。"他握住妻子的手,目光坚定,"我们不能放弃努力。"

那一瞬间,一股无形的力量从丈夫的手传了过来,荷衣焦急的心平静了,却又不安地看了他一眼。在子忻身上进行的四次手术均由慕容无风亲自执刀。术前,他会用数十天的工夫去熟思手术的每一道细节,布置和检查所有的准备工作。手术之后,他全程照料儿子的起居,连包扎、换药、喂食、洗澡、更衣这一类极费体力之事也一应包揽。荷衣最多只能做他的临时助手。以慕容无风的话来说,就是"儿子必须受到最专业的照料,他的身体才能恢复到最好的情况"。一场手术熬下来,总以儿子平安康复、父亲心力交瘁、大病一场为了局。

"我担心他,"荷衣的眼光幽深,带着悲伤,"也担心你。"

握着她的手平稳、沉静,慕容无风道:"荷衣,我无妨。"

"我们再也不要孩子了,好吗?"她的泪突然涌了出来,忽然怆不成声。

"当然。"他苦笑着,用力地搂了搂妻子的肩膀。

为了孩子,他们吵过多少次,荷衣已不记得了。良久,她收了泪,问道:"准备什么时候动手?"

"五月初。我需要两个月的准备时间。"

一整个冬季慕容无风都在苦读,卧床不起的烦恼和风湿的痛苦被他抛在脑后。所有的症源、药案被重新翻检出来。荷衣一次又一次地跑到藏书室里在成捆的书籍和医案中寻找慕容无风开列的资料。有一次,连他自己都不由得叹道:"荷衣,子忻的病已用光了我所有的知识。"

最后一次手术虽是慕容无风医学生涯中前所未有的一次冒险,却是一次成功的冒险。他小心翼翼地将子忻右腿上一道尚有活力的经脉移植到他较为健康的左腿上。于是,麻木不仁的左腿逐渐恢复知觉,肌肉开始生长,骨骼变得强壮。作为代价,他的右腿则完全丧失了活力。到了次年春季,子忻只需手杖便可行走,比之往日之艰难吃力,已是大为改观。慕容无风为此心力大耗,手术结束的当日便吐血不止,一连六个月,儿子的伤势都已康复,他还不能起床。

原本以为手术之后的子忻会变得活泼顽皮,慕容夫妇却发现儿子的性情正朝完全相反的方向行进。他变得越来越沉静,越来越腼腆,越来越执拗。当他不再需要服药休养之后,他脑子似乎清醒了很多。云梦谷的人很快就知道,子忻至少有两样东西与他的父亲完全相同。

——他的聪明。

——他的脾气。

子忻顶撞黎先生的胆子越来越大,最后一次,两人大吵一通之后,他竟冲着老先生大吼:"您为什么还不下地狱?"黎先生怒发冲冠,气得差点昏过去,卷起行李,拂袖而去。当日,荷衣不得不亲自到黎先生的府上赔罪。好容易将黎先生请了回来,子忻却绝不肯入家塾一步。荷衣软硬兼施,毫无效果。最后,只好拿出杀手锏:"去见你爹爹,你爹爹若同意你不去家塾,你便可以不去。"

就这样,丁丑年夏六月,子忻再一次满怀忐忑地推开竹梧院那道刻着青藤的垂花门,满园的花香和一地的竹影丝毫不能带给他快乐,他心跳如鼓,却又决心已定。不论父亲发多大的脾气,潜龙斋他是绝不会再去了。

其实他早就听说过父亲的脾气很大,只是从没见过他发脾气,也想象不出他发起脾气来会是什么样子。是以心下存着一丝侥幸。

这一年夏季,慕容无风还未从子忻的那次手术中恢复过来。他心脉格外虚弱,稍一用力便头昏眼花,心跳不已,一天中倒有大半的时间不得不卧床静养。除了批阅医案,偶尔去一下诊室之外,绝少见客。

子忻掀帐走到父亲床边,见他半卧在床瞑目养神,便低低地叫了声:"爹爹。"

慕容无风抬起眼,看见儿子,道:"什么事?"

"我今后……可不可以不去学堂?"子忻小心翼翼地请求。

"哦?昨儿你母亲已代你去向黎先生赔了礼,他不会怪罪你的。"慕容无风淡淡地道。

"我不喜欢黎先生。"

"不喜欢黎先生?"慕容无风哼了一声,道,"那你喜欢谁?"

"我喜欢爹爹。"子忻道,"我要学医。"

"嗯,知道了。你不用去学堂了,以后每天到我这里来吧。"像往日一样,慕容无风半闭着眼倾听着,平静温和地答应了儿子的请求。

"好的,爹爹。"子忻笑逐颜开,"您渴吗?我去给您泡杯茶。"

"仔细烫伤了手。"

"不会。"他兴高采烈地走到隔壁茶寮里煮了水,规规矩矩地给父亲泡了一杯茶。坐在一旁陪他说了一会儿话,慕容无风道:"以后你每日辰时三刻过来,上午《内经》,下午《脉经》,晚上《本经》,你看可好?"

"挺好。"

"《本经》三十一卷,你每两天背诵一卷,应当不是很难吧?"

"爹爹,我不是神童。"子忻赶紧申明。

"所以我才酌情减量。我以前是一天背诵一卷的。"

"可是,那样的话,我还会有玩耍的时间吗?"

慕容无风摇头道:"我看没有。"

顿时,子忻头顶上的每一根头发都要竖起来了:"爹爹,我不干!"

"不干也得干,这只是个开头。"慕容无风悠然地呷了一口茶,将一本厚厚的书递给他,"这是《本经》的头三卷,把第一卷前半部记下来,今晚便来这里背给我听。若有不认得的字,查字典或问你姐姐都行。"

子忻一看那书虽有些黄旧,却保存得十分齐整,上书"经史证类备急本草"八字,方知自己才离虎口又入狼窝,与竹梧院相比,潜龙斋只怕就是天堂了。

就这样灰头土脑地走出门去,子忻心中郁闷难当。在长廊上发了一会儿呆,正遇到一帮下学的子弟在湖边欢闹。刘骏看见他,远远地赶过来道:"子忻,你今天又逃学了!"

"我不去家塾了,以后跟着我爹读书。"

"你爹凶吗?"

"原以为他不凶的,现在看起来好像很凶。头一天就要我背厚厚的一本书呢。"

"马房里正空着呢,你想不想去看马?"刘骏忽然道。

子忻把书往怀里一塞，喜道："咱们可以骑马吗？"

"就算不能往外跑，至少也能在马上坐一会儿。"

子忻一听，心花怒放："咱们现在就去吧！"

两人偷偷摸摸地来到马房，见房内空无一人，只有几匹黑马静静地嚼着草料。两人放下心来，开始闲聊，子忻问道："阿骏，你会相马吗？"

"怎么不会？马有三十二相。"一提起马，刘骏立时得意起来，脸上的两个酒窝深得可以藏下半杯酒去，"三十二相眼为先。眼似垂铃鲜紫色，白缕贯瞳行五百。斑如撒豆不同看，面颊侧击如镰背，鼻如金盏可藏拳。马口须深牙齿远，舌如垂剑色如莲。食槽宽阔腮无肉，咽要平分筋有栏。项长如凤须弯曲，鬃毛茸细要如绵。膝要高，蹄要圆，身要平，肋要紧。卧如猿落，尾似流星……"

子忻哈哈大笑："瞧你叽里咕噜的，有这么多讲究吗？"

"可不！我爹说，马是火畜，天性怕湿，所以要养在像这样干燥的地方。看马的时候，头要高骏，面要瘦而少肉。马耳要小，耳小则肝小而识人意。马鼻要大，鼻大则肺大而能奔跑。马眼也要大，眼大则心大，见猛利不惊。此外要肾小肠厚，胸膛平阔，肋骨过十二条才是好马呢。"前面刘骏一串马经背下来，又快又流利，见子忻听不明白，便又不得不拣重要的几条解释了一番。

子忻摸着光溜溜的马背，早已听得心旷神怡，叹道："为什么我爹爹就不是马夫呢！我要是能天天骑马，该有多好！"

"嘘！"刘骏不知从哪里搬来一个马鞍，轻轻一抡，抡上马背，脚一踩马镫，极利索地翻到马上坐定，接过子忻递来的手杖，"我拉你上来！"

子忻拉着刘骏的手，折腾了半晌方爬上马背，坐在刘骏前面。正巧那黑马抬起头来，往后瞄了一眼，子忻吓得死死地抓住刘骏的手不放。

"不怕，这是一等一的好马，乖巧知人意，绝不容易受惊的。"

"我摸它的头要不要紧？"子忻壮着胆子伸手过去。

"不要紧，我先摸给你看。"刘骏轻抚着马鬃，那马的脖子便像女子一般柔顺地弯了过去。

两只小手在马鬃上摸来摸去，心中正欢喜得紧，那马身忽然一抖。子忻吓了一跳，道："马生气了吗？"

正在诧异间，忽见门外一道黑影，仙儿举着一把菜刀向他们冲了进来。那马性甚灵，一见刀影，便即骚动不安。

"妈呀！"马上的两个人见仙儿来势不善，刘骏扯开马缰，双腿一夹，道，"快逃呀！"

那马颇知人性，双蹄一踹，蹬开马栏，往前一纵，竟从仙儿的头上飞了出去。岂知刘骏光记得拉开马缰，却忘了打开马厩的大门。那马只在厩内团团乱转，仙儿一菜刀正中马腿。那马吃痛狂嘶，猛地一颠将马上的两个人同时颠了下来。

便在这一当儿，大门猛地踢开了，一个人影冲进来，只听得一声暴喝，一只大手牢牢地拉住马缰，另一只手将握着菜刀的仙儿小鸡般拎了起来。

这件事最直接的后果，便是刘骏挨了父亲一顿好揍。到了傍晚子忻再看见他的时候，他伸出手臂让子忻看上面的瘀痕。

"子忻，以后我再也不敢教你骑马了。"

"偷偷地也不行吗？"

刘骏摇摇头，一脸的泪痕。

"好吧。"

已近黄昏，子忻这才恍然想起父亲晚上要问他的功课，吓得连饭也没好生吃，苦坐灯前背诵《证类本草》。酉末时分，他携书来到父亲床边，慕容无风刚刚喝过药，斜倚在床侧，见到儿子，指着旁边的一把椅子要他坐下来。

"书背好了？"

"差……差不多了。"

"差不多是什么意思？"慕容无风板着脸道。

"背得前面七八页……只能背这么多。"

"背来听听。'用药犹如立人之制'，往下是什么？"

子忻两眼一闭，诵道："用药犹如立人之制，若多君少臣，多臣少佐，则气力不周也。而检仙经、世俗诸方亦不必皆尔。大抵养命之药则多君，养性之药则多臣，疗病之药则多佐，犹依本性所主而兼复斟酌详用此者，益当为善……"

慕容无风一连抽查数页，子忻果然能诵，便跳至尾处，道："《论语》有云，人而无恒往下——。"

原来子忻尤擅抢记，前面十来页熟读了三遍便了然于心，到了后头不免遗漏渐多，一急之下，便啃起指甲，搜肠刮肚地想了半天，方结结巴巴地道："《论语》有云，人而无恒不可以作巫医。明此二法……不可以权饰妄造。所以……所以……所以……"

慕容无风冷哼一声，道："所以什么？"

被这话一激，子忻吓得又想出一句，忙接道："所以医不三世不服其药，九折臂者乃成良医，盖……盖谓学功须深故也。复患今之承籍者……今之承籍者……多恃炫名价，亦不能精心研习，实为可惜……实为可惜……嗯……嗯……实为可惜……爹爹，背不出来啦！"

"背不出就到廊上去背。"慕容无风冷冷地道，"黎先生一次罚你站几个时辰？"

"半……半个时辰。"

"那你就到廊上去站着吧，背出了书再来见我。"

他沮丧地"噢"了一声，磨磨蹭蹭地往外走。走到门口，又被父亲叫住："拿上蜡烛。今晚你若不把这剩下的几页背完，就别睡觉了。去吧。"

　　子忻走到屋外,靠着廊柱,一只手举着蜡烛,一只手拿着书,可怜兮兮,东张西望,看了一会儿蚂蚁搬苍蝇,背了几句话,站了有一炷香的工夫,举蜡烛的手便已酸痛难当。其狼狈之状比起潜龙斋的时光更惨了十倍,方知自己雄心万丈地嚷着学医是个绝大的错误。一沾上学问二字,父亲平日的温和慈爱无影无踪,虽不似黎先生那般厉言正色,其凶狠严厉不讲情面之处只有过之而无不及。心中不禁大叫失策。正心烦意乱间,忽听廊外一个小小的声音叫道:"子忻!"

《证类本草》

第三章

子忻探头过去,见子悦扒在栏杆上向他招手,便道:"姐,你几时进来的?"

"先别问我,你为什么拿支蜡烛站在外头?"

"爹爹罚我背书。"

"呆子,他说要你罚站,你便老老实实地站着? 这里凉快,快坐下来歇一会儿。"

"爹爹就在里头,我……我不敢。"

"我今天在黎先生的太师椅上放了一只大蛤蟆,嘻嘻,他一屁股坐下来,'吧唧'一声,气得要命,差点儿把胡子拔光了。出门的时候我又在草上结了几个绊子,可惜他一个也没踩中……不然摔破鼻子才叫好呢。子忻,明天我和小谢他们要爬这座山,你也想去吗?"说着便从怀里掏出一张小小的地图,上面全是自己画的山头。有几个已用红笔打了个大叉,那便是已爬过了。

在子忻看来,这些山头样子全都一样,只有位置的区别。不难猜测,有可能当子悦去爬一座山时,她实际上爬的是地图上的另一座山。有可能她糊里糊涂在同一座山上爬了两次,反而把一座从未爬过的山从地图上叉掉了。有时候她会回来告诉子忻自己发现了一座崭新的山,认认真真地推敲了它的位置,补在地图上。实际上,这座山亘古以来就在那里。增删之后,子悦的地图成了天底下最复杂的图画,里面有着数不清的记号和路径,地图的反面,又有炭笔写下的数不清的注解,只有子悦自己才读得懂。因为有这样一张地图,云梦谷的孩子们便默认了子悦在爬山这件事情上的权威地位,全都乖乖地听从她的安排调遣。否则就有在半山里迷路,或被狼吞吃的危险。

这一切背着大人的阴谋,子忻无所不知,无所不晓,却无法参加。孩子当中没有一人的个头大到足以背着子忻满山走而不觉得累的。作为安慰,子悦总是从山里带回一些纪念品,比如一只刺猬、两条蜥蜴、一小袋酸枣、一些掉在地上的松榛和橡子,或是几颗死羊头骨上弄下来的牙齿。当然,她总是说那是狼的牙齿。一群半大不小的孩子天没亮就背着干粮溜出家门,钻入深山。惹得焦急的大人们打着灯笼牵着狗满山找。每一次回来都会有一个人背黑锅承认是自己出的主意。轮到子悦的时候,慕容无风罚她在屋子里坐上一整天"闭门思过"。过不了几个月,新一轮的行动又开始策划。在云梦谷的孩子们心中,这偷偷出游便是一年中最有趣的节日,百禁不止。

子忻道:"我不去,明天还要见爹爹。"

"那你可要替我们好好地缠住爹爹和妈妈。不然,我们还没到山下就给大人们抓回来了。"

"黎先生那里怎么办?"

"我写了一个假条,模仿爹爹的笔迹,你看,像不像?"

她掏出一张薄纸,上面歪歪斜斜地写道:"小女晨起略有不适,祈假一日,望准。慕容无风。"

子忻赶紧摇头,小声道:"这字也太不像了吧?"

"爹爹发病的时候写出来的字就是这样子的,我写的比他写的还要好些呢。"

"可是现在都是妈妈在替爹爹写字……"

"妈妈也有忙不过来的时候,是不是?"

"早晚要被发现的。"子忻叹道。

"发现的时候我已爬完了山回来啦,大不了花一天时间在屋子里思过。"子悦眨眨眼睛,冲着他调皮地一笑。

两人坐在廊下叽叽咕咕地说话,冷不防身后一个声音道:"子悦,原来你在这里,可害得我一顿好找。"两人慌张地回过头,看见荷衣正从门外走进来,摸摸两个孩子的脑袋,道:"子悦进屋来,我们有话问你。"

子忻紧张地看了姐姐一眼,子悦却微微一笑,满不在乎地站了起来,道:"好呀!"

子悦走进屋子时,看见父亲已经坐在他常坐的书桌旁。母亲坐在他的旁边。

他们总是在一起,子悦心里想道。

"子悦,你弟弟从明天开始在我这里学医,你若也不喜欢黎先生,明天就和子忻一起来学吧。"慕容无风不动声色地看了女儿一眼,淡淡地道。

"爹爹,谁说我不喜欢黎先生?我很喜欢啊。"子悦故作惊讶。

"喜欢还把一只蛤蟆放在他的椅子上?"

"那是蛤蟆自己跳上去的!"

慕容无风脸一沉,子悦吓得将脖子缩了回去。

荷衣道:"子悦,跟爹爹学医不好吗?将来也像吴大夫一样在神农镇里坐诊行医,人人敬服。"

子悦道:"我不喜欢学医,再说,我还有更重要的事情要做。"

荷衣怔道:"什么事这么重要?"

"嫁人!"

这话一出口,夫妇俩吓了一跳。没等回过神来,子悦接着道:"凤妈妈说,女人长大了只有一件事最最要紧——那便是嫁个好夫婿。现在虽离我十五岁出嫁还早,但这等大事,当然想得越早越好。爹爹妈妈,我现在一共有四个候选人,难得你们今天有空,正好替我谋划谋划。"说罢,将一个小册子捧上去,道:"这便是你们未来女婿的画像。"

画册打开,头一页便是一张瘦长如葫芦的小脸,蘑菇一样散开的头发,绿豆一般的小眼,脸颊上几点雀斑,笑起来时露出两颗虎牙。

子悦道:"这是谢从龙哥哥,他下了学就陪我玩,我的话他全听,虽然长得矮一点,不过我不在乎。"

慕容无风正目瞪口呆之际,子悦挤到他身边,翻开第二页。

"他是谢从虎,妈妈认得的。龙哥哥的弟弟,他们是双胞胎,长得一模一样。唯一的不一样是虎哥哥的脖子上有一道抓痕,是以前和他打架时给我抓出来的。虎哥哥每次打架都帮我,我欠了他很多的人情,将来只怕要嫁给他。……嗯,这个很高很好看的哥哥是慕容济,他的脖子上老是挂着很多宝石,眼珠子的颜色也像宝石。此外唱歌也很好听。就是……就是脾气有些大,一吵架就不理我了。不过,因为他这样好看,我也是可以忍一忍的。"

慕容无风疑惑看了荷衣一眼,荷衣笑道:"是乌总管家里的老二。"

画像上一位男孩浓眉深目,咧嘴大笑,果然与乌里雅多十分相似。慕容无风浅笑不语。

"最后一位年纪比我大很多,可是长得最好看,武功也最高。最最重要的是,我最喜欢他。小时候每次来到谷里都抢着抱我。如果他肯娶我,其他的人我都不要了。"

慕容无风忍住心里的笑,翻到最后一页,见一位青年猿背蜂腰,目如朗星,手执长剑,英姿飒爽,不禁皱了皱眉,道:"唐芫?"

"是呀!"子悦拼命地点头,"他现在来这里越来越少了,且越来越不理我啦!"

慕容无风合眼叹道:"你还小,这些事情等你长大了再操心也不迟。你若还是喜欢跟着黎先生,明天就老老实实跟他道个歉,乖乖地上学去吧。"

"爹爹,我的画册……"

"画册没收。以后不要成天乱想这些不着边际的事。你且回屋去吧,今晚好生复习黎先生布置的功课。"

"哦。"还想再争辩几句,见父亲一脸冰霜,子悦赶紧垂下头,灰溜溜地走了。

慕容无风看着子悦的背影,心事沉重,良久,忽然叹了一口气。

荷衣道:"你为什么叹气?"

"这几年我病得多,忻儿的手术也多。你一人照顾两个,忙不过来。我们……很少关心子悦,不知她心里会不会觉得我们偏心。"

荷衣笑道:"你是不是想得太多了?这事从何谈起?"

说是这么说,她心里也知道,一年当中,慕容无风自己要病三个月,照料子忻要花去几乎半年。剩下的时间满满地排着医务,通宵不睡是常事。最忙的时候四更时分便要爬起来准备手术。除了每日睡前荷衣会去看看子悦,或闲暇时分全家一起吃个晚饭,或逃学被抓回来罚站之外,她几乎被遗忘了。

"不然她为什么这么小就想着出嫁?难道她不喜欢住在家里,不愿意和我们在一起吗?"

荷衣心中暗惊:"你不说也罢了。这么一说,倒真有几分可能。她小时虽顽皮,却一直很听话。现在不知为什么,成天在学堂里闹事。可见是我们疏忽了!"

"也许她闹事不过是想提醒我们,除了子忻,我们还有一个女儿。"慕容无风苦笑,"我最不称职,一年倒有大半年没认真管教她。现在顽劣得几乎让人束手无策了。"

荷衣握了握他的手,柔声道:"不如我们现在一起过去看看她?和她说几句软和的话儿?"

"明天再去吧。刚刚训了人就去安慰,只会助长她的顽性。"这话说完,慕容无风轻轻咳嗽数声,脸上已现疲倦之意。

"回床歇着吧。"荷衣将他送回卧室之内,叹道,"自己病得起不来,见了女儿还要更衣,这屋里就数你最能撑了。"

慕容无风道:"子忻还在门外罚站呢。"

子忻正在苦诵《证类本草》,一眼瞄见子悦从屋内溜出来,跑到他身边,拍着胸口,一副化险为夷的样子,悄悄地道:"天,总算把爹爹妈妈给蒙过去了!我就知道黎先生会跑来告状的。"

子忻问道:"怎么蒙的?"

子悦笑道:"正巧我身上带着一本你的画册。"

"哪一本?"

"就是画着唐芄叔叔的那本。"

"可是,那本画得很糟呀!我自己都不想要了呢。"

"呵呵,放心放心,已经被爹爹没收了。爹爹一着急,也忘了罚我了。不然明天哪里还溜得掉?"

第四章 小湄

夏夜的风清凉而柔和，天空中几粒星辰在一轮朗朗的明月下显得暗淡。子忻走出竹梧院时，刘骏已在院门口等候多时了。

再没有什么比罚了站之后看见好友更让人心情愉快的了。子忻停住步，笑道："阿骏，你在等我？"

刘骏道："我有麻烦了。"

"什么麻烦？"

"今晚是江大叔开馆授徒的日子。我爹要我去试一试，看能不能跟着江师父学武。"毋庸解释，像天底下所有的父母都一样，刘家贵绝不会让自己的儿子错过任何一个长进的机会。可是谷里的孩子都知道江师父本名江天笑，师出少林，昔年也是武林中的一号人物，如今被谢停云请来开馆授徒，学生们进去的少，出来的多。皆因此君择徒甚严，练功甚苦。一年下来，往往有一大半的弟子受不了江天笑的责骂与挑剔，纷纷改投谷外诸师。

子忻苦笑道："那你在这里等我做什么？我也帮不了你。"

练武的地方离子忻的住处甚远，子忻也从不往那里去。武馆里出来的学生，一个个被江天笑教得严守武林的规矩，轻易不与人动手，更不寻衅闹事。

"听说今年馆里只有一个空缺，却有十五个学生想进去。我爹说，江师父若不要我，就说明我不是……不是这块料儿。我……我……有些害怕。你若站在旁边看着我，我便不怕。"刘骏结结巴巴地说道，因为紧张，舌头都抖了起来。

子忻无声地笑了："那就一起去吧。"

两人慢慢赶到武馆，见馆外的空地上，早已零零星星地站了十几个穿着一身短打的学生。早有几个人在一旁煞有介事地踢腿、打拳，摆出一副练家子的样子。

"你瞧。"刘骏拉了拉子忻的手道，"阿左的腿可以劈成一条直线！小豆子竟能空手翻筋斗!"十几个人中倒有一小半人是学堂里的学生。平日看他们斯斯文文的样子,想不到来到这里,居然都有两下子。

子忻靠在一株梧桐树下,见刘骏如此心虚,便安慰道:"可是我看他们都比你笨。你若有人教,翻筋斗又算什么?"

正小声嘀咕时,忽见江天笑大步流星地从武馆里走出来,道:"大伙儿都到了?"

他的嗓音洪亮,猛然发话,直震得众子弟的耳朵嗡嗡作响。众人齐声喊道:"江师父好!"

"不必客气。"江天笑走到武场的正当中,标枪一样站得笔直,道,"大伙儿盛情,老江可不敢当。今年我只能收一个徒弟,是去是留,只能瞧师徒的缘分了。我在这里打一套拳,只打一趟,大伙儿认真地瞧,然后自个儿花一个时辰到树林子里去琢磨,回来打给我看,学得最多的那一位便是我的徒弟。"

说罢,众人一字散开,全都瞪大眼睛看着江天笑。

"都准备好了?"

"准备好了!"

江天笑微微一笑,慢慢做了一个起式之后,身子忽然闪电一般地腾跳起来,双拳忽抓忽钩,双腿忽踢忽跃,打出一套身法极快、变式极多的少林罗汉拳,那几十招只在一眨眼的工夫便从头演到了尾。大多数人还在记开头几招的步法,回过神来时,江天笑已到了收式。一时间,全都傻了眼。

江天笑拱了拱手道:"大伙儿慢慢琢磨,我去喝壶茶,一个时辰之后再见。"说罢,踱入馆中。

时间有限,学生们立时抢身散入树林之内,各找各的空地,苦心回忆方才江天笑打过的一招一式。刘骏苦着脸对子忻道:"他打得也太快了吧?我好像只记下前面的八九招。我打给你看,你瞧是不是这样?"

说罢,依葫芦画瓢地将前面六招演了一趟,倒是像模像样。

子忻一边看一边道:"第三招的步法不对,左腿向前迈一步,身子右拧,伸出右掌。"

刘骏依言比画了一下,笑道:"果然是这样,顺手多了。"说罢蹲在地上苦思了一炷香的工夫,又忆起两招,生怕自己忘了,连忙道:"我又想了两招,打给你瞧瞧。"

说罢,将头几招连同刚想出的两招连贯地打了一趟,问道:"你看对吗?"

"最后一招好像不对,应当是先踢腿后推掌吧?"子忻站着有些累,干脆一屁股坐在草地上。

刘骏双腿在空中一踢,左掌一划一推,道:"是这样吗?"

子忻点点头。

"怎么办?我只记得这么多了。"刘骏垂头丧气地道。

"也许别人记得还不如你多呢。"子忻拔了一根草,放在口中嚼着。过了一会儿,又咬起指甲来了。

"你也只记得这么多吗,子忻? 你一向比我聪明的。"刘骏一脸苦恼。

"我还记得其他几招,却没法子演给你看。"子忻淡淡地道。

刘骏喜道:"没关系,你用嘴说就行了!"

子忻道:"好吧。下一招你先伸左掌,右腿弓步向前,左腿在空中一踢,回身下劈一掌,左腰往右拧一下。"

刘骏依言演示了两遍,记在心里。子忻又告诉他下一招的手法,一招一招地指点着刘骏往后打。见他步法不对,便用手杖戳他的腿。两人边说边练,不知不觉,已过了大半个时辰,子忻道:"再往下一招,双腿并拢,双掌抱元向下深吸一口气。这是收式。"刘骏抓抓脑袋,问道:"这就打完了?"

"打完了。一共四十二招。还剩一点时间,你自己从头到尾再练习两次即可。"

"子忻,人人都说你爹爹是天才。我看你也是啊!"刘骏佩服得五体投地,不由得伸出拇指赞道。

"我只是个跛子而已。"子忻自嘲地一笑。

刘骏见他眼中似含着一丝难言的忧郁,心下伤感,却不敢多说,道:"等我有了武功之后,谁要是欺负你,我定不饶他!"

子忻慢慢站起来,微哂:"现在是什么时候,你还在这里拍胸脯。"

当下刘骏将一套拳从头到尾细细地演了一番。他自己的记性亦不弱,子忻教过一次,便不用再更正,已打得像模像样。

时辰到时,江天笑将众人分开,一个一个地叫到馆中演练。刘骏这才知道,大多数弟子只记得前面五六招,能记得前十招的,一个都没有。末了,江天笑拍了拍刘骏的肩膀:"明天你还是这个时候过来吧。我先教你马步。"

刘骏大喜:"多谢师父!"

出了馆门,刘骏见子忻还靠在树上等着他,便挽着他的胳膊,喜滋滋地道:"子忻! 师父答应收我做徒弟了!"

子忻笑道:"我说你不差吧? 你偏偏不信。下次别再要我陪你了。"

刘骏兴奋地道:"你记不记得上次我们看的那本《江湖奇闻》里的故事? 将来若能做个大侠,过那种刀头舔血、快意恩仇的日子,那该有多好!"

子忻听了,又羡慕,又难过,若无其事地应了一声:"是啊。"

刘骏道:"天不早了,我送你回去吧。"

子忻摇了摇头:"我自己回去,你不用送了。"

刘骏忙道:"这么远的路,你一个人走我不放心。"

子忻看了他一眼,刘骏连忙改口:"好吧,我回家了,你自己小心。"

"明天见。"

"明天见。"

　　两人分手之后,子忻独自策杖前行。这一带的路他并不熟悉,槐荫之下是一片蛙声。月光下的云梦谷灯火闪烁,几道长廊像街道一般明亮。他的心情却不知为何,变得极度抑郁。走了几步,眼泪不知不觉溢满了眼眶,他咬咬牙,生生将眼泪逼了回去。脑中却是一团混乱,赌着一口气,踉踉跄跄地行了一炷香工夫,只觉面红耳赤,大汗淋漓。胸中似藏着一团烈火,无处燃烧,不知不觉,离开主道,越行越远,到了一个荒凉的所在,再往前走,已是长廊的尽头。前面碎石铺地,乱草埋径,抬眼一望,见远处石碑林立,夜雾弥漫,这才恍然想起这里便是谷里的坟地。他心中忧愤,无意回家,便坐在廊上,呆呆地望着石碑出神。

　　独自坐了很久,身后传来一声轻叹。

　　子忻回过头去,看见了母亲。

　　"想学武功?"

　　他点点头。

　　"以后早点起床,我教你。"

　　"能不能先教我骑马?"子忻按捺不住心头的喜悦。

　　"不能。"母亲略有些犹豫,接下来,犹豫消失了,回答变得斩钉截铁,"你有喘疾,你爹爹绝不会同意。"

　　云梦谷人并不了解子忻学马的急切心情。

　　谷里有这一带最舒适的马车,有第一流的马夫随时听候吩咐。无论他想到哪里,都不必骑马。何况他还有一身的毛病,一大堆的忌讳。所以在母亲教他武功、父亲教他医术之后的数年内他都没能如愿。

　　其实子忻喜欢的是骑在马上的那种自由奔跑的感觉。甚至在他学会轻功,可以策杖奔跑之后,他仍然渴望骑马。因为他认为自己奔跑的样子不好看。

　　子忻在刘骏心情好的时候求过他好几次,没有一次奏效。

　　"我可以答应你任何事情,只除了这一件。"刘骏连连摆手,"以前我老爹只是用巴掌揍我,现在看我长结实了,早改用马鞭子了。你还是饶了我吧!"

　　子忻因此有一整年不敢求他,决定等他长大一些,有胆子跟老爹对着干的时候再说。

　　可是就在他们相识五年之后的一个冰冷的雪夜,刘骏的全家却突然从谷中消失了。

　　据说,临行前刘家贵只在大门口向谢总管简短地交代了一下原因,说是自己的父亲病危,全家得赶回西北探病。

　　云梦谷里有十几个马夫,多他一个不多,少他一个不少,谢停云并不在意,还特意多支了他两个月的银子以备急用。大家都以为过了两个月他们全家都会回来。

　　他们再也没有回来过。没人知道他们的住址,便是介绍他们入谷的中人也跟着消失了。

当然，也更没人愿意花工夫追究。刘家贵不过是个马夫，且他的疯女儿已给谷里带来了太多的麻烦。实际上，在仙儿伤过两个小孩之后，谷里的人都希望这家人快些搬走，甚至有人悄悄向总管提议，宁愿多给银子也要将刘家挪到别处。

人们又说，其实那天赶车的并不是刘家贵，而是另一位马夫，一位身手敏捷、高大阴沉的陌生人。

刘家贵说，那人是他的侄儿。

但在这家人住在谷里的五年间，谁也没见过这个侄儿。第二日子忻听到了消息，失魂落魄地在刘家小院内徘徊。当天夜里，他竟冒着大雪偷偷溜出谷外，企图寻找刘骏的下落。

子忻不会骑马，没有慕容无风的许可，任何一辆马车也不敢带他出谷。

他在严寒中拄杖前行，一人徒步走到了神农镇。在那里，他看见风雪中有无数的人影。寒雾迷蒙的江岸，几艘客船正解缆远行。

子忻在江边码头上踱来踱去，失神地望着浩渺的烟波，直至凌晨。

刘骏就这样不见了。

刘骏失踪后一年，子忻都没有提起学马的事。

第二年他就遇到了小湄。

子忻永远也忘不了她那双深碧的眼珠，宁静得好像竹梧院里的那道湖湾。也忘不了她那张白皙秀美的脸，那头柔软微卷的栗发，以及笑起来满脸粉红的样子。

小湄的母亲是波斯人，总管乌里雅多的妹妹。

多年学医不成，乌里雅多终于改了行，在赵谦和退休之后接替他当上了云梦谷的总管。

人们说慕容无风对波斯人有好感是因为这令他想起了自己在天山的岁月。在丝绸古道上总能遇到成群结队的波斯商人，带着奇异的珠宝和闪亮的银器，长途跋涉，到中土换取财富。

生活富裕的乌里雅多托人给远方的妹夫带信，让他们一家来云梦谷做客，还说中原遍地黄金，到处都是发财的机会。受到诱惑的妹夫便收拾细软，携带全家随着商队踏上了旅程。岂料发财的梦还没开始就在半途遇到了马贼。夫妻双双毙命，只有一个十岁的女儿被逃出命来的商人带了回来。乌里雅多深感内疚，将她视如珍宝，给她取了一个汉名，叫小湄。

谷里人对这个波斯女孩的看法是她有些缺心眼。她对新地方的好奇远远大过了父母双亡的悲痛，成日间活蹦乱跳、兴高采烈。

人们常常看见她操着不灵光的汉话和谷里其他的女孩子聊天，大家听得糊里糊涂，似懂非懂。所幸除了说话，她面部的表情和手势也很丰富，几乎等于有了第二语言。实在不够用，她还会用树枝在地上画画。总之，女孩子们全被她锲而不舍的精神感动了,纷纷教她本地的方言。不出一年,她已能说不少句子,且随着时日的增长,越说越顺溜。

子忻早已在子悦的口中听说过这个女孩,因他腼腆孤僻的性子,见了便远远避开了。

第一次与小湄搭话便是在云梦谷的墓地。

那一日微风徐徐,将一股淡淡的花香从深谷中吹过来。子忻结束了手中的医务,便沿着长廊策杖独行,不知不觉又到了那片墓地。

他并不是着意喜欢墓地,只是喜欢在无人的地方散步。

与墓地相接的是一片平旷的谷地,往下走是药畦,漫山遍野种着龙胆草。

初春的山谷有种怡人的恬静,斜晖朗照,花气氤氲。举目四望,远处林木幽邃,藤花起落,鸟声呱碎。

他一边走,一边思索,忽听身后传来马蹄之声。

转身望去,远远地只见马背上有个浅碧色的衣影。那马撒开四蹄,在谷中兜了一个圈子,便向他冲了过来。

快接近他时,马上人拉住缰绳,停在他面前,趴在马背上甜甜地叫了声:"子忻哥哥!"

他的脸顿时有些发红。

除了子悦,他鲜少与女孩子搭话,更没有人如此亲热地称呼过他。子忻当然知道她是谁,抬头看了她一眼,明明腼腆,却故作矜持:"你好。"

他发现小湄的年纪虽小,身段却相当丰满,比之同龄的女孩更显成熟。而且她那碧绿的眼珠一直一眨不眨地看着他,没有半分羞涩,却有一副天真好奇的神态。不知为什么,他不敢与她对视,又不想显得胆怯,便假装看地上的一株龙胆草,悄悄地将手杖移到身后。

"子悦姐姐说,你爹爹不让你骑马,她也不敢教你?"小湄挺直身子,在马上大大咧咧地问。

子忻张口结舌,不知该怎么回答。好像怎么回答都显得自己很差劲。最后还是老实地道:"嗯,我的确不会。"

"我来教你。"

"你年纪太小,这样子骑马很危险。"子忻老成地劝道。

"不危险,我很小就开始骑马了。骑马一点也不难!"小湄大声更正,向他伸出了手,"现在就学,我拉你上来!"

彼时子忻的个头已经很高了,身子虽还有些瘦,却远比一个十一岁的女孩重得多。

"不不不。"他连连摆手,"你去吧,我还有事,告辞了。"

"不许告辞! 有我在这里,你一定要学会!"明明比他小三岁,小湄的口气却很霸道。

就这样,每日黄昏子忻都会到墓地旁边等着小湄,跟她学骑马。他亦步亦趋,学得很认真。可是,在他心底里,学骑马是次要的。

到了第五天的时候,他已可以单独坐在马上。那天,小湄带着他在谷中骑了三圈,然后跳下马去,牵着缰绳往前走。

"我的手杖掉了。"他在马上忽然道。他一直将手杖插在马鞍上,不知何时失落。

"等会儿再找吧。"小湄回过头来,浅浅地一笑。

那手杖其实就是他的腿,没有它,他不能走路。他有些不安,却明白自己不该这么着急。毕竟他可以骑马。

"给你!"子忻用狗尾巴草给小湄编了一条小龙,她兴致勃勃地接过去,衔在嘴上,哼着歌儿继续向前走。

"你哼的是什么歌?"他问。

"是老家的歌,你听不懂的。"她笑。

小湄的嗓音柔软而别致,曲折回环,他听了怦然心动。

"大声唱吧,我听得懂。"子忻淡淡地道。

"你听得懂?"小湄转过身来,好奇地看着他,"你是说,你会说波斯话?"

他跟父亲学过。父亲精通波斯文和梵文,和云梦谷打交道的波斯商人很多。他正处在求知的年纪,什么都想学,且学得特别专心。

然后他们叽叽咕咕地说起了波斯话。

"你听得懂吗?"子忻生怕自己说走了调,俯下身去,悄悄地问道。

"听得懂!"小湄咯咯地笑,"你是天才。"

过了一会儿,她又道:"那我就大声地唱了啊!我喜欢这里就是因为这里没人,我可以放声大唱。"

　　　　君马黄,我马白。
　　　　马色虽不同,人心本无隔。
　　　　共作游冶盘,双行洛阳陌……

"这不是你老家的歌吧?"子忻微笑。

"子悦姐姐教我的,好不好听?"

"好听。"

这时天空忽然飘起了小雨,雨越来越大,已淋湿了他的衣裳。子忻道:"咱们回去吧。"

"在雨中骑马才好呢!"小湄仍然牵着缰绳往前走。

"那你上马来。"

"不,我偏要当你的马夫。"她拧过身来,吐了吐舌头,向他顽皮地一笑。

话音刚落,冷不防空中一声霹雳。那马陡然受惊,狂嘶而起,扬起前蹄向前猛地一踢。

"小心!"子忻惊呼了一声,从马背上跌下来,那马已撇下他们,往深谷中蹿去。

他听见小湄闷哼了一声,倒在地上,便知被马蹄踢中。可是当他爬到她面前时,却看见她奋力地翻了一个身,仰天静卧,吃力地睁大眼睛。

"别动!"子忻扑过去,按住她的身子,正要寻找伤口,却看见血水从她后脑涌了出来。

小湄睁大眼睛看着他,嘴唇动了动,没有说话。

他扯开嗓门大声呼救。旷野中,除了雨声还是雨声。

他企图抱起她,失落了手杖,竟无法站立。

无论怎么做都已无法挽救她的生命。他握着她的手,看着她脸上的血色渐渐消失。

小湄勉强睁开眼,仿佛不知道发生了什么事,还惦记着那匹马:"马跑掉了……怎么办?"

子忻不敢流泪,怕她害怕,却忍不住呜咽了起来。

"我想睡了,明天再教你……"

她合上了双眼。

从墓地到墓地,子忻只认识了小湄五天。

最后一次见到小湄,她已变成了一座小小的坟茔。

第五章

江湖郎中

　　丙戌年春月，久病初愈的慕容无风三年以来第一次偕夫人出谷。两人一起到神农镇拜访了薛钟离夫妇，吃了一顿午饭，又叙了叙家常，天色已暗。其时春寒料峭，微风蔫蔫，夜月中的楼台闪着灵光。马车驶出薛宅，向东行了半炷香的工夫，缓缓停在东篱馆的门口。早有主堂大夫田钟樾趋步迎将出来，侍从将慕容无风送到客厅，添上一个取暖用的三尺镂花螭纹铜炉。慕容无风看了一眼馆内陈设，觉得有些陌生，淡淡笑道："我们来看看子忻，他好久没有回谷了。"

　　田钟樾忙答道："公子五日前外出还未归吗？我以为他已经回谷了呢。"

　　荷衣一听，脸色微变："没有。他到哪里去了？"

　　她素知子忻脾性甚倔，便是慕容无风也管束不住，且不说这位以老实厚道、沉默寡言著称的田钟樾了。

　　田钟樾想了想，道："六天前这里曾来了一个被打伤的病人，模样惨得很。我和公子一起忙了整整一天，才算将他救醒。那病人的家人上午刚将他接回家，下午又送了回来。这一次那病人显然又被打了一顿，我们虽是尽力抢救，他还是很快就死掉了。那病人的亲属连同他的两个孩子，跪在诊室里哭得惊天动地。我当时手里还有别的病人，处理了这个又忙那个去了。我走出诊室时，只听得公子大吼了一声'岂有此理'，也没在意。想不到当晚他就出门去了。我还以为他回谷了呢。"

　　慕容无风与荷衣两人面面相觑。荷衣刚要细问，田钟樾又道："以前他晚上也偶尔出去，不过第二日都会回来。我一直以为他是回谷探望父母……"

　　慕容无风摇头道："子忻从不半夜来竹梧院。"

　　田钟樾一听，急道："先生吩咐弟子好生管教公子，弟子实是管教不严……不过公子临行前留下话，说今晚会回来。我一直在等他呢。"

　　荷衣道："子忻是怎么走的？坐车还是骑马？"

田钟樾道："从来都是骑马。他那匹紫电驹不是夫人送的吗？"

慕容无风的眼直直地盯着荷衣，过了半晌，道："荷衣，你几时教过忻儿骑马？"

荷衣脸一红，不由得结巴了起来："我……这……"

"我说过多少次，他有气喘，不能骑马。"

"小湄不是教过他吗？看他骑着也没事，我……我就多教了教，顺便把我的马也送给他了。"

慕容无风怒道："荷衣，为什么你老要瞒着我？"

荷衣道："因为你老是过分担心。子忻的脾气全是你惯的。"

"我惯的，我怎么惯了？"

"你从小就对他的身子大惊小怪，这也不让他吃，那也不让他吃。现在倒好，一个大活人，出门的时候，还得带上个大厨。简直让人笑掉大牙！我楚荷衣的儿子，难道就这么不济？"

"不提这个倒罢了。那次你让他吃栗子，结果呢？病了整整一个月！这是谁在惯他？"

"这至少证明儿子虽不能吃栗子，却可以骑马。"

"荷衣，子忻是大夫，不是走镖的，用不着会骑马。"

"可是，骑马还是方便很多吧！你不是也能骑吗？"

田钟樾咳嗽了一声。

慕容无风道："田大夫，我们到子忻的屋子去等他回来。"

自从子忻长到十岁，慕容无风就再也没去过他的房间。

只因子忻几乎每日都会来竹梧院跟着父亲读书习医，也常会留在父亲的书房陪他吃饭，所以慕容无风一直以为，儿子的房间只是他睡觉的地方而已。子悦的房间慕容无风倒是常常陪着荷衣一起去。两人心里都明白，子悦才是家中最难对付的人物。她从小就知道自己想要的是什么，且无论要什么，总有法子要到。

相较而言，慕容无风不得不承认，子忻的脾气虽倔，性子虽直，却要老实得多。在讨人欢心上，远远不足。凡他认为自己是对的时候，与人争执起来不遗余力，全无退让，常把人气得火冒三丈。前足走，后足就有跑到竹梧院来告状的人。以致到了最难堪的时候，每次医会，只要子忻一开口，立即就有一群人对他怒目而视。

有一天，在回院的路上，子忻道："爹爹，为什么这么多人看我不顺眼？"

慕容无风苦笑："你看你自己如何？"

"很顺眼。"

"你可知道《易经》里所有的卦，在各爻变动时都有吉凶悔吝。只有一个卦，不论六爻如何变动，只有吉利。"他淡淡地道，"这就是谦卦。"

"爹，我的情况与《易经》不同。它讲的是做人，而我则是在做学问。它求的是

'和'，我求的是'真'。这是两码事儿。"

慕容无风摸了摸儿子的脑袋，道："求真没错，也要讲态度。倘若人人都不肯和你讨论，这个真也难得求出来。"

"可是，求真一定要和人讨论才成吗？独坐苦思，可不可以？"

"我想是可以的。"慕容无风搪塞了一句。自子忻习医始，他就有意带着他参加谷内大夫们的医会。就算自己不能亲临，也总不忘叮嘱子忻出席，回来将会上讨论的要点告诉他。长见识倒在其次，他不愿子忻和自己一样离群索居，孤僻成性。但他也不知道自己做对了没有。子忻的性子似乎因为自己的这番打算，滑向了一条完全陌生的岔道。

慕容无风至今记得听完了自己的话，子忻的脸上一副困惑的神情，仿佛所有的答案都不能令他满意。而在那一刻，自己竟也和他一样茫然。

这世上的许多规则原是在沉默中学习和掌握的：没有人会告诉你人与人之间究竟该怎么做。慕容无风也不知道。所幸，子忻不再追问下去，只是向他似是而非地一笑，一道火花在彼此的眼中闪过。子忻于是伸出手，摸了摸父亲的后脑勺。

"没大没小……"他板起了脸。

"我知道，爹爹。"儿子轻哼了一声，显得若无其事。

直到第一次走进儿子在谷外的房间，慕容无风才忽然明白，自己心目中的儿子，可能并不是真正的慕容子忻。

他的卧室没有讲究的家具。除了一床、一桌、一书橱、一椅之外，别无余物。倒是墙上、帐内贴满了纸片。这些纸片显然是从某本书上撕下来的，再按照某种神秘的规则连接起来，排成图案，仿佛一道巨大的旋涡。相比之下，这空落落的房间显得伶仃简陋，倒成了这幅图画的陪衬。夫妇俩走入房内，惊诧之余，竟忘了争吵。

荷衣从地上拾起一本书，打开一看，除了封皮之外，空无一物。再打开书桌上摆着的几个纸盒，才发现里面是一张张撕开来的纸，笔墨大小不同，新旧有异，显然是从不同的书里撕出来，却又整整齐齐地归类放在一处，上面还标了序号。

当然，撕下的全是医书。

随意抽出一张，荷衣念道："邪从下上而盛于上者于是用附子、人参……"

慕容无风苦笑着打断她："这是《云梦医案类编》。"

荷衣又抽出一张："蔡诊脉弦濡而弱，曰脾胃为痛所伤……"

慕容无风道："这是《医案续编》里的话。"

"好好的书，为什么要拆成这样？"

"不知道。"

"墙上贴的是什么？"

"《云梦灸经》。"

"帐子里面呢？"她从中揭下一张，拿给他。

"也是《云梦灸经》。"

"这说明咱们的儿子日夜都在研读医书，"荷衣半惊半喜，"虽然他的法子有些古怪。"

"荷衣，这些书页并非是本来的次序。"

墙上除了贴纸之外，还有几幅小画，却全是草图。依稀辨得所画的轮廓皆是某位身形枯瘦、满脸病容的和尚。

荷衣道："这幅画我总算认得。"

他们的卧室里一直挂着一幅墨态淋漓、笔意古拙的"文殊问疾"，是子忻画了送来，慕容无风喜欢，请人裱过，挂在墙上的。记得当日慕容无风对画凝视良久，终于向荷衣坦白，说子忻的学业虽差强人意，在书画上的功夫却颇为不俗。说完不忘恭维荷衣一句，说儿子的笔法遒劲奔逸，是受母亲的影响。这话让荷衣颇为得意。

想到这里，荷衣不知不觉又握住了无风的手，道："无风，为什么我忽然有了一种可怕的感觉。就好像……就好像我们并不了解子忻。"

慕容无风叹了一声："何止是子忻，子悦我们也不大了解。他们两个，好像还没等我们弄明白，就忽然间长大了。"

蓦地，两人的心中有了一丝难言的伤感。

"这些年你一直陪着我，几乎是足不出户。我们……我们不称职，一年之中，也没时间好好地陪陪两个孩子。若不是我……"

荷衣按住他的唇，轻声道："你总是自责。你……若能平平安安地活着，就已是儿女之福了。这里太冷，咱们还是回去吧。子忻回来，若听说我们来过，会回谷看我们的。"

"不，"慕容无风的眉头拧了起来，"我得在这里等着他。他……五日不归，也不知会不会出什么事。"

"你看，越说你越担心了。不如这样，我这就去找他去，省得你提心吊胆。"荷衣将一杯热茶递到他手中，提起了剑。

"别去！"慕容无风一把拉住她，沉声道："天这么黑，你去了只会让我更担心。咱们还是在这里等他一夜，若明早还不回来，我就立即派人四处去找。"

不知哪里来的气力，慕容无风紧紧拉住她的手，将她拽回身边，将茶杯递给她："安静地坐一会儿，喝茶。"

荷衣坐了下来，将头靠在他的肩上，用脸轻轻地摩挲着他的手臂。两人都满腹的心思，怔怔地望着炉火。过了一会儿，荷衣低声道："无风，你说，儿子将来会是一个什么样的人？"

"当然是一位大夫——也不必是最好的，称职就行了。"慕容无风想都没想就脱口而出。

荷衣叹道："我倒没什么意见，就是觉得当大夫太累。你难道不觉得……这其实是一个很枯燥的职业？我一直怀疑怎么会有年轻人喜欢上它。"

"哈，到现在你才说啊。我倒觉得一点也不枯燥。"慕容无风立即为自己辩护。

"你自己不是也说，若不是因为身子不好，你也不会学医吗？"

"开始的确不大喜欢……大约也是赌气。后来学得深了，也不觉得讨厌。"慕容无风只好承认，禁不住又问，"那你说说看，年轻人喜欢什么？"

"我不说，省得你气恼。"荷衣抿嘴轻笑，随手将他身上的毯子掖了掖，"坐了这么久，累不累？"

慕容无风已在薛钟离处坐了一下午，坐得浑身僵硬，到了儿子这间五日不曾燃火的屋子，只觉四壁都是冷飕飕的。荷衣只好叫田钟樾再送过来一个火盆，怕火气太旺，远远地摆在门边。田钟樾趁机问两人是否用餐，两人连连摆手。这一番闷坐，他们都禁不住胡思乱想，越想越怕，越等越急，哪里还有心思吃饭。

又等了近一个时辰，慕容无风疲惫已极，渐渐难以支持。荷衣苦劝他回谷，他却坚决不肯。以他素日的脾性，就算在自己的屋子里，儿女们来了，他还要起身，若劝他在子忻的床上暂歇，是绝无可能。正愁肠百结之时，门外忽然传来一阵马蹄声。

慕容无风喜道："是子忻！"

荷衣摇头："不对。来的不是一匹马，而是几十匹马。"正疑惑间，众马乱嘶，一片嘈杂，只听得门外一声霹雳般的暴喝："季东彪！你小子给我滚出来！"

还未等有人回应，又听得有人打了个呼哨，众人仿佛得令一般，一人举着一个火把立即散开，将医馆围了个水泄不通。

荷衣低声道："麻烦来了。无风，你得到床上躲一会儿。"说罢，将他扶到床上躺下来，掩上被子，又将门口一座荷花插屏挡在床边。自己却只拿着剑坐在他的身旁。

慕容无风道："荷衣，你出去瞧瞧，季东彪是谁？我们都不认得，只怕是误会。"

荷衣道："这是湘匪，凶悍得很。我听得出他们的口音。"

慕容无风正要细问，只听得一人干咳了一声，朗声道："丁舵主久违了。在下谢停云，不知舵主深夜率众而至，到这小小的医馆，有何贵干？"

"谢老头竟也在这里，稀罕，稀罕！我们飞龙舵一向与云梦谷无冤无仇，也不想把事情闹大。只要你们将季东彪的人头交过来，我们立马走人！"

"舵主确信找对了地方吗？这个什么季东彪，我从来没听说过。"

"老谢，我们八十飞骑穿山渡水地赶过来，你当是来好玩的吗？兄弟们，操家伙，他奶奶的，先将这屋子烧光，我看季东彪还藏不藏得住！"

接下来便是一阵骚乱，显然双方交上了手。听得"咻咻咻"一阵乱响，几百支没羽长箭如暴雨般从窗外射了进来，将墙壁钉成了一团草垛。所幸慕容无风所卧之处三面是墙，一面有屏风，饶是如此，还是有几支箭射到了帐顶，其中一只燃着火。那月色秋罗的纱帐上原本贴满了纸，一着火星，顿时"腾"的一声，熊熊地烧了起来，荷衣赶紧将慕容无风扶起，放在轮椅上，随手抄起铜壶，将水浇在帐上。又将帐子一扯,扔到屏风之外。田钟樾赶过来,对着帐上的余火一阵乱踩。荷衣一把将他拉到屏风之内,道:"小心!四处有箭!你在这里看着谷主。"

荷衣提剑冲到门边,正赶上谢停云的两个儿子谢从龙、谢从虎冲进来大叫:"夫人,我们被包围了!您带着谷主和田大夫,我们从后门冲出去!"

荷衣挥剑如风,将一张桌子踢起来,挡住窗口,只听得"叮咚"一阵急响,显然是乱箭全钉在了桌子上。正想将那张红木大椅也踢过去,房顶上突然"哗"的一声瓦片碎落,凭空掉下一个人来,手执强弩,落地时身形未定,已向着荷衣连发了十箭。

慕容无风在床边看见,惊道:"荷衣,小心!"

荷衣身形一闪,已凌空而起,跃到来人的身后,长剑一挥,那人的一只手臂便飞了起来,鲜血淋漓,好如一盆水般浇到床上。

谢从龙将木椅一踢,挡住另一个窗口,大声道:"夫人,快走,这屋子只怕已烧起来了!"

荷衣点点头,赶到床边,却见田钟樾颤声道:"不成!先生……先生现在不能移动。他看上去不大好。"

慕容无风脸色苍白,手捂住胸口,吃力地道:"你们……先走,别管我。"

他心疾甚重,一向受不了突然的声响。和荷衣在一起这些年,因生活平静,发作的次数越来越少。此时闻得空中乱弦穿梭,加之荷衣方才那一剑,顿时心跳如鼓,无法平息,嘴唇也渐渐发紫。

荷衣久经江湖,对这些惊险之事,只当家常便饭。见慕容无风脸色忽变,便知是心疾骤发,不由得大惊失色:"阿龙,你带着田大夫先走。我在这里陪着谷主……等他好些再说。"

谢从龙忙道:"夫人既不放心谷主,我们还是一起在这里死守。我已派人冲出去找翁总管求援。"

虽这么说,大家心中却暗暗叫苦,门外一片厮杀之声,也不知谁胜谁负。慕容无风出行时,只带了二十个随从。虽个个都是好手,但那湘西悍匪人数众多,也绝非寻常之辈。料想门外必是一场苦斗。且这一战为季东彪而起,却没有一个人认得季东彪,飞龙舵的人想是气疯了,也不问个青红皂白,就刀剑齐下,乱砍一气。一群人只杀得糊里糊涂。若是就这样死掉,那才叫好笑。

四人正谋划中,忽听门外又一声呼哨,乱箭骤停,却有一马狂嘶而至,空中响起一记鞭声。

顿时,门外一片可怕的宁静。

只听得一人冷冷地道:"丁猛已受了伤,诸位还不肯走吗?"

接着,又听得一人沙哑着嗓子道:"好!季东彪,我们飞龙舵结下这笔梁子!"

又是一记鞭声。

季东彪淡淡道:"还有哪一位想结下这笔梁子?"

良久，无人回应。忽听马蹄乱响，众骑逃得无影无踪。

荷衣心中暗暗地舒了一口气，将屏风移开。慕容无风喘息渐定，也挣扎地坐了起来。只见门外杖声疾点，一位灰袍少年急匆匆地赶进来，抢到床边，道："爹爹、妈妈，你们没事吧？"

慕容无风一把抓住他，厉声道："子忻，这几日你到哪里去了？"

"我……我出去办点事儿。"

"你……你难道就是那个季东彪？"荷衣也急着道。

"我随口起的名字。爹爹，您身子不要紧吧？"

"我……我无妨。"慕容无风拧住子忻的衣领，将他拉到自己的面前，道："子忻……告诉我，你……你刚才可曾杀了人？"

"没有。我只是废了人家的一对招子而已。"

慕容无风扭过头，看着荷衣。

荷衣道："招子就是眼睛。"

夫妇俩愁容满面，正要将子忻好生数落，忽听他背上的包袱里，有婴儿"咯咯"的声音，不禁又是一惊，喝道："子忻，你包袱里有什么？"

"哦！差点忘了。这位是……"子忻打开包袱，将里面一个白白胖胖的男婴抱出来，笑嘻嘻地道，"你们的孙子。爹爹你看，他像不像我？"

慕容无风一听，气得差点背过气去，见那男婴一个劲儿地吮着手指，却与子忻幼时一模一样。一时间，哭笑不得，道："胡闹，这孩子是从哪里来的？"

"捡的，他的爹妈都死了。"

荷衣摸着儿子的脸，柔声道："子忻能回来就好。爹爹、妈妈是特意来看你的。你能平安回来，我们就放心了。"

子忻垂下头，道："爹爹、妈妈，我惹了些麻烦，打算出去避些日子。"

慕容无风道："你哪里也不许去，就留在我们身边。无论你有什么麻烦，我们都会想法子替你挡住。"

子忻笑道："爹爹，我想到江湖上去走走。"

慕容无风道："子忻，你莫忘了，你是大夫。"

子忻道："我没忘。而且，我为自己想出了一个绝好的职业，又能跑江湖，又能做大夫，一说出来，爹爹必定喜欢。"

慕容无风苦笑道："还有这样的职业，我怎么没听说过？"

子忻道："江湖郎中。"

第六章

屋子中的屋子

孟春之月，日在营室。东风解冻，蛰虫始振。是月也，天气下降，地气上腾，天地和同，草木萌动。

屋外的春光并没有照进来。这是一间屋子中的屋子。他跪在那具白骨之下，已跪了整整三个时辰。灯油已将燃尽，袅袅而上的黑烟将头顶的梁柱熏得漆黑。空气中有一股呛人的烟气。沉闷。

汗水从他的额上滴下来。他的背受了重伤，痛得几乎直不起腰来。可是那白骨无声地立着，空洞的眼眶狠狠地盯着他，就算低着头他也能感到那种可怕的压力。脑中，这光滑的白骨恢复了血肉，恢复了他生前桐帽棕鞋、衣影翩翩的样子。

他痛苦地闭上眼。比起生前，他宁愿看见的不是那个人影，而是面前这具毫无表情的枯骨。

"你知道，'外视'并不可怕，可怕的是'内视'。"

他还记得他的话。

"一旦你有了内视，外视无论是什么样子，都不重要。"

现在，内视终日折磨着他。他咬了咬牙，挺直了背，用颤抖的手点燃了香炉上悬挂着的一段线香。

野外，山泉初解，兔走狐奔。竹笋迸起，溪泉横流。

他身材高大，穿着紧身的黑衣，脸上和手上都有一道可怕的疤痕，但这些并没有影响到他面容的俊美。

沉默了很久，他忽然对着白骨说道："父亲，我受伤了。"

不可能有回答。然后，仿佛为了说服自己，他又补充了一句："可是请放心，我能够结束这一切，让您瞑目于九泉之下。"

说完这句话，他掏出匕首，在掌心割下一道小口，用自己的血浇灭了暗香。

鲜血燃烧的味道,他早已熟悉了。他将铁剑撑在地上,勉强地站了起来,感到背上的伤口又开始迸裂,鲜血浸湿了腰带。

可是他还是用力地推开两道门,大步地走了出去。阳光明亮,令人微眩。

东塘镇。

子忻孤零零地挤在一群小贩之间。

空气干燥,尘土飞扬,阳光之下的街道白得亮眼。不远处传来"咯吱咯吱"的乱响,却是几道褪了色的酒旗稀稀落落地在风中摇摆。不论是招牌还是行人,都显得有些懒洋洋。子忻穿着一件灰蒙蒙的长袍,后摆已被马汗浸湿了,发出一股难闻的味道。站定之后,他掀开帷帽,头顶的上方仿佛突然出现了一个旋涡,满天的花粉如一道暗流迎面扑来,还没等他来得及掏出手绢就连打了三个喷嚏,且有不可阻挡之势。他赶紧从怀中摸出一粒药丸,含在口中。

在这样的一条大街上,除非是口吐白沫就地昏倒,否则,不论是咳嗽、吐痰还是打喷嚏,都被视作常事。谁也不认得他,所以谁也不去理他。

子忻的思绪越飘越远。

临行的前一天,父亲把他叫到自己的书房里,再次劝道:"我知道,你一直不喜欢这里,和很多老先生都红过脸。"

他一言不发,算是默认。

"可是,外面很乱,你的身体也不好。我和你妈妈都很担心。"

他继续沉默。

"这样吧,我们还有不少医馆分散在各地。你若实在想出去走走,可以随便挑一个,住他一年半载再回来。"

"不。"他毫不动摇。

那一瞬间,父亲有些失魂落魄,话音柔和起来:"子忻,听话。"

在他的记忆里,父亲几乎从不曾对他说过"听话"二字,由此造成了他和姐姐子悦从来就不怎么听话这一事实。

"爹爹,我会经常给家里写信的。"生怕父亲再说两句自己就会心软,他赶紧结束谈话,走向门外。

快到门边时,父亲忽然问道:"子忻,你究竟想要什么?"

他停住脚,想了想,摇摇头:"什么也不想要。"

若干年后,每当回忆起这次对话,子忻都会问自己在这个世上究竟想要什么。

他发觉这是个很难回答的问题。也许,他只是需要否定什么才能感觉到成长。为此,他需要一个世界、一个旅途,和另一种生活。

一群七八岁的女孩子正在街边玩耍。她们将一只装着铜钱的绣荷包抛来抛去,轮流去抢,在尘沙和柳絮间欢快地追逐,兴高采烈,满头大汗。又有一群男孩子趴在地上斗蟋蟀。有几个还穿着开裆裤,屁股翘得老高,臀瓣上几块紫青的胎记清晰可见。

子忻第一次见到唐蘅的时候,唐蘅就穿着一条大大的开裆裤。唐蘅还说别看他个子小,其实特别好认。然后就指了指自己光光的屁股,说上面有两块紫色的胎记。果然,每当小孩子们打架挤成一团时,子忻总能从一大堆屁股中,迅速地找到唐蘅,将他从人群里拉出来。

不过唐蘅最擅长的不是打架,而是装死。

"子忻哥哥,你陪我玩吧!"刚认识不到两天,唐蘅一早就扒在子忻的床头,用手指头撑开他的眼皮,恳求道。

"你会玩什么呀?"他揉着睡眼道。

"我会装死,你会不会?"

接着唐蘅便在床上给他演示了各种死法:有中枪即倒,立毙而亡者;有浑身抽搐,吐血三升者;有中毒发作,面目狰狞者;有全身中箭,仰天大呼者;有走火入魔,颤如筛豆者;有马上中刀,从天而降者;有力却伏击,不敌而逝者;有临刑痛骂,大义凛然者;有勇夺兵刃,同归于尽者……直把子忻看得张口结舌,眼花缭乱,不得不承认这四岁孩子的演技天下一流。

末了,唐蘅满头大汗地问道:"好玩吗?"

"好玩。"

"我教你吧。到时候我们俩一起装死,也好有个伴儿。"

"为什么你老要装死?"

"我哥喜欢我这样,不然他就不和我玩儿。"

同样是第一次见面就被对方痛打了一顿,子忻对唐蒂的印象远远不及刘骏。

唐蒂是个高个子,走路时胸高高地挺起,不会骑马,却喜欢穿一双又黑又亮的马靴,蹬得走廊的木板当当作响。据说他原本是自己家那条街上的孩子王,手下有十来个喽啰,全听他的指挥。唐蒂因此不屑和比他小四岁的弟弟唐蘅一起玩耍。每次出门他不得不带上唐蘅,又觉得他一无所用,所以每到玩打仗游戏的时候,唐蘅的任务总是装死。开始他只是偶尔装装,还兼端茶倒水拿东西跑龙套之类的角色,岂知越到后来经验越足,装死装得惟妙惟肖,旁人无法替代,这才成了他的专职。

那一天,子忻第一次见到唐蒂,便和唐蘅一起装了三次死。其实子忻本可轮到更好的角色,比如负隅顽抗的黑道杀手之类。不料唐蒂认为子忻又瘦又跛,不配做他的对手,而装死的技能又远不及唐蘅,当即指示他做唐蘅的手下,先当一阵子拦路抢劫的强盗,然后两人在他的大刀下跪地求饶,双双赴死。这种游戏极其简单,如果参加的人太少,简直无情节可言。子忻"死"了三次便已生厌,而唐蒂却是兴致益然,乐此不疲。他自己的角色不是"皇上"便是"元帅",要么就是"大侠"。与之对应,唐蘅、子忻则只能在"叛臣""逆匪"或"恶棍"中挑选。玩了三次之后,子忻忽然对唐苇道:"这一次可不可以倒过来一下? 我和唐蘅演元帅,你来演恶匪?"唐苇的脸立刻阴沉下来,说他从来都不演坏人。子忻顿时来了气:"我也不是坏人,为什么每次都要我演坏人?"唐苇将胳膊抱在胸前,眼中尽是鄙夷之色:"你是瘸子,瘸子都是坏人。"

子忻一拳挥了过去,正中唐苇的下巴。唐苇一脚踢开他的手杖,将他痛揍了一顿,扬长而去。唐蘅跑去将手杖拾起来,掏出手绢帮他擦掉鼻血,小声道:"子忻哥哥,别生我哥的气,好吗? 这是……这是一包糖炒栗子。我不吃了,全送给你! 你消消气,好不好?"

子忻捂着鼻子气呼呼地坐起来道:"为什么我不能生他的气?"

"你若不听我哥的话,我哥还会揍你的。"好像唐苇还站在他的身后,唐蘅低声道,"你不会去向我爹爹告状吧?"

"不会。"

"如果你告诉你自己的爹爹妈妈,他们也会告诉我爹爹的。"

看见唐蘅一副很紧张的样子,子忻叹了一口气,道:"我不会说的。"

实际上,云梦谷的孩子也流行着同样的规矩。挨了其他孩子的打之后捂着脸向父母哭诉会被看成是胆小行为。所以当子忻鼻青脸肿地回家时,这早已不是他第一次鼻青脸肿。父亲见怪不怪,也没问是谁干的,只是给他敷了一点止痛的药膏,然后便道:"玩去吧。"

怕被盘问,子忻掉头出门回屋,半路上正好撞上了子悦。

作为云梦谷的孩子王,子悦对孩子间的所有的战事一清二楚。因为是子悦的弟弟,云梦谷里没一个小孩敢主动找子忻打架。当然,别人打架时他自己凑热闹混进去挨的揍不算。子悦看见弟弟的脸肿成一个猪头,掐指一算他在本日可能的停留之处,便已一切了然于心。当下只是不动声色地和他讨论了一下地图的画法以及爬山的计划,次日便率领一群孩子去和唐苇算账。

由于礼貌的关系,唐苇开始还不屑和这群流着鼻涕的屁孩儿动手。何况有好几个孩子操着本地土话叫骂,让他摸不着头脑。然后,子悦大喝一声:"揍他!"一群人一拥而上,其中不乏看似憨傻,其实练过几天拳脚者。唐苇毫不费力地扳倒了猛冲过来的头三个,岂料后面的人前仆后继,终于将他揍得万紫千红,好几天都辨不出是人是鬼。唐蘅在一旁急得哇哇大哭,要跑回家去叫爹爹。子悦一把拉住他,柔声笼络:"唐蘅乖宝宝莫哭,姐姐明天带你去爬山,山上好玩的东西可多啦。姐姐屋里还有新蒸的桂花糕,你要不要吃? 来,你跟我来拿。"说罢便连蒙带骗地将他拐到自己屋里,塞给他几块甜糕,不消半会儿工夫,就哄得他回心转意。

就这样,子悦成功地将唐家兄弟分裂了。

当子悦遇到刘骏也想如法炮制地收服他时,发现刘骏远比唐苇要难对付。照样是一群孩子向他冲去,刘骏眼疾手快,一步跨出,抢先揪住了子悦的小辫子。只轻轻地一拽,她便尖叫了起来,大伙儿全吓得倒退三尺。子悦马上表示愿意停战,且说自己爬山的队伍里正好缺一名像刘骏那样有丰富经验的山里人做向导,问他愿不愿意加入。刘骏摆出一副不感兴趣的样子,最后在众人的恳求下方勉强答应。却不知自己照样落入了子悦的圈套,不知不觉成了子悦的第一手下。

亲近自己的朋友,更亲近自己的敌人。

这一向是子悦的战术。

站在人群中的少年正漫无边际地想着自己的往事,忽听得老远处有人不耐烦地吼道:"喂!你小子站在这里做什么?这是人家做生意的地方,每个位子都要交钱的。哎!说你呢!跛子!"

他抬眼一瞧,见是一个粗脖红脸、满身酒气的胖子向他走来,他狠狠地盯了来人一眼,道:"我的名字……"

"管你叫什么名字!你交钱了吗?我是收租的阿三,这里的廊头。你若是打算在这里摆个摊子,就要交钱,明白吗?"

少年一副摸不着头脑的样子:"廊头?"

"就是管租店铺的。"一旁一个卖樱桃的人小声道。

"奇怪,你是哪个村的?阿三我走南闯北,这口音我还真没听过。古怪得紧!"

这阿三自己一口村话,少年听得尚且吃力,不料原来自己说的话,对方也听不大懂,不禁怔在当地,想说官话,又觉得太过假正经。张口不是,闭口也不是。

"三哥还称自己有见识,这明明是关外蒙古人的口音,上次有位卖耗子药的,说的话与这位小哥一模一样,他就是从关外来的。"

既然已有人搭腔,少年干脆闭住了嘴。

在市井里就有这样的好处,你永远不会感到孤独。关心你的人永远很多。有时候他人的热心甚至让你窒息。

阿三哈哈一笑,觉得这个回答十分满意,眼珠子一溜,溜到马上,接着道:"老弟这匹马倒是神骏,如果肯二十两银子脱手,这摊位就是你的。头一月的租钱就不用交了。"

少年道:"这马我不卖。"

"就是就是,三哥又不是没瞧见人家的腿不好使,还要人家的马……"黑暗中,有个人咕噜了一声。

阿三的眸子恶狠狠地扫过去,却一连看见七八个脑袋畏畏缩缩地扭过去,找不着目标。

少年将头上的帷帽揭下来,笑道:"三哥贵姓?租摊位的银子我暂时没有。马也不想卖。不过,我看三哥的这颗虎牙不太好,只怕已烦扰了三哥多日。不如我替三哥拔下来,再开一剂药,消消肿。这诊金我就不要了,三哥让我在这里摆摊三日,如何?"

虽是黄昏,天色还不是很暗。少年身量修长,长发微卷,饱满高昂的额头之下,双眸灿若秋星。他原本紧闭双唇,显出一副苦思的样子,不免给人抑郁之相。想不到他启唇一笑,态度温婉,再加上一连叫了五声"三哥",阿三呆呆地看着他,怎么也硬不起心肠。

一句话正问到痛处,阿三禁不住哼了一声,口气终于和缓了下来:"请问小哥做何营生?"

"小本生意,江湖郎中。"

"一看你就像。"

尽管朝朝暮暮都想跑江湖,一听见有人这么说,他心里还是觉得有些别扭。

"你不想租个店房吗?一季的租金只要六十两。铺房也有不少:大房每季四十五两,中房三十六两,小房三十两……"

"我暂时没有钱。"少年很坦白。

"好吧,看你这样子,也不像是哄人的。你真的会拔牙吗?……我是说,你拔得动我的牙吗?"阿三盯着少年苍白修长的指尖道。

"拔得动。"少年淡淡道,从马背上拿下来一个红杭细绢的包袱,掏出一个描金的医箧,从中抽出一个精巧无比的铁钳。

旁边的人伸长了脖子,仔细地打量着少年这套一看便知价格不菲的工具,都道:"乖乖,这个东西可是真货,我想不出除了拔牙,它还能拔什么。"

他找旁人借了杯水,仔细地净了净手,将一小团药棉塞在阿三的口中,轻声道:"你别看着我,行吗?"

阿三点点头,紧张得满头大汗。

少年钳住那颗虎牙,笑道:"我还得再等一会儿,等药性发作了才好。不然你会痛的。"

听了这话,阿三松了一口气,却不料少年手腕忽地一拧,已将那颗虎牙无声无息地连根拔下。

旁观客都瞧得喝起彩来。

阿三"嗯"了一声,将腮帮子捂了半响,拍了拍少年的肩膀,道:"好手艺!你就在这里摆摊子吧,这一个月的租金,我替你出了。"

"那就多谢了。三哥贵姓?"

"我叫姚仁。你呢?"

"真巧。"少年捋了捋被风吹到脸边的长发,苍白清秀的脸上掠过一丝神秘的笑,道,"我也叫姚仁。"

"好!有缘!过几天我请你喝酒。"姚仁兴奋地高喊了一声,丝毫没有意识到自己的大名已被这少年不动声色地盗用了。其实也谈不上盗用,这镇子原本以姚姓为主，光叫"姚仁"的就有七八位。多此一人，不算稀奇。

"谢了，我不喝酒。"少年婉言相谢，深知自己的食忌早晚会招惹麻烦，不免感到一阵羞愧。可惜这话姚仁却没听见，已大步地走了。

看着姚仁的背影，少年回过头来，身无分文，饥饿无比，却仍像只呆头鹅般傻乎乎地站在众贩之中。半晌，旁边卖樱桃的老汉终于问道："姚仁，你真是来摆摊的吗？"

少年一愣，一时还未想起这就是自己的名字，脑袋用力一点，道："是啊，老伯。"

"那么，你为什么不吆喝？就算你很会拔牙，也得用力吆喝，才会有人理你。何况这是你来的第一天，谁也不认识，也不知道你是干什么的。不吆喝怎么行呢？"

"我很饿，没力气吆喝。"他老实地答道。

"这是半碗樱桃，我卖剩下的，你先吃了吧。"

"抱歉得很，我……不吃樱桃的。"

"就算饿死也不吃吗？"觉得少年不识抬举，老汉顿时不高兴了。

少年讪讪地一笑，没有答话。

"随你便吧，看来今天你是挣不到钱了。现已日暮，这集市已渐渐散了。"老汉站起身来，收拾起箩筐和担子。

少年皱起双眉，正在想自己该往何处落脚，听得另一个方脸长鼻、卖糖炒栗子的中年汉子碰了碰他的胳膊，粗声粗气地道："你要吃花生吗？我这里还有半包，是我老婆用盐煮的。……看你这小子白脸净面的，也不像是受过苦的人，怎么忽然间就沦落到了这个地步？你娘老子都死了吗？"也不管他要不要，将一个纸包硬塞了过去。

"哦！盐煮花生？这是我姐姐最爱吃的，她生闷气的时候，一次能吃满满一碗呢。闻起来真香！里面用茴香和草果，对吗？我母亲特别喜欢茴香。多谢大叔！"少年充满感激地说了半天，顿了顿，又不好意思地摇了摇头，"不，我不能吃花生。很抱歉，谢谢你。"

"连花生也不吃，你是有病吗？"

"这个……咳咳……我……总之……"

"我这里还有一个烧饼，烧饼你总能吃吧？"

"请问上面可有葱和芝麻？"

"废话，没有这两样那还是烧饼？"

"抱歉得很……"

"老弟，你这麻烦的毛病是怎么弄出来的？从娘胎里带出来的？"

"想必大叔也看见了，我先天不足。"

"哦！"那一群贩子交头接耳了一阵，都用诧异的眼光看他，讨论了半天，终于道，"小子，馒头你总吃吧？"

"……我没有钱。"

三人从怀里各掏出一枚铜板,交到另一个贩子的手中,从隔壁的摊子上买了一个馒头:"拿着吧,这也就是三文钱一个,算是大叔们请你的。小小的年纪,这不吃那不吃的,怎么长大呢?"

　　那馒头白暄暄的、热腾腾的,交到手里,微微发烫,上面的薄皮紧绷绷的,没有一丝皱纹。少年心头一热,颤声道:"谢谢各位大叔!"说罢,低下头去,将馒头一小块一小块地掰下来,递到口中,细嚼慢咽。

　　"啧啧,你就这样吃馒头呀?真斯文!我还是第一次见人这么吃馒头,回去我也教我家闺女去。请问烙饼卷大葱该怎么吃?"

　　"我没吃过。"少年很客气地答道。

　　"你若吃起它来,绝对不会像是在吹喇叭,对吗?"

　　"我想不会。"

　　群贩又嘀咕了起来。

　　那馒头大得好像一块枕头,人群都散尽了,少年还没有吃完。渐渐地,长街上烛火荧荧,行人冷落。他独自站了一会儿,天上忽然下起了大雨。

　　他这才想起来,自己没有钱,连个落脚之处也没有。仓皇之中拉住一个路人打听,方知小镇东头的山腰上,有一座荒庙,以前是叫花子们常睡的地方。

　　"那里倒是可以避风避雨,只是不大干净。小哥若还有别的去处就不要去了。听说……闹鬼。"

　　那庙看上去果然颓败。

　　窗纸上纵横交错着蜗牛吐下的银线。大门虚掩着,歪向一边。门前长草埋径,几块断石,零落一地,一株老树被一枯藤缠得枝脉卷曲,张牙舞爪。山庙的背面是一片更加荒莽的山麓,连绵起伏,不见尽头。乳白色的山雾却像狂奔的海水从山顶涌下,在山庙的上方平铺开来,当中形成一个巨大的旋涡。远处春雷隆隆,闪电劈空,那旋涡缓慢地旋转,在电光下,升腾着一团可疑的红色……

　　可是雨声和隐隐的雷声,反倒给山庙增添了一种异样的宁静。他走到门口,看见一排雨水沿着前檐滴下,打在破碎的琉璃瓦上。门左有一只破了口的水瓮,水滴在那里溅出一种奇异的回声,疏密有致,仿佛隐含着某种诱人的节奏。他久久地凝听着,思绪滑向远方。

　　待到他定下心神,才发现窗内透出一团微微的火光。

　　里面有人。

　　他牵着马,推开门,走了进去。

　　子忻就是在这里第一次遇到竹殷的。

第七章 竹殷

　　竹殷是一位俊美的年轻人。一头暗红色的长发,长眉广目,嘴唇仿佛涂过油膏,略微发黑,却饱满丰润。他穿着一件曳地的黑袍,深紫色的滚边,绣着金线的腰带,身上散发着一股兰草的香气。

　　子忻喜欢竹殷,是因为他的第一句话。

　　"不必担心你遇到了陌生人,"竹殷眉目微扬,指了指自己身旁的一个草垫,"和陌生人说话,其实就是和自己说话。"

　　地上有一个小小的火盆,几段枯枝在火中毕剥作响。火的当中悬着一个小小的铁架,上面烤着好几只黑乎乎的动物。

　　学了七八年的医,子忻已学会了对各种令人作呕的形体保持漠然。何况他有些累,又有些冷,于是将手杖一抛,坐了下来。

　　"你是在烤老鼠吗?"

　　"这几具死亡的轮廓难道看上去还像别的东西吗?"竹殷反问了一句。

　　"当然不是。"子忻微微一笑。

　　"能否挪一下你的右腿?你的脚下有一只蟑螂。"竹殷打量着子忻,忽然道。

　　他的右腿原本麻木不仁,只好用手将它挪到一边。

　　地上果然有只半死的蟑螂。竹殷拾起蟑螂放到口中,嚼了两下,慢吞吞地咽了下去。

　　"我一直以为我已把这地方的蟑螂全吃光了,想不到还漏下一只。作为晚餐前的一道小菜,倒也不错。"

　　子忻想笑,却有些笑不出。因为这年轻人的举手投足透着一种说不出的高雅,与他口中肮脏的食物太不相称。可是子忻却不想让自己显得狭隘:"既然老兄喜欢蟑螂,可以想象,老鼠的滋味想必不错。"

仿佛受到了恭维,竹殷笑了起来,露出一口整齐的白牙,从袖中掏出一个竹罐,拧开,将一种紫红色的肉酱倒在已渐渐熟透的老鼠上:"味道的确不错。加上这个蚯蚓酱,就更好了。"

　　火中发出"哧"的一声,几团肉酱溢出来,滴到发红的铁架上,瞬间已变成了黑色。

　　"我是竹殷,钟山人。"他一边慢条斯理地烹饪,一边缓缓地说道。

　　子忻道:"我是……"

　　"我知道你是谁。"

　　"他们说,这里闹鬼。"

　　"我不是鬼。"

　　子忻松了一口气。

　　"我是蛇精,如此而已。"这么说的时候,竹殷的双眼一直望着子忻,好像故意在开玩笑。接着,有一道又软又硬的物事从他的袍底伸了出来,蜿蜒地顺着子忻的左足一直爬到肩上,轻轻地拍了他一下。

　　那是一条浑圆细长的蛇尾。

　　子忻小心翼翼地摸了摸颤动的蛇尾,尾尖细如纤草,全无敌意地在他的指中流连穿梭着。他抬眼望过去,竹殷的笑容有些妖媚,眼中春波荡漾。

　　"我能不能问你一个问题——"子忻定了定心神,道,"你究竟是男是女?"

　　竹殷失笑:"这很重要?"

　　"有一点。"

　　"你听说过狸蛇吗?"

　　"我只听说过狸猫。"

　　"狸蛇是一种可雌可雄的蛇。在几千年的修炼中,我有时喜欢干的一件事,"竹殷从怀里掏出一块素绢和一双碧青的竹筷,用素绢将竹筷擦拭了片刻,开始很斯文地享用起自己的晚餐来,"那就是走入一个婚姻不美满的家庭,在男主人的面前化作一个女人,又在女主人的面前化作一个男人,让他们彼此相悦。其实在整个过程中我从不用脑,只是不断地转述另一方的情话,每个人都暗自欢喜。所以,我既不是男也不是女,你喜欢我是什么,我就是什么。"

　　"你知道未来吗?"

　　"关于未来,我和你一样糊涂。"

　　瞬间,子忻沉默下来,开始啃起了指甲。

　　慢吞吞地吃完晚饭,竹殷用素绢擦了擦自己的食指,又问:"外面的世界这么大,你究竟想去哪里?"

　　"随便走走。"

　　"随便走走? 往哪个方向?"

"先向北。"

"为什么？"

"不知道。"

"让我猜猜，你是想找刘骏？"

猛然提起这个消失了好几年的人，子忻吓了一跳。

"你怎么知道他？我都已快忘掉他了。"他不承认。

竹殷轻描淡写地"哦"了一声，继而道："儿时好友，仅供回忆玩味，忘掉也好。"

"其实，我只是不想待在谷里。"子忻忽然幽幽地叹了一口气。

"因为你杀了小湄。"

子忻的脸顿时苍白，露出痛苦之色。

"是吗？"仿佛非要他承认，竹殷逼问。

子忻拼命地咬着指甲，唇上忽溢出一滴血。

"你的嘴怎么啦？"

"不小心咬破了手指。"过了一会儿，子忻道，"是的。我杀了小湄。"

"你父亲说，这不是你的错。你不可能让老天爷不打雷。"

"他总是企图安慰我。"

"我也这么想。"竹殷表示同意。

"我困了，想睡了。"面对这洞悉他一切心事的人，子忻不想继续谈论这个话题，将披风一裹，在火边躺了下来，闭上了眼睛。

"你就这么放心地睡了？不怕我把你吃了？"

"你不会。"

"我为什么不会？"

"因为你只吃老鼠和蟑螂。"

"好吧，老弟。"竹殷用竹枝拨了拨火，"明天见。"

第八章

苏风沂

雨后初阳。

从泛着绿痕的窗格往外望去,竹殷的玄衣原来并非纯黑,而是带着暗紫色的光泽。行走的样子悠闲舒缓,像个远游中的贵族。那一段蛇尾隐没于袍服之中,在春草掩没的泥径里不露半点痕迹。渐渐地,他愈行愈远,变成了一道剪影。接着,黑袍飞动,乌云般飘散开去。

远处的山林,群鸦乱起。有几只飞到古庙前的那株枯树上。

"我花了上百年的时间模仿人类的步法,现在看上去是不是已很相似?"凌晨时分,竹殷忙碌自己的早餐时这么对子忻说。

"何必模仿他人?"子忻微哂,"莫非你对自己本来的样子感到羞愧?"

"我们这一族类非常孤独,没什么好的名声。悬浮在两界之中,既不容于人世,也不容于仙世。"竹殷缓缓地道。

"可是我并不在乎你是什么样子,"子忻道,"你不妨现出本身。"

"我怕你害怕。"

"我一点也不怕。"

"那就是我害怕,"他顿了顿,补充了一句,"我害怕你看了害怕。"

"我不怕……"

"那就是我害怕你看了害怕虽然你说你不怕……"

"我不会勉强你的。"没等他说完子忻就打断了他的话,从包袱里拿出一只苹果,闷声不响地啃了起来。

就这样耽搁了近一碗茶的工夫,各人吃罢自己的早餐,竹殷很客气地告辞了。他没有告诉子忻自己的去向,子忻也没有打听。

和父亲一样,子忻对陌生人保持谨慎态度,既缺乏起码的好奇,也不认为有交往的必要。对他们而言,陌生人变成熟人,再变成朋友,是件很困难的事。当然,反之更难。

骑马回到东塘镇大街时,那里早已热闹非凡。子忻找到自己的摊位,向旁人借了一张凳子,坐了下来。他觉得自己的样子看上去很狼狈,睡了一夜的石板地,骨头变得无比僵硬。盥洗时找不到净水,只好就着门外的水缸马马虎虎地洗了一把脸。水缸里长满了细如发丝的绿藻,手在水中微微一搅,可以看见几只惊慌失措的蝌蚪。

记事以来,子忻从未如此肮脏。

阳光懒洋洋地照在街头。

子忻的左边坐着一位细脸长须的老汉,十指焦枯,双目混浊,满脸蜡黄,形容猥琐,摆着一个测字的摊子;右边是一个年轻的瓜菜小贩,样子十分精明。他一只手拿着把破扇赶苍蝇,另一只手则往瓜果上洒水。

初春时分上市的苦瓜是浅绿的,样子好像一个纺锤。顶端有一抹夺目的嫩黄。瓜面上的棱纹——不论是凸起还是凹下——都光滑干净,充满蜡质,绝无黄瓜上常见的那些细小绒毛和疹状凸起,在形状上更与玉米接近。据说,苦瓜藤上的绿叶比爬山虎还要浓密,采摘的时候,它们全都羞羞答答躲在密叶当中,只偶尔露出半截身子。你必得像个莽汉一般将它们一个个地从里面拉出来。排列在苦瓜上面的一颗颗大小不一的小瘤,像史前古老的山脊,像溶洞壁上的滴乳,又像花园里的一片鹅卵石地。小贩处心积虑地将四十九根苦瓜,一排七个,大小统一,一层挨着一层地垒上去,摆成一朵菱花的模样。一旁则饰以鲜红的辣椒和碧青的芋苗。整个果摊经过这一番布置,竟如画毯一般好看。

子忻呆呆地看了半晌,不由自主地歪过头去,贩子赶紧道:“客官要吗?这上品新鲜苦瓜一斤算你五分银子好了。”

子忻连连摆手:“不要。”

“四分怎么样?买两斤我算你四分一斤。”小贩锲而不舍。

“不要。”子忻只好加上一句,“对不起。”

小贩的脸上没有露出什么失望的神色,仿佛被人拒绝是件再寻常不过的事情。在子忻看来,小贩在布置瓜果上所花掉的心思,并不亚于大将军的临兵布阵;说服客人所用去的唾沫,大约也不少于帝王宫中的谏客。日复一日,他们坐在尘土飞扬的街头,一遍又一遍地整理着凌乱的货摊。无论生活如何地重复,他们总是面不改色,兴致勃勃地等待着、兜售着、收拾着……

想到这里,子忻不禁苦笑。赋予日常生活某种意义显然需要勇气:一种面对无奈的勇气。所幸他的勇气没有,运气却不坏。

原来这小镇虽不偏僻,村人却大多迷信巫鬼。有了小病或请巫婆作法,或邀道士禳灾。病得重了,便全家老小齐赴十里以外的古刹磕头许愿,然后回家礼佛诵经。样样都不管用了,才会赶更远的路到大镇子上去看郎中。那也只限有钱人家。所以此处从无坐堂的大夫，卖药的摊子倒有好几个。如有江湖郎中或游方和尚路过，村人一见，便蜂拥而来，把那十几个月没看的老病、慢性病、不要紧的病、没钱瞧的病都搬了出来。只为江湖郎中收费极低，实在无钱，送一篮子花生、鸡蛋也能打发。

子忻一到东塘镇，加上姚阿三的大力推荐，这一天，他几乎是从早忙到了晚。究竟拔了多少颗牙，开了多少张方子，连他自己也弄不清。

到下午集市更盛，求医的人更多的时候，阿三见他忙不过来，便自作主张地替他赁了一间临街的小铺。原先的铺主是位布商，因开业不到半年便亏光了本，怕人追债，卷着家当连夜跑了。留下一房半新不旧的家具。铺子的后面连着一个不大不小的院子，当中一口水井。自带着一套厨房和卧室，所以租价不低，但十分干净。子忻刚刚开业，只交了五两银子的定金。阿三拍着胸脯道："瞧老弟的手艺，挣银只是早晚的事。这些琐事都包在你三哥身上！你只要每隔十日交我十两银子就行。"

说罢，叫来一帮人替他洒扫庭院，张罗布置。桌椅一摆，药枕一放，现成的笔砚一搁，却也是一间像模像样的医馆。这一番忙碌，眨眼间便已天黑，众人渐渐散去，子忻颇觉疲惫，也懒得做饭，啃了三根黄瓜，出门买了些日用之物，烧水洗过了澡，便将自己的行李打开，收拾收拾床铺，斜躺在床上读书。

桌上的一支红烛似乎掺了假，点燃之后没过多久，就烧去了一半。且烛芯噼啪作响，烛光飘忽不定，整个屋子也跟着烛光一起跳跃起来。

接着，书上字也浮动起来。一阵心烦意乱，子忻将书抛到一边，点起了另一支蜡烛。

正在这时，门忽然"吱"的一声开了。

他这才想起，因来得匆忙，并未锁门。自己身无余物，难道还怕偷儿不成。岂料进来的是一个十二三岁的小姑娘。绿衣双鬟，极瘦的脸上，有一双大大的眼睛。她身手敏捷地走进内屋，身后背着一个大包袱，看到子忻，"咦"了一声，好像十分惊异。

"喂！你是谁？几时住进来的？"没等子忻张口，女孩叉着腰，对他毫不客气地道。

"下午。"

"这里！这间屋子！是我的地盘。"女孩目光凌厉，神态凶恶，显然是发了怒，"你——出去！"

子忻刚要开口，又听得一声尖叫，女孩跑到床边，跺着脚大声道："我的被子和枕头呢？怎么都不见了？你把它们弄到哪里去啦？"

实际上刚住进来的时候，打扫卧室并没有花去什么工夫，里面十分干净，床上的铺盖异常整洁。尽管如此，子忻还是洁癖发作，将床上所有东西都卷了起来，塞进一个木箱里，然后换上了一套全新的。

"请问，这真是你的屋子？"子忻不紧不慢地道。

"这是一间空屋子，谁先发现谁先住。"女孩站到他面前厉声道。她的个子明明矮他一头,却毫不示弱,"我已在这里住了两天了。"

"有租契吗?"

"没有。"女孩狠狠地瞪了他一眼。

"我有,"一纸租约就在抽屉,子忻拿出来,递到女孩的手中,"我交了五两银子的定金。"

女孩将租约细细一看,"哼"了一声,道:"你有银子,很了不起吗?"

"不敢。"

"走就走,谁稀罕这破屋子!"女孩身子一拧,包袱一甩,昂着头,顷刻间大步地走了出去。

一场误会。

所幸这女孩来如电去如风,并不死缠到底,子忻松了一口气。接着,因这突然而来的兴奋,他了无睡意,复又躺在床上读书。

到了夜半,风雨忽至,听见远处隆隆的雷声,子忻起身关窗。想到方才正因为门没有锁上才引起了麻烦,便行到厅前,找到门栓,正要将门拴好,忽然发现那绿衣女孩并没有离去,只是将包袱顶在头上,蜷身抱膝地缩在门槛下避雨。夜凉如水,她只穿了件很薄的衣裳,冻得牙齿咯咯直响。

子忻微微一愣,道:"你怎么还在这里?"

女孩一翻白眼:"关你什么事?"

"进来,"他拉开了门,"外面很冷。"

"这里很好。"

"你若真的无处可去,今晚就睡在屋子里好了。"子忻慢吞吞地道。

"谁稀罕你的屋子!"

"那么……请便。对了,忘了告诉你,对门大叔家有只看门的大狗,小心……"

这话还没说完,女孩"哧溜"一声从他的腋下钻进门内,将门死死地关住。

"你怕狗?"

"谁说我怕狗?"

客厅十分狭小,女孩四肢纤细,瘦骨伶仃,神色警惕地打量着子忻。

"你是干什么的?"打量了很久,她突然问道。

"我是个郎中。"

"一点儿也不像。你看上去很小。"

"请问小姐贵庚?"

"十三。"说完这两个字,她"阿嚏"了一声,打了一个喷嚏。

"厨房里有热水,需要我替你端进来吗?"子忻不动声色地问了一句。

"别嘘寒问暖的!平生最讨厌你们这些假献殷勤的男人!"丢下这句话,她噔噔噔地奔到厨房里,过了半天,又远远地叫道,"喂!你过来!"

子忻只好拄杖过去。

"这桶水太重!"她瞪大眼睛,看着他的腿,"你要是扛不动不要勉强。"

无论说什么话,她都没有半分惭愧的意思。

子忻一声不吭地将一桶水替她拎到卧室。

"小姐还有什么吩咐?"

"还傻乎乎地站在这里做什么?人家要洗澡。"

子忻走出门外。卧室里哗哗一阵水响,过了一炷香的工夫,女孩整整齐齐地换了件干净的花裙,将湿漉漉的长发团在脑后,歪着头道:"我洗完了。"

她光着一双雪足,趿着睡鞋,在细小的踝骨上方,刺着一个小小的旋涡。显然,她没有半点要将卧室让出来的意思。

子忻只好道:"嗯……你睡吧。"

"我睡客厅的地板上就行了。"女孩将床上细白花被一抱,将枕头咬在口中,道,"床让给你好啦。"

"这是我的被子。"他道。

"难道你要我睡在冰冷的地板上?"女孩目光一凛,又露出方才那种凶狠的神色。

"我到朋友家借宿一夜,明天上午再回来。"子忻淡淡地道,"等我回来的时候,希望你已经消失了。"

"好吧,看在今天你让着我的分上,我会尽快消失的。"她硬邦邦地道。

"那就多谢了。"子忻向大门走去。

"喂!就这么走啦?把你值钱的东西一起拿走。"

"我没有值钱的东西。"

"书呢?这些书……《云梦灸经》什么的,你也不带上?"她看见扔在床头上的几叠书,大声道。

"放在这里没关系,我明天还会回来的。"

"明天见。"

毕竟还是个孩子,虽然有些不讲道理。子忻笑了笑,走出门外,替她掩上了门。

这一夜,子忻只好又睡在那座荒庙里了。

庙内一片漆黑。他没有遇到竹殷,只是感到莫名的疲倦,和衣倒头就睡着了。

次日巳时初刻,子忻吃完早饭回到自己的诊室,早已有七八位病人候在门外。他打开大门,请他们到客厅内坐下。正欲到内室去多拿一张凳子,一推门,门内传来一声尖叫:"别进来!"

天!那个女孩还没有走!

子忻好像中了一刀般死死地定在门边,好不容易将脸上的表情恢复平静,然后尴尬地回过头去,向客厅里十几双齐刷刷的眼睛笑了笑,消除自己是个人贩子的嫌疑。掩上门,回到桌前,继续开方诊脉。

想到厨房喝杯水,必须经过卧室。这一上午,子忻是在口干舌燥之中过去的。

到了中午,子忻速度奇快地看完了最后一个病人,便将开诊的牌子一摘,大门一掩,见内室仍无动静,便敲了敲门,问道:"姑娘,你起来了吗?"

"我起不来啦!"里面传出来的声音明显地带着哭腔。

子忻无可奈何地推开门,来到床边。发现女孩紧紧地裹着被子一动不动地躺在床上,脸色苍白,两只眼睛肿得好像一对核桃。心中微微一惊,道:"怎么啦?哪里不舒服吗?"

女孩眼泪哗哗地流个不住:"你……你别碰我!我要死啦!"说罢便用被子蒙住头,呜呜地哭了起来。

子忻吓了一跳,继续问道:"昨天还好好的,怎么今天就要死了呢?"

"我要妈妈!"

"你妈妈在哪里?我去把她找来。"

"我妈妈早死啦!"她哭得更加伤心了。

"你爹爹呢?你是这镇子里的人吗?"

"我爹爹不喜欢我,要把我嫁给一个臭男人。我从家里逃出来啦,准备去找我姨妈。"大约被子里太闷,她又把头探了出来,泪光闪闪地看着他。

子忻不便多问,拿了把椅子坐到床前:"把手伸出来,我替你看看脉。你还有力气哭,一时死不了。"

"可……可我一直在不停地流血。"从被子里伸出来的半只手臂,细长而光滑。

子忻摸了摸她的脉,收回手,道:"不要害怕,不碍事。"

"什么叫不碍事?我的肚子痛得要命。"

"你有姐姐吗?"

"没有很亲的。"

"这是……女子……嗯……天癸……"子忻小心翼翼地斟酌着词句。

"什么是天癸?是天上的鬼吗?"

"不是……"

"究竟是什么嘛?"

"嗯……你识字,可曾听说过'程姬之疾'?"子忻换了一种说法。

"没有,"女孩疑惑地摇了摇头,"程姬是谁?"

子忻垂头苦思,搜肠刮肚地想找出个妥当的解释:"是这么一回事。以后你每个月……都会这样……你要习惯。"

"是吗?每个人都会这样?你也会吗?"她惊奇地问。

"不不……"子忻头大如斗,"只有女人才会这样。如果你这样……那就说明……你成了一个女人……"

平生从没遇过这样的事,子忻越说越结巴。

“你是说，在此之前，我不男不女？”

“不不不！”子忻连连摆手。

“明白了，你是说，我不会死。”

“对对对！”子忻赶紧点头。

“可是，像这样我的血会流光的。”女孩的鼻子一酸，眼泪又稀里哗啦地流了出来。

“不……不会……过不了多久就会渐渐地……止……止住了。”

“今天下午能止住吗？我还要赶路呢。”

“……只怕没有那么快。”

“那究竟要等几天呢？”

“你的肚子很痛？”

“嗯。”

“六七天，有可能更长。”

“你能替我想点法子吗？”

“我给你开服药好了……”

女孩双眉一展，喜道：“你能开药止住流血？”

“……这个恐怕不能……我只能开些止痛的药。”

女孩瞧了子忻半晌，抿嘴一笑，轻轻地道：“对不起……把你的床弄脏了……”

“没关系。”

“你真的叫姚仁？咬人？”她皱着眉头看着子忻。他的大名就挂在门板上。

“嗯。”

“我叫苏风沂。”她咬着嘴唇，长长的睫毛垂下来，声调不知为什么变得很斯文。

“哦。”

然后她趴在床上道：“我饿了。”

子忻到厨房去炒了两个菜，她裹着被子，坐到桌边，狼吞虎咽地吃了起来。吃完了饭，又喝了一碗药。子忻闷头闷脑地替换过一条干净的床单，道：“你接着睡好了。”

苏风沂一骨碌爬回床上，钻进被子里，瞪着大眼睛偷偷地看着子忻。

子忻道：“把脏衣服也换了吧。”

一抹红云飞到脸边，女孩“唰”的一下坐了起来，捂着被子道：“不用不用……我自己来洗。谢谢。”

“几时变得这样客气？”子忻道，“湿衣服不能老穿在身上。”

她又缩回被子里，把脏衣服扔了出来。

“谢谢你炒的菜……你的菜真的……真的很好吃。”她盯着子忻的眼睛，很认真地谢了一声。

子忻板着脸,没有回答,闷着脑袋到厨房里洗了一个多时辰的衣裳,晾在后院。

接下来的两天里,那个叫苏风沂的女孩变得十分安静。因为她肚子痛得很厉害,不得不乖乖地躺在床上,每天吃药。到了晚上她说害怕,睡不着。子忻只好睡在客厅的桌子上替她看着门。

到了第三天,苏风沂终于可以起身了,便开始自己洗衣服。

"为什么你炒的菜总是这么几样? 一点味道也没有。"随着身子的恢复,她的脾气好像也恢复了过来。

"你想吃什么自己做好了。"子忻哼了一声。

"为什么你洗菜的样子,好像菜里面有毒药?"

"为什么你不吃肉? 你又不是和尚。"

"天啊,你竟连葱和胡椒也不吃……太过分了吧!"

第四天,当苏风沂又是这样不停地唠叨的时候,子忻正在切菜。他的忍耐终于到了极限,忽然将菜刀一放,冷冰冰地对她道:"你什么时候可以走?"

苏风沂的脸色顿时苍白,对他怒目而视,过了一会儿,忍住气,瞄着地上,突然道:"你脚下有只蟑螂。"

那是一只肥硕的蟑螂,长长的胡须探来探去,正吃力地沿着他的一角布袍往上爬。子忻一看见蟑螂,身子忽然颤抖了起来,脸上泛出异样的紫色,胸口憋闷,开始大声地喘气。

苏风沂连忙扶住他的手,道:"你怎么了?"

子忻的手往荷包里掏了两下,什么也没来得及掏出来就双眼一黑,"咕咚"一声,倒在地上。

除了种种食癖之外,这是苏风沂了解子忻的第一件怪事——子忻怕蟑螂。

那一天,苏风沂惊慌失措地看着这个男孩子倒在地上,气息奄奄,便眼疾手快地从他的荷包里找到一个药瓶。也不管里面装的是什么,将一粒药丸塞进他的口中。然后冲出门外叫来一个大汉,将他抱到床上躺下来。他很快苏醒过来,又昏沉沉地睡了过去。

过了整整两个时辰,子忻才真正地清醒过来,看见苏风沂梳着两条油光光的小辫,跪在床前怔怔地看着他。

"你没事吧?"她垂首道。

"没事。"

"我知道我给你添了很多麻烦,所以我决定这就走。"

"……"

"谢谢你照顾我。"

"不谢。"

苏风沂站起来,想了想,忽然问道:"过了很多年,等我长大了,你还会记得我吗？"

"难说……"

"那你至少得记得这个旋涡，好不好？"苏风沂拉开裤腿，给他看左踝上刺着的那个小小的旋涡。

"我是个江湖郎中，不会在一处待很久，"子忻觉得这个小孩有些莫名其妙，"何况世界这么大……我们不会再相遇的。"

"那就忘了我吧，"苏风沂很大方地背起包袱，对他挥了挥手，"再见。"

"再见。"

她一蹦一跳地走出门去，快要从门边消失时，又回过头来，冲子忻狡黠地一笑，做了一个鬼脸。

黄昏时分，屋子复又安静了下来。

夜风徐来，花气袭人。屋角的那一抹斜阳在炊烟中轻轻地跳动着。

子忻觉得有些饿，走到厨房，发现锅里热着两碗小菜，还炖了一锅薏米冬瓜汤。苏风沂显然认真地观察过他的晚餐，三样菜都是照他自己的程序做出来的，什么也没有加，什么也没有减。

这丫头的手艺总算不是太坏。

子忻忽然感到一丝惆怅，觉得自己对她过于冷漠。不过，这不是慕容家人的一贯性情吗？

到了夜晚更衣的时候，他才发现小女孩说得没错。

他不会忘记她的。因为她已在他右足的足踝上刺了一个一模一样的旋涡。刺青当然会痛，可惜他这条腿完全没有知觉。

危险的补充　第九章

　　自从子忻离开云梦谷后，慕容无风了解儿子的途径，就剩下了每两个月寄来的一封家信和一些零零星星的小道消息，但两者都不能让他感到踏实。

　　点滴的传闻通过一番殚精竭虑的分析变得逐渐清晰。他知道儿子正沿着一条奇异的路线向西行进，走了近一年的工夫，折而向北，然后向东，仿佛以云梦谷为圆心，在地图上画一个巨大的圆圈。

　　为什么要这样走，无人知晓。

　　在信里，子忻恳请父母不要给他写信，因为居无定所，他不可能收到回信。而他自己的信总是很短，寥寥数语，不超过两页。有时他会讲一些沿途的见闻，字里行间却透着心不在焉。提到的地名也往往有错：要么根本不存在于地图之上，要么与正在行走的路线相离甚远。路过的河流与山川也常常在信中混淆：要么把两座根本不在一起的山相提并论，要么某座山名与旁边的河名不相匹配。随信附上的东西则更为可笑：他寄来了无数个风湿的药方和稀奇古怪的药丸，装在各式各样的瓶罐之中。在慕容无风看来，非但药丸不值一试，药方也不知所云。

　　云梦谷的医馆、药堂、票号、银庄遍及天下。倘若需要，子忻可以随时随地取到银子。可是，他从来也没有这样做过。

　　离家之后，子忻没要过家里一文钱。路过自家的医馆，也不进去打招呼，大家也就不知道他曾经来过。

　　江湖上却间或传来他饥寒交迫、露宿街头的消息。这种生活在荷衣看来再寻常不过，慕容无风却大为烦恼。每当听到一个这样的消息，当天晚上，他必会一夜不寐，长吁短叹。派去四处打探的人从来都没有真正找到过子忻，却无数次与他擦肩而过，带回来了更多令人担心的消息。原来子忻在诊病时收费十分随意。一般来说价格低廉。若是病人实在太穷，他除了免费之外，还要倒贴药费。这些倒不足以让他破产，由于医术颇佳，他并不缺少挣钱的机会。不过他花起钱来更加大方。传说他曾替一位富商的儿子诊脉，人家一次就给了他一百两黄金。拿着金子刚出门，一抬手，就送给了大街上的叫花子。荷包里暖和的时候，他会住上好的客栈，吃考究的素食，一天洗两次澡，不断地买干净衣裳。身无分文时则将自己卷进一件灰色的披风，露宿荒郊野外。

所幸子忻极少介入武林争斗，一直默默无闻地远游于江湖旋涡之外。只知道他曾有一次在漫游的途中意外地遇上了唐门年轻一辈中锋芒最露的"三花神剑"——唐菊、唐芜和唐萸。不知为什么交上了手，误中了唐萸的一记七星镖，若不是随身带着解药，差点就送了命……

这消息在《江湖快报》上全部加起来也不过一小段，却足以让慕容无风头大如斗。

一个月之后，慕容无风遇到唐潜，便向他问起"三花神剑"是何许人物。

都是自己的堂侄，唐潜不便表态，只简单地解释了一句："具体的情况我也不清楚。不过这三位都与尊夫人有杀父之仇。所幸他们不知道姚仁就是子忻，不然子忻只怕会有更多的麻烦。"

慕容无风知道自从唐潜娶了吴悠之后在家族中颇招非议。吴悠原是慕容无风的弟子倒是其次，作为唐门嫡系的儿媳，她拒绝入住唐门，更拒绝研制任何毒药。族中长老勃然大怒，要动家法，还是唐隐僧多方劝说，加之唐氏双刀以前的声望，这才勉强弹压了下去。可是唐潜在唐家的地位却因此大受打击，几乎被人当作是云梦谷安插在唐门的奸细。

唐潜不说，慕容无风也不便追问，只好换一个话题，问道："怎么不见唐蘅一起过来？"

彼时夜风拂面，唐潜执盏缓缓地道："唐蘅，自然也在江湖之中。"他的脸上掠过一丝忧郁。

"老二总是不大安分，"慕容无风微笑，"唐苇就安静得多。"

唐苇是长子，一直跟随着父亲，高大，英俊，沉默。唐芜娶亲之后，两家仍然过从甚密，可是唐潜外出时，跟随他的人已经换成了唐苇。

唐苇总是静悄悄地跟在唐潜的身后，好像是他的一道影子。

"我没让他总跟着我，"唐潜解释，"可他好像很不放心。"

"可能是他母亲不放心吧，"慕容无风道，"她不是江湖中人，对江湖上的事不免恐惧。"

"其实她的胆子并不小。"终于，唐潜愉快地笑了起来，眼眸深沉，像一泓宁静的海湾，"给人动手术的时候，用刀果断。"

唐潜从不放过任何一个机会赞美自己的妻子。

慕容无风凝视了他半晌，笑了笑，点头："她原本就是云梦谷最好的大夫。"

又闲谈了片刻，唐潜忽然道："我很担心唐蘼。你真的一点办法也没有吗？"

慕容无风双眉微皱："在我看来，他至少比子忻正常。"

"是吗？"唐潜轻声道，他的声音有一丝颤抖，"什么是正常？"

在慕容无风的印象中，唐潜很少这样焦虑过。

"当一个人是自己的时候，他就是正常的。你若是肯换一种想法，就不会担心了。"

"这算不算是大夫的遁词？"唐潜转着手边的璎杯，低低地揶揄了一句，"你治不了他，就改来治我？"

"只要有疗效就行。"慕容无风苦笑。

戊子年十一月，慕容无风收到子忻的来信，说他已找了一个安静的住处，决定在那里长住两年，不问世事，专心著书。彼时子忻离开云梦谷已三年有余。夫妇闻讯大喜，询问邮差，方知信是从郴州城外的一座"玄清观"里寄出来的。

子忻在信里说，他和一位朋友一起住在观中，互相照应，生活无忧，不必担心。他又说，玄清观里的道士，除了遵守传统的清规之外，还信奉一条奇异的戒律：观内所有的道人自入教之日起，便要发誓终身不说话。因为他们相信"道之出口，淡乎无味"，"大道无言，至言无文"。

看到这里，夫妇俩面面相觑，心急如焚，生怕儿子也入了教，平白地做了一个哑人。继续往下读才知道：开始的时候，只有两个这样的道士住观。道观看上去摇摇欲坠，十分破旧。渐渐地，赶来清修的道人越来越多，几年之内，竟也有四十余众，顿时名声大振，香火旺盛，远近的施舍也格外大方。道观因此越来越富丽堂皇，设有数间客馆，以便远来的香客投宿。子忻游历往此，就住在客馆之内。因观外气候多变，风雨不时，道人清修甚苦，常有染病之人。请大夫要走几十里的山道，甚为不便，子忻来后，便应邀留了下来，平日除了替人看病，其余的时间都是自己的。天气晴好，他便背着药筐，到深山中采药。随信一同寄来的还有五卷手稿，名曰《江湖采方录》，是他在路途中采集的各种验方。字迹零乱，装订马虎，不少地方涂改得一塌糊涂。慕容无风只得工工整整地替儿子誊写一份，详细审订之后，付梓印行。

这是慕容子忻流传于世的第二本书。头一本是他离家不久即被印行的《云梦灸经注》，三册十二卷，请扬州名医段石原为序，有云："敷陈详核，征证丰多。引申触类，曲畅旁推。源流洞彻，自成门法。"慕容无风的《云梦灸经》原本是出了名的晦涩隐奥，子忻的注本一出，非但文采粲然如披云织锦，声调铿锵如敲金振玉，就是解析也如抽茧剥丝一般精当独到。顿时一夜风靡，成了医界诸君案头必读之物。

可是就在这本书印行后不到两个月，慕容无风就写了一本《云梦灸经纂议》，对自己原有的观点颇有阐发，且有多处迹象显示，他并不同意儿子的某些解释。于是，整个杏林中人都知道这对父子正在掐架。

因子忻流浪江湖，行踪不定，与医界中人又绝少往来，他并不知道父亲写了这样一本书。等他终于在郴州住定，慕容无风立即遣人将《云梦灸经纂议》送了过去。书一送去便如石沉大海，子忻在以后的回信中从不提起，就好像他不曾读过这本书一般。

庚寅年秋月，荷衣忍不住让谢停云去了一趟郴州。这一次，在荷衣的逼迫下，慕容无风写了一封言辞和缓的家信，对子忻的《江湖采方录》颇有称许。谢停云回来时，带回了子忻另一部手稿，名曰《云梦灸经补》。

慕容无风拿到手稿连夜读毕，之后整整三日，惘然若失。

荷衣见他读后便将书稿放入抽屉，总不提起，终于忍不住试探："子忻新写的那本书你可还喜欢？"

慕容无风沉吟半晌，叹道："喜欢。不过，这是一本危险的补充。"

那本书里，除了首页上有《云梦灸经补》五个字之外，全书从头到尾都不曾提过《云梦灸经》。内行的人却看得出子忻的企图。他把父亲的理论放到一边，开始长篇大论地谈自己的看法，十分委婉却又咄咄逼人地反驳了慕容无风的几个观点。

过了十日，慕容无风给子忻写了一封回信，附上自己为《云梦灸经补》所作的一篇长序。信云，子忻若期望此书能被云梦谷印行，必得同意将这篇长序一同收入。

鉴于长序将子忻所提出的反驳又条分缕析、淋漓尽致地全部批倒，子忻立即回了一封简短的信，不同意收入父亲的序。还要他赐还原稿：

"……悟解殊术，持测异方。儿之去取，非敢谓尽当；父之矫枉，庶几乎过正？序之高明博厚，儿实心领。然窃以为区区短言尚不足扬榷，且疑惑殊多，乃需斟酌。请容议后另发。若父不喜此书，儿亦无法。天下之大，必有其归处……"

因知子忻的脾气一向不知有"韬晦"二字，信到了慕容无风手中，倒也风平浪静。一月之后，慕容无风依言将《云梦灸经补》印出，自己的序则拆开拉长，另名为《云梦灸经补稿》，同时印出。医界哗然，各门派子弟纷纷写文，或批驳，或附和，或另持新议，总之，轰轰隆隆地大吵了一番。所有文章均收入慕容无风主编的《云梦灸经补集论》之中。大家都知道云梦谷这场父子的学术官司，算是进入了高潮。

第十章

一蓝情感的鸡蛋

孟夏之月，日在毕。蝼蝈鸣，蚯蚓出，王菁生，苦菜秀。

是月也，继长增高，毋有坏堕，毋起土功，毋发大众，毋伐大树。

辛卯年。四月十六。

三和镖局。

沈泰坐在宽敞气派的大厅里，独自一人享用着早餐。总管沈均弓着腰，小心翼翼地候在一旁，用一种恭敬得近乎谄媚的眼神看着主人。

早餐的名目虽不到晚餐的一半，却是同样地讲究，一碟熏鸡，一碟火腿，一碟秋笋冬菇，一碟凉拌三鲜——都是顺生堂的首厨班师父一大早起来亲自做好，恭恭敬敬地封在提盒里，请人快马送过来的。每日一次，坚持了足足五年。若沈总镖头有事出镖，早饭照送不误，归沈家的二少爷沈听禅享用。

沈泰身高九尺，声如洪钟，浓眉之下一双鹰目刀锋般凌厉。他的双眉常常扭结在一处，突然打开时，却像暗夜里的一对蝙蝠，在他威严的面孔上多添了几分凶狠。镖局里所有的人都对他暴跳如雷的脾气习以为常。都知道老爷子脾气虽大，做事却有板有眼，讲究规矩，只要你在他面前老老实实，一般来说，也就不大会招惹到他。

街对面是一片空旷的石板地。往日，三和镖局只要起镖，所有的货物都会从这里起运。人们也许已不大记得，二十年前名动天下的五局联盟因总当家铁亦桓一夜之间暴毙青龙山庄，而顷刻间四分五裂。随之而来的却是五大镖局的连连噩运：长青被抢；鸿丰破产；振武内讧；就算是功夫最硬、生意最保守的淮南秋家也被仇家一纸告倒，几个镖头都坐进了大牢。最后收拾残局的只剩下了五家中实力最弱，向来只做短线生意的三和镖局。

经过一番雄心勃勃的整顿，残局变成了"大局"。一蹶不振的生意渐渐恢复了，江南的富豪和京城的官衙订单一笔接着一笔。三和镖局一家包办，胜过了五局分利时那种厚此薄彼、人心不服的局面。沈家六子一女,人称"六虎一仙",从小便拜名师习武,如今个个都是武林中响当当的人物。何况沈家原本就是武林世家,沈老爷子的父亲沈碧山当年名重江湖,号称"铁箫先生"。关于他的各种传说,在武林旧史中足可单独成册。如今,六子之中长子已逝。余下五子除老二沈听禅随父留守总堂之外,其余四子——沈空禅、沈枯禅、沈静禅、沈通禅分驻东南西北四家分堂,掌管三和庄在全国各地的生意。五子齐心合力,生意蒸蒸日上,就是昔年的五局联盟与之相比,亦大有不如。

像往日一样,早饭的时候,沈泰喜欢敞开大门,欣赏门前忙碌的情景。镖车起运时的辘辘轮声、车夫的鞭声和吆喝声都是他下酒的小菜。三和庄上的百名镖师一半是沈泰自己手把手带出来的徒弟,一半是他用重金从各镖行里挖来的厉害人物。这些精兵强将,从入门的第一天起,就知道自己的薪水至少是外面同行的一倍以上,并始终保持稳定的涨幅,年终的分红也颇为可观。所以他们干起活来,自然是格外地卖力。在总镖头的面前,也是格外地恭敬。

沈泰不由自主地摸了摸手边的龙鳞宝刀,十分满意地看着门前忙碌的人影。

"老爷,西边今早有信过来,说龙七爷的那笔红货,已平安地到了。"沈均凑在他耳边,低声地汇报。

"嗯。听说通禅有笔生意要去关外?"

"早出发了。前儿来信说关外的海天帮不大给面子,六少爷送了五百两的重礼人家还不肯让路。"

"哦?"沈泰放下了筷子。

"所以属下赶紧给丁掌门发去一个飞鸽,让他亲自出面。"

"妥当。丁先生的面子,海天帮不会不给。"

"昨天收到回信说总算是说通了。老爷您就放宽心吧。"

他点点头,一切都很顺利。岁月虽不饶人,他总算有几个能干的儿子和一个老练的管家。

事情交给他们去办,已完全可以放心了。他甚至在想,自己是不是已到了挂刀归隐的时候。虽然这一生为了成功,为了镖局,他付出了可怕的代价,但他依然是沈铁箫的儿子。

铁箫一脉,在他的手上,总算是风光不减,繁荣兴旺。

就在这时,他忽然看见一匹马拖着一辆蒙着黑布的大车缓缓地向大堂内驶来。没有人敢阻拦它。此马名曰"赤鸟",乃大宛名驹。当年曾是沈泰的坐骑,又被他当作生日礼物送给了五子沈静禅。

庄子里的人都知道五少爷爱马成性,这赤鸟他眼红已久,父亲送给他时,他喜出望外,爱逾性命。

五少爷出门从不离开赤鸟,当然更不会舍得让它来负重拉车。所以,赤鸟忽然这样出现在三和镖局的大门口,实在有些古怪。

栗色的马行到门口,便停了下来。

沈泰心头忽跳,倏地站起来,将桌面一拍,龙鳞大刀跳到手中,疾步走到堂外,用刀柄将车帘微微一挑。

在江湖行走多年,他的朋友多得数不清,敌人也同样数不清,所以行事格外谨慎。这诡异的马车,里面不知藏有何物。

车里静悄悄地放着一具棺材。随之传来的,还有一股可怕的气味。

"老爷,当心有诈!"沈均无声无息地跟了过来,轻轻地提醒了一句。

沈泰的脸已微微发青,沉吟片刻,忽道:"你有多久没听见五少爷的消息了?"

"这月初九,五少爷送夫人省亲回来途经总堂,您不是还见过他一次吗?"

"他骑的就是这匹马?"

"当然。"

刀光一闪,棺材的盖子飞了起来。棺材里躺着一个完全赤裸的男人,已死了很久,全身上下都泛出一种可怕的白色。

与其说是白色,还不如说是灰色。死者双目睁开,脸上有一种惊异之色,好像对命运的来临全无半分防备,就在惊异的刹那间,一生飞速了结。停尸日久,肌肉松懈下来,脸上的线条又平添了几分诡异。他的胸口洞开,上腹的内脏一览无余。

"静禅!"沈泰双目欲裂,撕心裂肺的一声长号,震得整条街的屋瓦都隆隆作响。

余下的时间,他手握双拳,一言不发,只是浑身不停地颤抖。

正在忙碌中的镖师们被这惨叫惊呆了,纷纷停下手中之事,神色凝重地望着这位一向沉着自持的老人。

"少爷的肺好像不见了……"沈均凑上前去一看,火眼金睛地发现了这一事实,战战兢兢地想补充一句,"少"字刚滑到嘴边便又溜回腹中。

在这种时候,一切细节都成了多余。

"是他!一定是他!"沈泰目光炯炯,怒吼一声,"来人呀!牵我的马!"

"老爷,节哀顺变……"

沈泰走了几步,霍然回首,将沈均的衣领一拉,咬牙切齿地道:"你去通知袁二爷。告诉他,不论花多少银子,挖地三尺也要找出郭倾竹的下落!"

子忻躺在大街的一角,已睡了半个多时辰。

那是一条乱哄哄的大道,喧哗的人声,在他的梦中隆隆作响。阳光之下尘埃漫舞,行人匆匆,摩肩接踵。他睡得并不安稳,有几次挣扎着要醒过来,眼皮沉重如铁,如何费力也睁不开。正半梦半醒之间,有人踢了他一脚:"喂,你的生意来了。"

这一脚终于将子忻从梦境中踢出来。他慢吞吞地坐定,发觉放在一旁的帷帽翻在一边,里面疏疏落落地放着几个铜板。他皱起眉头,问那个踢他的人:"这铜钱是你的吗?"

"老弟,你这一副狼狈相,怎的不招来路人好心的施舍?"

"哦,是这样啊。"子忻将铜板全数掏出来,交给那个人,"劳驾,一个馒头。"

那人叹了一口气,从热腾腾的蒸锅里拿出一个热腾腾的馒头,接过铜板,递给他。

"不用找了。"子忻道。

"仔细算你还欠我一文呢,装什么大方。"馒头小贩"呸"了他一声,一双小眼向他溜过去,目光却是温和的,温和中带着一丝调笑。

子忻也不明白馒头贩子为什么总是这样:一到小镇,就好像对他特别关照。

三口两口地吃下馒头,他总算有了一点气力,便拾起地上的手杖,坐到板凳上。早有一个苦瓜脸的中年汉子向他打招呼。

折叠桌上落满了灰尘,子忻从怀里掏出手绢,仔细地擦拭了一番,又在一旁的水缸里净了净手,这才缓缓地问道:"老哥你有什么地方不舒服?"

"请问……先生是专治哪一种病?"

"什么病都治。"

那就等于什么病也治不好,苦瓜脸心中暗想。

"我……我没有现钱,请问,一篮子花生行不行?"

"什么都可以。"年轻的郎中满不在乎地指了指手边的一个脉枕,"坐,把手放在这里,我给你拿一下脉。"

"好的。"那个人伛偻着身子坐下来,用怀疑的眼光打量着面前人,发现他头发乱蓬蓬,披风脏兮兮,剩下的地方却很干净。尤其是按在他腕上的那只手,光滑如玉,柔软纤细,仿佛弱而无力。一搭上脉,却有一道极强的内力闪电般向他打来,顷刻间,又消失得无影无踪。

"脊背痛了很多天了?"

"你怎么知道?"

"右眼也痛。打喷嚏的时候,是不是感到心脏好似被绳索牵住一般,痛楚不堪?"

"真神了,就是这样。"苦瓜脸抬起眉毛,惊奇地道。

"有几个老婆?"

"穷人……还能有几个?养活一个就不错了。"苦瓜脸讪讪地一笑。

"要儿子也不能这么急,明白吗?"子忻哼了一声,给他写了一张方子,"这是龟鹿四仙胶,药铺里都有,一次一剂,连服三个月。"

"谢您了。这胶不会很贵吧?"

"全部加起来大约要五两银子。"

"我听说……姚先生医术虽高,医德更高,能不能……先借我一点银子?"苦瓜脸不揣冒昧,直截了当地问道。

"银子我没有,你若实在缺钱,就把这篮子花生拿回去好啦。"

"那……就对不住您啦。"他的脸上虽是一片佯装的惶恐,仿佛还要推辞一下,手却毫不犹豫地握住了篮把。

"不客气。"子忻道。

那人拿着药方,就这样将一篮子花生又提走了。

馒头小贩忍不住叹了一口气,道:"你老弟也太老实了吧?那人一来我就知道他不肯付钱,你竟也由着他骗你。"

"反正我也不吃花生。"子忻淡淡地道。

"昨天眼见着你收了十几两银子,我老哥还等你请我喝一杯哪,想不到到了傍晚,那老大娘说什么自己穷,付不起诊费,你老弟竟又一两不剩地全送了出去。搞得自己穷得连个烧饼也买不起。下回好歹给自己留一点儿,行吗?方才我若不送你一个馒头,你岂不是要饿死街头?"

"那馒头可是我买的,"子忻漫不经心地说道,"再说,我下一笔生意又来了。"

这一笔生意他终于遇到了一个老实人,老老实实地看病,老老实实地付账。子忻收下了两小块碎银,便将大的一块扔给了馒头贩子:"多谢你替我看了那么久的摊子。"

馒头贩子咧嘴一笑,将银子在牙中咬了咬,道:"你小子这么不把钱当回事,一定不是穷人家的孩子。"

子忻笑了笑,什么也没说。

这是子忻来到这个陌生小镇的第三天,看了十来个病人之后,口袋里的银子不是越来越多,而是越来越少。虽有一个馒头垫腹,劳碌之后,仍觉饥饿,于是依旧托小贩替他照看摊子,自己则到隔街的一家面馆吃饭。回来时摊子前又站了两个人。头一位不是什么大病,他很快开好了方子。第二位是个穿着浅碧云衫的女子,乌发长垂,双眉微蹙,垂着眼,很安静地站在他面前。

子忻看了她一眼,例行公事地问道:"姑娘哪里不舒服?"

"我……头痛得厉害。"

"伸手过来,我看看你的脉。"子忻简洁利落地道。

她将右腕搁在脉枕上,子忻三指微微一搭,随即道:"脉象上看不出。会不会是你夜里没睡好?"

"嗯,我有两夜通宵未眠,怎么也睡不着。"

"那我给你开服药让你今晚早点睡好了。"说罢提起了笔。

"别开药!"女子突然道,"我今晚不想睡着。"

子忻放下笔,皱起眉头看着她,问:"为什么?"

"我明天就要出嫁了。"

"就为这个睡不着?"

"嗯。"她用力地点点头,"你有什么法子吗?"

"可能是因为要嫁的人你不大认识,所以有点紧张。"

"要嫁的人我从小就认识。"

"那么,你不喜欢他?"

"……还行。他家世很好,人也不坏,长得也不错,对我一直很好,就像……就像大哥哥一样。"

"那你还有什么可担心的呢?"

"我原本也没什么可担心的,可是到了最后几天,我又犹豫了起来。昨天我昏昏沉沉地在大街上乱逛,走进一家布店,糊里糊涂地买了一块布。回到家里才猛然想起,这种青花布通常是用来做包袱的。"

"你该不是想逃婚吧?"

"是啊,连该带什么细软,往哪里逃我都想好了。现在只缺下决心了。你说说看,我究竟是逃好,还是不逃好?"女子扒在桌边,瞪着眼,小声地道。

"这是你自己的事,应当你自己来决定才对。"

"这话自然不错。可是……若由我来决定,将来要是后悔了我就会责怪自己,会弄得下半辈子都不好过。若是找个陌生人来帮我决定呢,后悔的时候就可以归咎于他。我会想:'是他! 全让他的一句话毁了我的半生幸福!'——这样我自己就好受得多了。"她认真且井井有条地道。

子忻张口结舌地看着她,半晌,慢吞吞地道:"那么,在你的内心里,究竟是想逃,还是不想逃?"

"想逃。"女子果断地道。

"那你就逃吧,"说完这话,子忻不忘加上一句,"我的诊费是五十文。对了,别忘了我的名字叫姚仁,将来恨我的时候,只管骂我,我不会介意的。"

"谢谢你,这是五两纹银,不用找了。"女子嫣然一笑,转身上了一辆马车,匆匆离去了。

在江湖中走动,子忻信奉一条奇异的原则,那就是:不打算认识任何陌生人。

每过一处,他自然要和各色人等打交道。有些人会和他有一段极短暂的交情,帮助过他的人,他也会请他们到饭馆里小吃一顿。但只要夹起包袱准备再度启程,只要身子离开了这一地界,他便会在脑中结束自己与这个地界的所有关联,将陌生人全部从记忆中删除掉。

六年当中,陌生的人影潮水般从他眼前流走,不留下半点痕迹。唯一让子忻记住且不想忘却的陌生人只有一个。

竹殷。竹殷陪伴他度过了数不清的寂寞时光。他也习惯了竹殷的来去无踪。

两个人都在维持着这份淡淡的友谊,互不相扰,只在见面时偶尔深谈。

对于这种友谊,子忻十分满意。他知道自己与人交接,一向缺乏耐心。

草草地喝了一碗花茶,又看过几个病人,日已黄昏。算算路程,下一处是嘉定府,也是个繁华所在。只是离此地甚远,就算连夜赶路,走一通宵也不一定能到。不过,沿途当有不少村镇可供歇马。想到这里,子忻收拾了一番,扬鞭启程。

走了不到半个时辰,忽有一骑从身后追上来,只听得一人远远地道:"喂!前面骑马的大哥!等等我!"

子忻扭过头去,来人正是下午所见的女子,停下马来,有些诧异地看着她。

她穿了一件灰蒙蒙的粗袍,披着一个大斗篷,瘦瘦的脸蛋藏在帽子里,显得男女莫辨。子忻看见马背上绑着一个青花布的包袱,道:"是你?"

"是我!真巧!你去哪里?"

"嘉定府。"

"我也去嘉定。咱们同路,真好!"她的声音就算不是兴奋也是喜滋滋的。

"为什么要挑这个时候出门?天都快黑了。"子忻问。

"和你一起走,不怕。"她一笑。

"我什么时候说过要和你一起走?"子忻漠然地哼了一声。

"走夜路是件危险的事情,你若和我一起走,我就可以保护你。"她把头抬得高高的,显得十分自豪,"我会一点武功,这是我的武器。"

她"哗"的一下从怀里抽出一把锋利的小斧头,又"唰"的一下从腰后抽出一把寒光闪闪的短刀。

子忻不禁莞尔,道:"失敬。"

那条铺着细沙的官道远比子忻想象的要荒凉。

日落之后,道旁的一切变成了灰色,山际之中忽然出现了一个巨大的平原。黄昏的余光下,云影掠过山峦,裹挟着一团飞鸟在浅碧的空中滑翔。道路在褐色的土地上绕过几道半干的湖泊,向前蜿蜒而去。

不论走到何方,子忻总能感到某些景物似曾相识,就好像他生命中的某一刻曾路经此处。

当然,在不同的季节里,他的确走过无数个与此类似的地形。在相隔千里的村落,他往往也能迅速察觉一些相似的习俗。

旅途中的这种感觉不免让人沮丧。往往走的路越多,越会发觉世界虽大,却彼此相似:一样的荒村古柳,一样的城墙街道,一样的神殿土庙,渐渐地,一种风景重复着另一种,他自己也被重复的印象弄得彻底糊涂,不得不另觅新途以打破逐渐固化的回忆。

在子忻十六岁以后的世界里,极少在记忆中重复过的东西只有一样——人。

他不愿与陌生人有任何固定的关系,更不愿意卷入任何关系中去,而她的出现打破了他的惯例。这细小窈窕的女人骑着马,一言不发却又态度坚决地跟在他身后。

子忻从不主动讲话。而她话总是很多,且没话找话,常常让他感到不耐烦。

黄昏来临不久,他们路过一个河塘。她忽然快马赶到他身旁,指着远处一道银白闪亮的河滩欣喜地嚷道:"喂,你看! 那里有道河!"

那里当然有道河。这有什么可奇怪的呢? 子忻莫名其妙地瞪了她一眼。

"河上有鸭子。"她结结巴巴地道。

"那是鹅。"他更正了一下。

"鸭子!"

她昂头挺胸,伸长脖子,摆出一副鹅的姿势,要和他理论。子忻却将马一打,走到前面,不再理睬她了。

渐渐地,天已漆黑一团,路也有些看不清了。天顶上一团冷月孤零零地照下来。深蓝色的夜雾从林间漾起,触手之处一片冰凉。

偶尔会有几辆点着灯笼的马车飞驰而过,说明他们还留在道上。

两人互不说话,默默走了近一个时辰,仍不见半个村头,灰袍女子打了个哈欠,问道:"你常常一个人这么走夜路吗?"

子忻点点头。

"你信不信鬼?"

他摇了摇头。

"你觉不觉得这里有点阴森森的?"她行到他的身边,让自己的马紧紧地挨着他的马,小心翼翼地东张西望。

"你害怕了?"子忻道。

"笑话。这有什么好怕的?"她道。

"拿着!"她竟将自己的马缰交给他,道,"你替我拉着马,我困了,要趴在马上睡一会儿。"

他还想再说什么,她竟将斗篷一裹,抱着马鞍睡了起来。子忻有些吃惊地看着她,觉得这女人不可思议。在这样伸手不见五指的深夜,竟将自己的马缰交给了一个完全陌生的人,竟然好像很放心的样子,大大咧咧睡着了。

一连一个多时辰,她趴在马鞍上一动不动,显然是进入了梦乡。

"人在江湖上,不免要遇到各种各样的女人。"一个温暖的声音从他身后响起。

"竹兄,好久不见。"不用回头,便知道声音的主人。

果然,竹殷骑着马,施施然地来到子忻面前。

"女人的情感就像一篮子鸡蛋,如果她要将鸡蛋送给你,你一定得吃下去,不然就会坏掉。"竹殷笑眯眯地道。

听见这个有趣的比喻,子忻悠然地笑了起来。竹殷的话虽所指隐晦,他却总能心领神会。

"许多男人要和女人在一起,原本也就是为了吃些鸡蛋。你知道,在男人的世界里,鸡蛋总是太少……"

"这么说来,女人肩负着向男人提供鸡蛋的任务。"子忻道,"所以,她得保证自己篮子里随时随地都有足够的鸡蛋。"

"你说得没错,女人原本就是个情感仓库,生产鸡蛋,抚慰他人。男人与孩子是她们主要的买主。"竹殷无声无息地扭过头去,看了那女子一眼,道,"小心哟!现在你自己的篮子里,已然被人放了一颗鸡蛋了。"

说完这句话,他神秘地一笑,道:"咳咳,老弟,我有事还要赶路,先走了。下次再聊。"马鞭一扬,身影忽逝。

子忻怅然地叹了一声,回过头去,发现那女子已不知何时醒了,直直地坐在马上,瞪着眼睛吃惊地看着自己。

月光正悄悄地钻出了云面,清清冷冷地照在她的脸上。大约是睡得过死,脸挨在了马鞍的绣纹上,她脸上有几道暗暗的花纹。

"你醒了?"子忻淡淡地道。

"这里还有别的人吗?"她的声音很轻,却像是受了惊吓。

"适才有一位朋友路过,我们聊了一会儿,现在他走了。何况,这路上还有不少行人。"子忻指了指路边。路上不知什么时候多出了一群默不作声的灰衣人,整整齐齐地越过他们向前走去。

"可能是逃难的。"见她一脸迷惑,子忻解释了一句。

"你……在梦游吗?"她盯着他的脸吃惊地问道。

"没有。"

"你的朋友叫什么名字?"

"竹殷。"

她忽然低下头去,道:"瞧,你的马镫脱了。"

子忻正想说什么,她已跳下马,走到他身边,将他毫无知觉的右足塞入马镫之内。那一瞬间他的脸通红了起来,俯下身去拂开她的手,道:"我自己来。"

她将他的手一推,抬起头,粲然一笑:"我帮你,不可以吗?"

料理好了之后,她飞身上马,柔声道:"你一定累了。"说罢温和地看了他一眼,将他的马缰挽在自己手中,"我来替你牵马,你伏在马鞍上歇一会儿。路还长着呢。"

"我不困。"

"那我可又睡了。"

"睡吧。醒了就该到了。"子忻漫无目的地向前方望去,那一群人始终走在他的前面,仅隔一两丈之远。

他们的头在深夜中是模糊的,身子好像图画中的人物一般平直单薄。没有一人回头,大家都保持着沉默。

子忻打马上去,想走入人群,看看究竟是怎么一回事。每当他觉得自己快靠近他们时,那些人却忽然加快脚步,将他甩出一丈开外。

天亮时分,子忻将她弄醒,指着远处一角城楼道:"前面就是嘉定。"

她掏出一把木梳不紧不慢地梳着头:"这么快就到了?"

"既然已到了,我们就各走各的路吧。"子忻将缰绳还给她。

"那么,你往哪里去?"她一边挽发,一边促狭地看了他一眼,笑道。

"找家客栈先睡一会儿。"

"你对嘉定熟吗?"

"以前来过。"

她点点头:"我也找家客栈先睡一会儿。"

子忻说了声"再见",便离开了她,打着马径直往城门走去。那女子仍然跟着他,走了一会儿,他只好停下来,问道:"你为什么要跟着我?"

"谁说我跟着你了? 这条路是你修的?"她叉着腰,露出很凶的样子。

"那好,我们就在这里分手,请你不要再跟着我啦。"子忻冷冷地道。

"请便,好走。"她噘着嘴,做了一个请的姿势。

子忻扬鞭向前飞驰而去。

越过城门,远远地看见一家客栈,正欲下马,随手一摸,发现少了一件东西,脸立即气得铁青,将马头一扭就要冲回去,却见那女子不紧不慢地跟了上来,微笑着道:"阿仁! 真巧,又碰到了你。嗯,这家清原客栈,听名字看排场都不错呢。"

他阴沉着脸,半晌不说话,过了一会儿,才沉声道:"还我的手杖。"

她跳下马,将自己的行李往手杖上一挂,扛在肩上,不理他,径直走到客栈内。要好了房间,洗了一把脸,换了一套衣裳,这才拿着手杖走出门去,看见他还一动不动地坐在马上。

子忻还是戴着那顶帷帽,眯着眼,双眉拧在一处,白皙的脸上青中透紫,冷汗一滴一滴地从额上滚下来,神态十分可怕。

见他一副暴风雨即将来临的样子,她吓得忙将手杖还到他手中,瞪着眼睛大声道:"人家只是跟你开个玩笑嘛,何必气成这个样子……"

接过手杖时,她听见他指节咯咯作响,显是恼怒已极,却又气得说不出话来。忙将脖子一缩,声调转柔:"我已替你订好了客房,你……你还是快些休息去吧。"说到最后几个字时,她自己的声音不禁有些颤抖,因为马上的人目光阴森,一言不发。

她正想再说什么,子忻忽然身子一偏,将缰绳一拧,那马长嘶一声,扬尘而去。

"喂! 你等等我!"她大声道。

第十一章

逝水茶轩

向晚时分,逝水茶轩里一片静谧。

这是一个古怪的地方,门票很贵。侍者是清一色的二八少女,拎着古铜色的茶壶,赤着雪足在翠绿的地毯上悄无声息地行走。在这里,你不必唤人添茶。那些侍女永远比你先看见茶杯里的水还剩了多少。

高听泉就坐在靠西侧的一道素屏之后,面前放着一张漆光退尽、俨若乌玉的古琴。

他穿着件半新不旧的青袍,脚蹬云乌,看上去又黑又瘦,并不引人注目。他不是这里的常客,却不知为什么,一连三日天天光顾,每日辰时即到,日晚方去,喝六杯橙茶。亭午时分,一碟凤梨糕便是午餐。

"怎么样?还没有决定?"田三爷背着手,悠闲地踱过来笑道。他是逝水茶轩的老板,又是本地有名的经纪,卖房卖地卖古董卖家具,什么都卖。茶轩里往来的都是贵客,只要手中有货,知会一声,他总能很快找到买主。

"公子琴技超绝,何不亲弹一曲,以别真假?让我们这些俗人也顺便享享耳福?"见高听泉一连数日都不回话,也不给价,田三爷不禁有些着急,便催了起来。

"但得琴中趣,何劳弦上音?"高听泉抿了一口茶,不紧不慢地道。

"一千五百两,这是底价。若不是知府大人出了点事,需要钱填几个窟窿,也不舍得卖。"

"如果是真货,当然不贵,"高听泉道,"田三爷不会不知道,我也是个靠手艺挣钱的穷人。"

田三爷听罢心中一个劲儿地后悔,真不知道自己吃错了什么药。原以为茶轩里贵人不少,雅人更多,岂知抱着琴问了一圈,都无人搭理。后来总算有人答应引荐一位擅琴的人来看货,那人一脸的阴沉,进门只是枯坐,一句话也不多说,再问两句他就嚷穷。而这消息因此却渐渐地传了出去，已有两位阔绰的买家守在后头，等着验货谈价，没准还有浮动的余地。所以田三爷打定主意，一千五百两就是一千五百两，一分银子也不让。

"公子想必已看了清欢阁孙老爷子的鉴书。过了他老人家的法眼，难道还会有假？何况这琴原本就是从清欢阁卖出去的，当时开价四千两，两家争着要，最后以六千四百两成交。"

高听泉不为所动，白眼一翻，好像自己面前的人是个十足的骗子："我怎么知道那是同一张琴？"

"公子莫非还想求鉴一次？孙老爷子倒不是没空，只是他的鉴金贵得离谱，一次一百两。你晓得，这年头就是请名医接生一个活蹦乱跳的婴儿，也不过十两银子的谢礼。"

"除了孙老爷，其他的店子也有鉴师。荣记古货今天挂出的牌子里有两位新人，我随便请了一位来看看。"高听泉道。

田三爷一听，气不打一处来，几乎冲着这个人吼了起来："荣记古货，那种下三滥的店子你也去？"

高听泉没吱声。他去的原因只因为那里鉴价便宜，新人更便宜。

觉察到自己的态度有些急躁，折杀了这百年古琴倒无谓，折杀田三爷的气度却是断断使不得："嗯……当然……这么贵的琴，多让几个人看看，不会有坏处，"他一边假笑一边敷衍，"不过，只怕要请公子快些决定。后头等着瞧货的人还有好几家呢。"

"三爷放心，不论买不买，今天一定给你一个回话。"

话音刚落，只见一位侍女引着一个人向他们款步而来。此人全身都埋在一件巨大的斗篷之中，显得男女莫辨。到得面前，将风帽一脱，方露出一张清秀标致的脸来，蛾眉淡扫，目如秋水，内穿一件素色春衫，原来是位女子。

高听泉打量了她一眼，皱起了眉。

"这位就是高公子。"侍女指着他，轻声道，"姑娘要见的人是他吗？"

"我想是的。"女子微微一笑，敛衽为礼，"敝姓苏，双名风沂。荣记古货的鉴师，是荣老板叫我来的。"

"这位是田三爷。"侍女又道。

"田三爷也是荣老板的朋友。"女子含笑作礼。

田三爷费了很大的力气才让自己不要笑出声来。做古董这一行，从来没听说有女人当鉴师的。便是当年参与写《金石录》的李清照，也不过是玩玩而已。且这女子不戴簪环，身无长物，便是衣裙也是普通货色——行家出场连个像样的行头都没有——难怪要惹人笑话。

"公子想要我来看的，便是这张琴吗？"苏风沂指着桌上之物又道。

两人同时点头。

"我的鉴价是三十两，先付后鉴。现银、银票皆可。现银最好是三元祥的十两圆锭,银票只收大通、合顺、宝昌三号,其余皆不用。"她很老练地报了一个价。

高听泉板着脸将三十两银票交了上去。田三爷在一旁只是微笑。

"多谢,"苏风沂将银票折好,放入荷包,又道,"这是高公子与荣记古货一对一的买卖,田三爷不会也有兴趣来听吧?"

田三爷摸着胡须道:"苏姑娘的规矩果然大得很。不过,我倒想听听这张琴姑娘会怎么说。"

"听一次也是三十两。"她满眼笑意,谈起钱来却是一分不让,毫不客气。

田三爷无奈,低声嘱咐了一句,一位侍者匆匆去账房拿了银票交过来。

收好了钱,苏风沂方从怀里掏出一双薄如蝉翼的真丝手套,慢条斯理地戴好,又问:"这桌上能否再多点两支蜡烛?"

"当然。"

她对着琴端详了片刻,看了正面又看背面。然后脱下手套,认真地净了手,在琴的两侧细细地摸了几趟。最后"铮"的一声,拨响了其中的一根弦。

茶轩里的坐客都是雅人,交谈之声甚低。不仔细看,还以为这些人三五成群地聚在一起是在策划什么阴谋。这古琴无端地一响,其声悠远清越,在这幽静无声的茶室无异于蓦然间响起了一个炸雷,直惹得众人一阵恼怒,纷纷侧目。田三爷连忙双手团团作揖,慰之以安抚的一笑。

沉默半时,苏风沂抬起头来,看着高听泉问道:"这琴开价多少?"

"一千五百两。"

"其中当有田三爷至少两成的佣金,是吧?那么实价大约一千二百两。"

高听泉道:"接着说。"

"这是伪琴,不值那么多。依我看,二百三十两足矣。"

田三爷脸色紫涨,怒叱:"胡说八道!"

高听泉心头微微一震,脸上却不动声色:"何以见得?"

"古琴以断纹为证,不历五百岁不断。岁愈久则断愈多。断有数等,以肖梅花者为最,牛毛次之,蛇腹为下品。梅花断极古,非千余载不能有。而后两者易伪。一法以火逼热,掩之以雪,随皴而裂,俨若蛇腹,寸许相去一条;一法以蛋清入灰涂之,用甑蒸之,悬于风干日燥处,亦能有断纹少许。最好作伪的便是这种牛毛断,只需用小刀或银针划丝,再用光漆磨补,便真假难辨。伪琴业里出名的高手共有六位,这一张琴想必出自古杭舒氏。舒家老太今年高寿七十,原本秦淮艳妓,精通琴艺。她做的牛毛断专用五岁童女之发反复打磨,又用细蜡描补,是以极难辨认。以手再三抚之,方觉有裂痕。若是真货,当观之有纹而拂之无痕,合缝无隙,亦不发散。现在市面上看得到的古琴,以唐开元、天宝时的雷、张、越三家所制为至宝。此款的龙池凤沼仿的正是名师雷霄之法。腹内竟有'开元癸丑三年斫'之款,果真胆大心细,毫无遗漏。"

一口气说完,她眼珠滴溜溜地一转,"不过,这琴桐面梓底,用的是上好的阳材,奏之旦浊而暮清，晴浊而雨清。其音透脆清亮，淳淡之中有金石之韵，仍然不失为一张好琴。就算不挂上古琴的名头，市价也在二百两以上。"

这一番话只将面前的人说得哑口无言。怔了半晌，田三爷哈哈一笑，道："姑娘高鉴，田三佩服得紧。不过这琴可是经过了清欢阁孙老爷子的金眼，鉴票也是他开出来的。以老爷子在本行的名声地位，该不会轻易走眼吧？"

苏风沂淡淡一笑，不以为然："鉴家失手也是常事。孙老爷子虽见多识广，可惜是个男人，年纪也大了，手感不免粗糙。这牛毛断纹仿得如此细微，只有肌肤柔嫩的女子方能摸出。不然古行舒家世代制琴为业，一群工匠而已，何以一时间成了巨富？"

田三爷听得心头火起，却欲辩无词，只恨不能一拳将这乌鸦嘴的女人揍倒。当下双眉一挑，冷哼一声，别过脸去，问道："公子，你是听她的，还是听孙老爷子的？"

高听泉慢慢地品了一口茶，将口中的茶叶嚼了嚼，"噗"的一声吐在杯里，这才淡淡地道："抱歉得很，这琴我不要了。"

"方才的谈话还请两位代为缄口，后面还有几位主顾等着相看。两位慢坐，我先告辞一步。"田三一面将琴装入琴盒，一面低声吩咐侍从，"备马，去清欢阁。"

一时间，茶轩又安静了下来。苏风沂笑道："田老板好像恼羞成怒了。"

"差不多。"

她忽然掏出那张银票放在桌上："对了，你的银票，请收好。"

高听泉一怔，没有接过："这是你的钱。"

"这次免费，谢谢你相信我。"她扬长而去。

苏风沂大步走出门外时，并不知道自己此举已挽救了好几条人命。

高听泉本名高樾，外号"六闲刀"，乃是川蜀一带出名的刀手。此君终日陶醉于美酒琴声，不到瓮中无米灶上无盐不会去接生意。只要荷包里还有几两银子，就算你有一万两的买卖也请他不动。而窘迫之时却半点也不挑剔，往往只为几百两银子就去杀人。所以刚才他若将那张古琴买下来，便会立时花光所有的积蓄。过不了几日，就会携刀出门，去挣下半年的费用。

"醉罢听琴，何如雨中试刀？吾刀如二八佳人待字闺中，以蒙阁下青眼为幸。四月十七，申时二刻，候君于松风谷。唐蘅。"

薄薄的洒金葵花笺上暗香四溢，弥日不散。那是一笔轻灵娟秀的行楷，如亭柳横斜，牵衣带袖；又如落花飞雪，迎风而舞。

短信是一个店小二前天送过来的，高樾并不认识写信的人，所以他只好到逝水茶轩去买了一本最新的《江湖刀谱录》。翻到第一页，看见了自己的名字：

"第十，高樾，嘉庆人，又号'六闲刀'。其刀二尺九寸，狭长而弯，类东瀛剑，不知出处。年岁：不详；师门：不详。"

然后连翻两页，终于找到了他想知道的消息：

"第二十八，唐蘅，出蜀中唐门。用'轻云落雁刀'，乃当年吴东剑师鲁三观所造，其式见附图。年岁：十九。父，唐潜；祖父，唐隐嵩，已逝；祖母，何潜刀，已逝。师从其父。另，其父及祖父母事，见焚斋先生之《江湖见闻钞》。"

唐蘅身后那些响亮的名字在高樾的耳中不过尔耳。他一向对这些"江湖纨绔"不感兴趣。可是马有马道，行有行规，人在江湖就要不停地接受新来者的挑战，轻易拒绝会被视成懦夫。何况高樾的收入完全仰赖他在刀谱上的排行，一年之内的赛事若少于三次，名次便会迅速下滑。前年他大挣了一笔，导致去年懒病发作极少摸刀，名次便一下子从第五掉到第十。再往后滑一位，他的名字就要出现在第二页上了。

他还是比较喜欢自己的名字继续保留在第一页上，哪怕是最后一位。所以申时初刻，他在宅内意兴索然、呕哑嘲哳地奏了一曲"离别操"，引得邻居二嫂一顿劈头盖脸的隔墙大骂之后，便携刀出门，骑着马直奔三里地之外的一处荒郊。

天空忽然飘起了细雨。雨中山色空蒙，云气环绕，葛藤遍野，长草离离。

高樾第一次见到唐蘅时，他正骑在马上。高樾觉得他的样子好像一只鹦鹉。这种感觉多年以后也不曾改变。

马上人体态修伟，浓眉隼目，峨冠高靴，暗红的披风，被风吹得猎猎作响，露出一件白底刻丝花鸟的长衫，淡着五彩，其色粲然。

看见来人，唐蘅从容下马，道："高樾？"

"正是。"高樾谨慎地点点头，"唐蘅？"

"不错，"唐蘅笑了一笑，目光深沉而专注，一丝若有若无的悒郁游荡而出，"我很早就到了，发现这里遍地都是草莓。我采了一大兜，你吃吗？"

唐蘅嗓音徐缓柔和，令人陶醉。

"不吃。"高樾漫不经心地答了一句，这才看见——也许是吃了太多草莓的缘故——面前的这个人双唇暗红欲滴，仿佛涂着一层口脂。接着他又诧异地发现他的眉毛并非一丛乱草而是经过精心的修剪。说话的时候站得笔直，显得从容有度，双手却始终戴着一双细软轻薄的黑皮手套，大约是有洁癖。

"好吧。"唐蘅将一枚草莓含在嘴里，慢吞吞地嚼了两口，然后"噗"的一声将一片贴在草莓上的叶子吐了出来。

还以为是唐门的暗器，高樾警惕地往旁边一闪。

"放心，正式场合我从不用暗器。"唐蘅嘲讽地一笑，将长腿一抬，搁在马镫上，开始认真地系起了靴带。

彼时，他正背对着高樾，前后左右露出极大的一个空门。高樾只需轻轻一刀，就可以捅穿他的心脏，或削掉他的头颅。这当然是件有失名誉的事，高樾绝不会去做。

唐蘅系好了左靴，又系右靴，最后终于站直身子，道："就在这里，行吗？"

"行。"高樾已经等得有些不耐烦了。

"对了，我若不幸输了，能不能麻烦你把我的尸首送回唐门？"他忽然道。

高樾指了指不远处一道积满了雨水的大坑："我从不干这种事。最多将你抛入那条沟里。"

　　唐蘅走过去一看，一个劲地摇头："如果你实在要这么干，就麻烦你先把我的衣服脱下来。"

　　"为什么？"

　　"这衣裳乃名工所制。为了绣好我要的图案，绣娘整整忙了一年。我不希望这么珍贵的衣裳糟蹋在又脏又臭的水沟里。"

　　"抱歉得很，我从来不剥死人的衣裳。你要是真的舍不得，最好现在就脱下来。"

　　唐蘅点点头，道："我明白了。"

　　"你明白了？"

　　"我不能死在你手上。"

　　当唐蘅说完了所有的废话之后，高樾对这位纨绔的轻蔑已经到了极限。他急不可待地想拔刀，想将他立斩于马下，让他闭眼之前看见自己的鲜血洒满那件刺绣的衣裳。

　　"轰"的一声春雷暴响，电光与刀光相映，雷声掩住了刀声。

　　两个人影在雨中翻飞，雨水原是缓缓而落，在乱刀的交割中加快了速度，几乎变成了暴雨。高樾只觉得唐蘅的刀如影随形般地跟着他，像只蝴蝶在他的胸前飞舞，差点落到他的头顶上。他勉强地接了十招，已觉技穷，只得在他闪电般的攻势下连连后退。三十五招的时候，他以为自己瞅见一个破绽，看准唐蘅的喉咙，一刀劈过去。

　　这时，唐蘅已被逼到了水坑旁边，感到草浅路滑，四处都是泥泞。可是那一刀只从唐蘅的颈边划过，没留下半点痕迹，他自己的手却猛地一震，感到一股大力翻江倒海一般地袭来，唐蘅的左掌挥出，已击中他的胸膛。

　　"当"的一声，他的刀飞了出去，人也倒了下去，一头掉进齐腰深的水坑里。狼狈中，他喝了几口泥水，只觉气血翻涌，浑身瘫软，怎么也站不起来。在水中摸索半晌方抓住坑边的一丛乱草，将头从水里探出来，正好看见唐蘅屈腿守在一旁，冷冷地看着自己。

　　雨水漫天而落。他闭起双眼，等待最后一刀。

　　过了一会儿，他感到有只手抓住了他的胳膊，将他用力地从水坑里拉了出来。高樾睁开眼，疑惑地看着他，既而目光落在他的手指上。唐蘅已脱掉了手套，修长的十指涂着鲜红的蔻丹。

　　触电般地甩开了那只手，他转过头去，对着水坑狂呕，然后嘶声道："你为什么不杀我？"

　　唐蘅默默地看着他吐完，站起身来，慢条斯理地整理衣冠，淡淡地道："斩尽杀绝是男人喜欢的勾当，我不屑为之。"

　　蹄声渐远，当高樾再次睁开双眼时，天地之间只剩下他一个人。他忽然想，名字排在第二页，总比没有名字要好。

077

第十二章
清欢阁

翌日，子忻找了条繁华的大街，像往日那样摆起了行医的摊子。除了行李中那几套珍贵的工具，随身的家当中比较大的东西就是一张轻巧的折叠桌和一把精致的折叠椅，此外还有一个常用的绒布药枕。

搭好了桌布，零零星星地看了几个病人，收了几两银子的诊费，他便到隔壁的茶馆里要了一杯浓茶，放在自己喜欢的紫砂茶壶里，将微微发烫的茶壶握在手中，双目微合，慢慢地晒着太阳。

子忻喜欢懒洋洋地坐在街头，听行人潮来潮往的足步声。呷了半口茶，缓缓地睁开眼，双眉立即拧了起来。他又看见了她。

她显得很紧张，小心翼翼地招呼了一声："早。"

"昨天……很对不起。你……你还生气吗？"她垂着头，楚楚可怜。

"你有什么事？"子忻装出不认得这个人的样子，无动于衷地道。

"我其实是想说……是想说，你不必住在这种……这种破破烂烂的客栈里。我打算请你住好一些的地方。"见他脸上一团黑气，她更加结结巴巴。

"不必了，我住的地方很舒适。"子忻毫不客气地拒绝了。

他住的裕隆客栈离这条街并不远，门上悬着两个招牌，有云："酒饭便宜。炖炒俱全。"

"你太客气了。其实……这只是我昨天的打算。你难道没看出来，我现在身上一无所有？"她愁眉苦脸地看着他。

子忻这才抬起眼，发现她还是穿着昨日那件灰袍子，耳上的珠珰、头上的钗环都不见了，只好道："怎么了？被人抢了？"

"我有事出去了一趟，回到房里就什么也没了。要不是这件衣服上全是泥，只怕连它也留不住呢。"她满脸窘态，仿佛走投无路，"我明明锁着门，东西怎么会失窃？

去找客栈的老板理论,他们推三阻四,说是我自己粗心。"

终于明白她的来意,子忻道:"你想找我借钱?"

"不,不,不,"她道,"是这样,方才我一个人在大街上走,看见一个卖米的贩子,我想把他盛米的铜罐买下来,再……再甩手卖出去,这样我就可以挣到钱。"

她的理由听起来很荒唐,他也懒得研究,便道:"想借多少?"

"我跟他说一两银子,他不卖,说是祖上传下来的东西,一定要十五两才脱手。"

子忻把钱袋掏出来,扔到她手上:"全拿去好了,运气好的话可能有十五两银子。"

她的脸憋得通红,吃惊地看着他:"你自己身上有多少银子,从没数过?"

"没有。"

她跺跺脚,走了出去。一会儿,果然喜笑颜开地拎着一个又黑又大的铜罐子回来,兴致勃勃道:"东西暂时放在你这里。我得买件换洗衣裳,然后出去找找买主。兴许午饭的时候就能还你银子,待会儿咱们在哪里碰面?"

"裕隆客栈。"

"等会儿见!对了,我叫苏风沂。不见不散哦!"

子忻应付地点了点头,对这个名字毫无印象。

然后,这一天剩下的时间里,子忻再也没见到过这个女孩。

江湖上的骗子原本就多,男的女的都有,他自己就上当过好几次。

渐渐地,他对主动找上门来向他搭讪的陌生人心存警惕。

也许她没有找到买主,没拿到银子,所以不好意思见他,虽然她看上去不像个容易不好意思的人。

也许她根本不打算还钱,那个又黑又沉的铜罐子就相当于是十五两银子卖给他了。他不禁认真地打量了一下那个铜罐,觉得形状有些古怪,有些眼熟,又好像缺了点什么,总之,似曾相识。

银子没了可以再挣,少了一个麻烦的女人倒让他倍感轻松。

就这样过了一夜,又过了一个白天,子忻仍在老地方行医、老地方吃饭、老地方睡觉,苏风沂却一直没有露面。

渐渐地,不知为什么,他忽然感到有些不安。这女孩显然胆子不小,独自逃婚在外,就算脑子不笨,会些武功,毕竟还是很不安全。江湖人心险恶,什么可怕的事情都可能发生。

想到这里,他觉得自己至少该到她住的客栈去打听一下,这个人是否还在。转念一想,自己这么一去,真的见到她,倒成了个索债的。她若手上无银,岂不十分尴尬?

子忻这才发现借钱给人其实是件很麻烦的事,明明是人家欠自己,搞来搞去,最后倒成了自己欠人家。与其如此,倒不如当初就把那十五两银子送给她。

想过来又想过去,他还是骑着马来到清原客栈,天已经黑了。

那客栈的地上铺着清一色的十字海棠方砖,客厅的陈设古色古香。地毯爬过暗红色的枣木台阶,铺满了所有的走廊和过道。门口的柜台上站着一个中年的老伙计,长脸龅牙,笑容极是憨厚,见他拿着马鞭,从柜台里迎出来,客客气气地弯了弯腰,殷勤地道:"客官辛苦!我们这里有上房……"

"我能打听一个人吗?"子忻打断了他的话。

"哦,请问客官想找哪一位?"

"这里是否有位姓苏的姑娘,前天早上住进来的?"

"稍等,"他拿出一个簿子,翻了几页,"哦"了一声,道,"是有这么一个人。她只交了两天的房钱,昨夜未归,今日亦不见人影,想是已经悄悄地走了。我们刚把她的房子清扫一空,给了别的住客。"

客栈有客栈的规矩。夜间入店,次日早饭后起行,算一日钱;若在午饭后才行,即算两日的房钱。大的客栈住客繁杂,一般都要预支房费。

"她可拿走了自己的行李?"

"没有。唉,公子有所不知,这里客人赖账不告而别的事情时有发生,何况她的屋里除了一件脏衣服和一个破包袱,一无所有。刚来的时候还声称自己丢了东西,想讹我们一笔呢。"伙计的脸上露出鄙夷之色。

子忻微感心惊,觉得有些不妙,又问:"可曾有别人来找过她?"

伙计想了想,答道:"昨天中午,清欢阁的人来找过她,也像公子你一样,在柜台上打听她的房号。"他接着告诉子忻,清欢阁是本地最有名的一家古玩店,老板孙之恒是古董界的泰斗。

子忻问清了地址,方知孙之恒乃举人出身,是这一带最大的富商,养着一大群清客,在城东靠山之处有一座庄园,方圆十里,离此处甚远。

当下打马而去,半个时辰方到。见那庄园大门半掩,两侧各悬着两溜巨大的羊皮灯笼,照着门上的铜钉闪闪发亮。下面立着两个家丁,不停有人进出。下得马来,正要禀明来意,不料一人从内急急地出来问道:"大夫们究竟到了几个?进去的三个都不管用!"

一个家丁垂手答道:"回总管,到的就是养生堂的于大夫,灵芝馆的安大夫,还有桐林阁的乐大夫。——他们住得最近。其他的还没有来。大少爷方才又一迭声地催人去请了,想是马上就到。方总管,老爷可好些了?"

方总管一边跺脚,一边掏出手帕擦汗:"好些了我还会急成这样?里面早已乱成一团!三位大夫把了脉,都说治不好,怕是要准备后事。少爷在大厅里发脾气,把大夫们全都骂走了。老夫人和姨太太们全守在床边哭呢。"

两人说着话,忽一眼瞥见子忻,见他虽着一身朴素的灰袍,却是仪容修整,神态疏阔,不像是落魄之人,眉宇之间倒有一股少见的清介深峻之气。方总管不敢怠慢,问道:"敢问这位公子,来此有何贵干?"

子忻道:"我是姚大夫……"

方总管只当他也是被少爷请来的,忙道:"姚大夫来得正好!救人要紧,请这边走。”当下疾步引路，顾不得寒暄，两人穿廊度室，匆匆来到一间暖阁，早见重帘厚幕之中哭声一片。女眷见有男客，纷纷躲避。当中一张楠木大床上卧着一位七十余岁的老者，口歪眼斜，半身抽搐，涎水不断流出，枕上已湿了一大片。子忻只瞧一眼便知是肝阳暴张，引动肝风，心火暴盛，风火相扇引出的风痰之症。二话不说，上前按住老者，掏出五枚银针扎入头顶百会、风池、地仓、颊车、哑门五穴，轻捻片刻，又嘱人活动他的手脚，片时工夫，那老者的身子便停止抽动，安静下来。子忻退到外室，提笔开了一个方子，写到一半，见一位脸色阴沉的华服男子抢步进来，倒头就是一拜，道：“先生高明，救人深恩，粉身难报！请恕家人驽钝，不曾请教先生高姓大名，在何处行馆？”

子忻淡笑：“敝姓姚，单名一个仁字。游方郎中，四海为家。今日一面，算是你我有缘。老爷子的病虽一时无碍，可惜年事已高，只怕起复甚难。每日须着人按摩四体，这药一日三次，坚持服用，三月之后可望好转。在下有事在身，正要告辞。”

那男子长叹一声，道：“家父少时耽介好胜，老来倒是清雅宽厚，数十年不曾与人动过口舌，不料晚年有此一难。暮夜仓促，蓬门市远，请先生稍坐，待不才略备斗酒以呈谢意。”

子忻连连摆手，趁机打听：“有一位姓苏的姑娘，是在下的相识。听说昨日曾被人请到此处，一夜未归。不知公子可知她的下落？”

华服男子脸色忽变，将他上上下下打量了一番，沉默半时，方道：“苏姑娘正在舍下的马房内关押，鄙人原打算将她送官究办。既是先生的相识，就请先生将她领走，好生管教，以免为妖为祟。”

子忻还想细问，那男子却摆出一副拒绝解释的模样，心忖必是苏风沂做了什么鲁莽的事情，只得谢了一声，道是天时已晚，要告辞而去。那男子苦苦挽留，见他去意已决，方客客气气地送了一笔丰厚的诊金，将他送到门口，吩咐家人将苏风沂领出。

不一时，苏风沂终于走了出来，手背上还上着绳索。子忻见她嘴角破裂，脸上青一道紫一道，额顶亦鼓出一大块瘀痕，更兼头发凌乱，衣裳歪斜，走路歪跛，仿佛受了极大的折磨。心中暗悯，见那男子尚未离去，不禁问道：“苏姑娘身上的伤……”

男子冷笑：“我命人将她关押起来，她不服，和家丁们扭打起来。这丫头也真能撒野，竟敢以一敌十，也不想想这是什么地方！”

话音未落，“砰”的一声，子忻一拳揍在他鼻梁上，直揍得他眼冒金星，鼻血长流。讶然间，男子仰面栽倒，子忻还不罢手，将手杖一扔，骑到他身上一顿乱拳如雨，男子哎哟哎哟地叫唤不止。两旁的家丁早恶虎般扑了上来。苏风沂抢过去将子忻一拉，飞快地解开缰绳，大叫一声：“阿仁！上马！”两人齐齐跳上马背，长嘶而去。

眼见着一群家丁打着灯笼追了过来，两人慌不择路，便一溜烟地向城东偏僻的山路骑去。走上山间夹道，人声隐约其后，渐渐消失不见。子忻放缓缰绳，方觉苏风沂正死死地抱着他的背，好像一只树上的松鼠。心跳之声便隔着脊背咚咚传来。

"没事了。"子忻挺了挺腰,想挣脱她的手臂。不料她反而箍得更紧,在他身后轻轻地道:"你……怎么会出现在这里?"

懒得解释,他浅浅地道:"纯属偶然。"

过了一会儿,她才放开手:"谢谢你来救我。"

"不用客气,"他声音又冷了下来,"那老头子的病该不是你气出来的吧?"

"你怎么知道?"

"你究竟说了什么,竟把一个大活人气得风症发作,口吐白沫,浑身抽搐?"

"开始我只说了六个字……"苏风沂委屈地咽了咽口水,将经过说了一遍。

她说她在一家古董店找到个差事,替人鉴别古琴。那古琴原本附有孙之恒的鉴书,说是出自唐代雷氏。她偏说是赝品,买家信了她的话,调头就走。孙之恒听到消息大怒,派人来找她理论。到达清欢阁时,老先生正坐在花厅里和一班清客闲聊,还没等她张口,就滔滔不绝旁征博引地将她教训了一顿。言下之意,你这个乳臭未干的小毛孩,刚刚入行,手生耳嫩,对长辈说出来的话要保持敬意。

"我老老实实地听他说完。说完之后,就一本正经地对他说道:'老先生,你错了。'"

子忻愕然,又觉得好笑:"他不至于听了这一句话就抽起风来吧?"

苏风沂嘀咕了一声,低声道:"当然不至于。可是他死不认错,还说我一派胡言。我只好据理力争,列出七条理由,将他的话句句驳倒。在一班清客面前,他的脸顿时有些挂不住,先是僵立了片刻,突然倒地抽搐起来。"说罢,她振振有词地补充:"其实我说的都是真话,难道我不该说真话吗?"

子忻转过头去,在黑暗中看了她一眼,朦胧的月光下,只看见了一双黝黑的眼珠:"说真话很重要,不过,老年人的健康也很重要。"

"难怪你我不是一行。"苏风沂冷笑。

还有什么比这更荒谬的事情吗?仿佛某种宿命的安排,子忻和这陌生的女人再一次在黑暗中同行。看不出自己和这个人之间究竟有什么必然的关系,子忻已被一大堆莫名其妙的偶合紧紧缠绕。

没有火把,没有灯笼,十足的漆黑,死一样沉寂,马蹄踏过虫声唧啾的小道,树叶在蹄下翻滚。

他听得见身后女子微闻的呼吸。在马房里待了一夜,她的身上有一股干草和马汗的味道。方才两人仓促相见,她显然为自己的狼狈感到不安。眼瞧着他走近,顾不得手上缠着绳索,纤指掠鬓,仓皇地摘去发根上的几茎枯草,婉转低眸间流溢出一道眼波,露出柔曼可掬的羞态。

子忻从这种羞态中找到了一缕失落的乡愁。便在惆怅中,听凭她的手妖娆地绕过自己的脊背,紧紧地抓住了自己的腰带。他再一次听见了她的心跳,无数个狐狸的故事在脑中闪现。

蓦地,他想起了自己的原则,绝不卷入任何陌生关系的原则,突然挣开她的手,跳下马去，在路上捡了一段枯枝，用火折点燃，做成一个火把。

在夜路中暗行良久，忽见一丛明亮的火焰，苏风沂不由得眯起眼，曼声低笑："此时夜行比举火安全。你可知道燃犀烛照的典故？这座林子里的山神树妖，只怕要被这刹那的火光惊动了。"

说罢歪着脑袋，促狭地看着他。

子忻环视四周，但见树林憧憧，无风自动，林中的每一个孔穴都有奇异的声响。不禁顿感森然，仿佛走入水中，魔族毕现。

正当此时，突见路中盘着一条金环大蛇，正要扬鞭示警，马倒是眼尖，已从蛇身上轻跃而过。那蛇"嗖"的一声，受惊般飞快窜入草中。

紧接着忽听一道劲风传来，两人不觉将头一埋，耳边"当"地一响，一支红杆铁镞的黑羽长箭已牢牢地钉在火把上。劲道十足，竟将那枯枝射了个对穿。

"有人！"

子忻眼疾手快，扔开火把，一手抓住苏风沂，从马上滚落，藏入一棵巨树之后。马亦机敏，悄悄躲向道外深草。

天地间复归宁静。

短暂的宁静之后，不远处传来一阵急促的马蹄。小径上有人在黑暗中飞奔，马鞭甩得呼呼作响。而树梢微动，追逐他的人在空中疾掠，飞箭如雨，穿梭而下，流星般一支一支钉入土中，直至没羽。俄顷，天色微朗，一隙惨淡的月光朦胧照落，那马一声惨嘶，狂跳而起，坠地而亡。马上人腾空而起，横掠十丈，足尖轻点，在树枝中疾窜，不偏不倚，落在两人躲藏的巨树之上。

那些长箭毫不迟疑地追踪而至，只听得"叮叮叮"数十声，已从上到下地射了整整齐齐的一排。子忻暗忖，便是强弩亦无此劲力，必得两个内功深厚膂力超群之人交替发射，方能至此。

木弓、竹箭、铁镞、藤弦——江湖上只有两人以此技闻名，便是人称"路氏双弓"的路天鸿、路天羽兄弟。

两人平日形影不离，都是武林中成名已久的杀手，信用极佳，接受黑白两道的雇用。凡被他们追捕的人，多半来不及看见真身，便已被乱箭射成刺猬。

他们的原则只有八个字："只有价钱，没有态度。"

干好事还是干坏事，完全取决于雇主的立场。有可能兄弟俩在上半年的某个时候四处暗杀，放火投毒，无所不为，惹出无穷祸端，欠下数条人命；而在下半年的另一些时候历尽艰险，突入重围，抢救人质，坦然接受受害者的磕头谢恩、倒头大拜。

只要一纸合约签订，在合约规定的时间内，他们对雇主绝对忠实，再高的价钱也不能将他们打动。

无论哪一项任务他们都善始善终，心无旁骛，体现出难得的敬业精神。所以一个人一旦成了路氏兄弟的目标，他就算走到天涯海角，也难逃一死。

第十二章　清欢阁

果然,树上人被这密集的飞箭追得无处可去,忽朗声道:"兄弟姓郭,路经此地,惊动宝山,不意骚扰二位,开罪之处,在下赔礼。所谓'车过压路、马过踩草',两位若想要个买路钱,郭某定当拜纳,请但说无妨。"

这姓郭之人说得一口镖局里"点春"的套话,一副老江湖的样子,却显然并未猜出路氏兄弟的身份,还以为自己遇到了山贼。

只听得远处树梢上一个阴恻恻的声音道:"有人买了你的命,给的价钱合适,我们就来了。"

子忻在树下正听得专心,苏风沂忽然抓住他的手指,往树干上轻轻一按,接着便将手指放在他的鼻尖之下。

指上一团黏稠,更兼一股浓腥的血气。他心中一惊,便知树上人已被重伤,血沿着树干长流而下,竟滴到了苏风沂的身上。当下倒有些佩服,方才此人朗声一喝,形同狂啸,震耳欲聋,草木皆惊,非但不露半点受伤痕迹,反而含有威慑之意。

路氏兄弟果然迟疑了一下,飞箭骤停,树上人已在这当儿从树上滑落,眼见着就要着地,却再也支持不住,"砰"的一声掉了下来,正落在两人跟前。子忻伸过手去一摸,那人失血过多,已然昏迷过去。

便在这刹那间,飞箭又暴雨般射来,子忻忙将苏风沂推入草丛,挥鞭一卷,将那人拖到树后,待路氏兄弟袭近,忽扬鞭一扫,将一枚竹箭卷入空中,只听得一人"啊呀"一声怪叫,显是痛楚已极,另一人惊道:"老二!点子硬,有帮手,先撤了吧!"

话音未落,人迹已远,数十丈开外,仍然听得见路天羽的惨号。

怕是有诈,两人在树丛中又伏了片刻,见动静全无,这才探出头来,检查那姓郭之人的伤势。

苏风沂道:"阿仁,他还没有死!"

子忻眉头一皱,道:"你叫我什么?"

"阿仁。你不是叫姚仁吗?"

"那就叫我姚仁。"

"哦,好的。"

子忻回过头去,点燃火把一照,见那人身形魁伟,眉目高耸,长着一脸的络腮胡须,相貌甚是英武。离他不远处的地上,倒插着一柄宽脊铁剑,雄狮吞口,护手上缠着厚厚的红绸。只是他的肩上有两个黑乎乎的血洞,想是曾被竹箭穿身而过,只怕还被牢牢地钉在树上。逃生心切,他竟将竹箭全部拔出。如此时刻,正要少安勿动,涂药止血,他偏还攒足最后一口底气,长啸慑敌。自然支持不住,昏迷过去。子忻手忙脚乱地替他止血,在他身上又捏又掐地折腾了半晌,也不见醒来,只好让苏风沂从林中牵回坐骑,将那人抬上马鞍。

"一定要救他吗?"见那人一袋土砖似的压在马上,差点把马背压垮,苏风沂道,"夜黑风高地出现在这里,还被杀手追剿,我看多半不是好人。"

"他还没死,总不能将他扔在这里不管。"

"他跟我们有什么关系?难道树上的两个人真的走远了?你就不怕惹祸上身,被人射成刺猬?让这半死的人占着马,出了事谁也跑不掉。"

"你说得不错,"子忻淡淡地道,"他跟我没什么关系,你跟我也没什么关系。"

说罢一手牵着马,再也不理她,只顾前行。

苏风沂独自在黑暗中站了片刻,眼泪涌到眼眶,又强行收住。末了,一瘸一拐地跟了上来。

子忻手杖轻点,与她同行了十来步,两人都跛着足,不知不觉中便走成一模一样的节奏。子忻顿时烦躁起来,猛地停住脚,问道:"你的腿真的伤得很厉害?"

"不厉害,就是有点疼。"苏风沂莫名其妙地看了他一眼。

"坐下来,我瞧瞧你的伤。"子忻冷冷地道。

"你先把火把灭了。"察觉他情绪恶劣,苏风沂警惕地找了个树桩坐下来,却又大大咧咧地将右脚蹬在他的膝盖上。

子忻将火把一扔,脱下绣鞋,除去绫袜,手在光滑的足背上轻轻一捏。

"嗷!"苏风沂尖叫一声。

她的足踝处果然高高肿起,想是方才与人争斗所致。一时也找不着消肿的药,他替她穿好鞋子,道:"既然你走不动,不如我背着你好了。"

子忻宁肯背着她,也不想看见她一歪一跛的样子。

"不用,我扶着你走就可以了。"说罢挽住他的手,将身子紧紧地靠着他。

子忻耳根通红,浑身僵硬,一万个不自在,讷讷地道:"你其实也可以坐到马上去……"

"我才不和那身份不明的臭男人坐在一起呢!"她气得大声嚷嚷,"呸!呸!呸!"

还能怎么办?子忻只好扶着她继续往前走。

透过树缝,几粒星光钻石般地在墨色的天际中闪烁。夜风徐来,松露欲滴,林中缓缓地飘动着一团稀薄的白雾。

一切都那么宁静,宁静得令人窒息,宁静得令人恐惧。

走了一会儿,子忻发现身边的人毫不颠踬,已恢复了平常的步态。

"刚才你的腿好像很痛,这么快就好了?"他忍不住问。

"给你一吓,当然就好了。"苏风沂痛得钻心,却偏不跛行。

"我什么时候吓过你?"他苦笑。

她没有回答,忽然换了一个话题:"前面有灯光,只怕我们快到大街上了。"

其实那灯光如星光一般遥远,他们走了足足两个时辰才走出林外。

一路上,她的腿痛得要命,直到后来腿已完全麻木,倒也真的不痛了。

回到裕隆客栈已近凌晨,上楼梯时苏风沂已抬不起腿来。子忻几乎是半拉半拽地将她送到自己的卧室,她栽倒在床,头还没挨着枕头就睡着了。

第十三章

儿时好友

　　苏风沂睡了一天一夜,诘朝盥濯完毕,换了件干净的衣裳。下楼时一眼见着酒桌上坐着两个人,正就着几碟小菜,喁喁向隅谈笑。其中的一位穿着一件宽大的灰袍,猿臂细腰,高额深目,双眉如剑,一脸桀骜阴郁之气,不是姚仁是谁? 而另一位则一脸胡须,伤势未愈,胸前缠满白色纱带。因失血过多,他的脸色有些苍白,却是食欲不减,酒量豪迈,不时引觞满酌,倾壶而不醉。正是那天夜晚被他们救回来的那个姓郭的大汉。

　　她第一次看见阿仁的目中充满了温和的笑容,第一次发现他居然很健谈。接着,他不断地给这个人斟酒劝菜,举手投足间暗含着说不出的亲近。

　　他们谈得那样投机,以至于谁也没有发现她的到来。等她站到桌旁,姚仁竟指着自己的茶壶,头也没回地对她道:"小二,麻烦添些热水。"

　　她气呼呼地拎着茶壶走到柜台,添了水,"砰"的一声放到他手边,子忻这才发觉是她,歉意地笑了笑,道:"你醒了?"

　　"醒了。"她找了把椅子坐下来,心怀妒忌,半笑不笑地道,"这位是——"

　　"郭倾葵。子忻叫我阿骏。"大汉的目光倒是十分诚恳,"前夜多谢苏姑娘相救。"

　　原来他还有一个名字叫"子忻",她心中暗忖。

　　"两位以前……认识?"苏风沂问道,眉头拧成一团乱麻。

　　"儿时好友,多年不见。我还认得他,他却不认得我,"郭倾葵一阵感慨,禁不住摸了摸下巴,"就因为我长了一脸的大胡子。"

　　苏风沂支着头,怔了怔,忽展眉一笑,灿烂无比,仿佛终于找到了个可以打通子忻内心的隧道:"那我以后叫你骏哥,好不好?"

　　郭倾葵也想笑,不料牵动了伤口,嘴已大大地咧开,怎么也收不回来,说了句:"当然好!"倒惹来一阵咳嗽。

"只是，这个郭倾葵跟那个'郭倾竹'没什么关系吧？"苏风沂忽然道。

她看上去不像是武林中人，想不到也知道这个典故。郭倾葵的脸色倒是一点不变："不幸得很，这个郭倾葵是那个郭倾竹的胞弟。"

那是一个江湖上尽人皆知的故事。

沈碧山的夫人陈静清原是郭倾葵的祖父郭象先的恋人，因父母之命嫁入沈家，为之生儿育女几十年。而郭象先为这一桩情事心毁神伤，终身不娶。只在最心灰意冷之时收养了一个弃儿。这弃儿便是郭启禅。

五十年过去，两位六七十岁高龄的老人忽然在一个意外的场合重逢。当夜，陈静清便做了件让人瞠目结舌、哭笑不得的事情：一个六十七岁儿孙满堂的小脚老太太，竟和五十年不见的初恋情人连夜私奔。

当时铁箫先生沈碧山在江湖的地位如日中天，沈家的三个儿子也是后起之秀。郭象先则师从西北铁环门以八卦剑著称的"通臂神猿"陆玄鹰。在江湖上虽没有沈家人多势大，却也是名门正派。两位老人连夜逃走，只在一家客栈里住了两日，便被怒气冲天的沈碧山父子逮了个正着。陈静清对沈碧山破口大骂，声称坚决不回沈家，郭象先亦不让半步。盛怒之下，沈家群起而攻之，两位老人明知不敌，竟当着众人之面相互拥抱，双双自刎。围捕的人中还有给沈家通风报信的武林好友。据称当时的场面让沈家羞辱不堪，颜面扫地。两人的尸体却紧紧地搂在一处，任旁人如何用力也拉之不开。沈碧山又羞又怒，一阵乱刀，将他们剁成肉酱，让野狗分食。

此事传到郭启禅的耳中，两家后代的冤仇就此结下。郭启禅辞别妻子，隐姓埋名，处心积虑地为父报仇，三年后的某日潜入沈府，一夜割掉了沈碧山及其长子的脑袋，将头颅吊在沈家的大门上。

葬完父兄，沈家老二沈泰在祠堂内割指立誓，一定要血债血偿，不将郭启禅挫骨扬灰，誓不为人。可是他花了整整十年的工夫才找到远避深山的郭氏一家，偏偏郭启禅早已预料到一切，早早便将自己的两个儿子分头藏匿。沈泰率众赶到时，只抓到了郭氏夫妇，将他们当场杀死。又四处搜索郭家二子的下落。

数十年之后，长子郭倾竹杀掉沈泰的长子沈挥禅。郭倾竹投师"太玄门"，是当年海南神剑苦雨大师的独传弟子，如今则是西北三路的第一杀手。此人非但剑术极高，且行踪诡秘，江湖上人人闻之色变胆寒。

"那么，昨天追杀你的人，是沈家雇来的？"她继续问。

"多半是，"郭倾葵苦笑，"看来我的命越来越值钱了。若不是当年被我父亲的一个手下隐姓埋名收养成人，又在江湖上辗转躲避了十几年，只怕早已成了沈家的刀下亡魂。"

说罢，他若有所思地看了子忻一眼，心中充满歉意。

那天夜里他走得匆忙,没有和子忻道别。在以后的十几年逃窜生涯中,更是不曾与他联系。

他还记得那一夜他在熟睡中被人叫醒的情景。一睁开眼他就看见养母紧绷的面孔和恐惧的目光,她低声安慰了他一句,匆忙给他套上外套,然后不停地哄着仙儿安静。来不及收拾东西,全家人只拿着一个包袱就乘着马车扬尘而去。

赶车的是一位高大阴沉的陌生人,双唇紧闭,在路上很少说话。还没走出那个小镇他们就遇到了沈家的伏击。全家人弃马钻入深山,东躲西藏。他瞪大眼睛,屏住呼吸,伏在深草之中。好几次追捕的马队从面前走过,马尾匆匆,扫过他的脸颊;火把高燃,余灰荡进他的眼眸。

仙儿开始就坐不住,渐渐地变得更加烦躁。她不断地扭着身子,用脚猛踢地上的石块,想要挣脱母亲的手。他则在一旁帮助用力捂住她的嘴。她生气了,狠狠地咬了他一口,牙印至今还留在手背上。他吃痛松开手,趁着当儿,仙儿飞跑了出去,一边跑一边大叫:"哥哥坏!哥哥坏!"

他想冲出去将她拉回来,一只手铁钳般地将他死死拽住。他回过头去,看见养父拿着把利斧,一动不动地坐在他身后,目光残忍而悲伤。

他们在一个滴水的山洞里躲了整整一晚,次日方找到仙儿的尸体。她死得十分痛苦,两支利箭穿腹而过,却未立即致命。她挣扎良久,直至鲜血流尽。

过了很久他才知道,那个赶车的人是他的大哥,这世上唯一的亲人。

也许是因为这么多年来全靠大哥一个人与沈家孤军奋战他才顺利地活了下来,他对大哥保持着深刻的敬畏。他们之间并不怎么亲近,实际也很少相见。有时候,大哥会突然出现在他经过的某个路口,短短交谈几句就消失了。在他脑海里萦绕的,始终是他脸上那道长长的伤痕,和他身负长剑,双手拢进袖中,漠然望着远方的样子。

"你是郭家唯一的血脉。"有一天他忽然道。

"难道你不是?"

"不再是了。"

回忆刹那袭来,阴影般掠过他的面容,苏风沂很快觉察到他的心不在焉。难得有这样一个机会从郭倾葵口里套话,她殷勤地给他斟酒,兴致勃勃地又要发问,子忻忽然道:"你腿上的伤可好些了?"

她蓦地耳根发红,向他盈盈一笑:"涂了些药,肿已经消了。"

子忻双眼一眨也不眨:"我问的不是你。"

她这才发现郭倾葵的腿上也缠着一层厚厚的纱布,淡红色的血迹隐约可见。

"不碍事不碍事,"郭倾葵连忙打圆场,"一点轻伤。苏姑娘你吃过早饭了吗?这里的豆浆油条甚佳,我叫小二端些上来?"

"不必了,"苏风沂道,"我吃不下。"

"哦?怎么啦?"

"我觉得有些恶心。"说罢,恶狠狠地盯了子忻一眼。

子忻淡笑,继续气她:"别忘了你还欠我十五两银子,最好快些挣回来还我。"

话音未落,眼前扬起一团黑雾,苏风沂长发一甩,气呼呼地冲出门外。步子太急,差点给门槛绊倒。

望着她的背影,郭倾葵笑道:"何苦将人家气走?"

"她要能气得走就好了。"

"注意风度,老弟。"

"我没风度。"

男人们大都认为自己很了解女人,而女人们大都认为自己很不了解男人,甚至希望他们永远神秘。

苏风沂却并不是这样。她对子忻这个人充满了求知欲,除了喜欢他之外,还不自觉地把他当作了一件来历不明的商代铜器。她深知自己这种探头探脑的习惯触犯了子忻,并让他十分恼火,却锲而不舍地坚持着。

所以虽然荷包里明明有一张三十两的银票,她却绝不肯交出来。如果两人之间没有任何关系,欠账就成了一种关系。无论子忻说什么都无法将她气倒,她根本就不是一个容易伤心的女人。

充足的睡眠加上一顿丰盛的早餐,苏风沂感到精力充沛,充满斗志,便跑回荣记古货站了两个时辰的柜台。其间她连做了几笔生意,十分顺利。又将一枚带着黄沁的汉玉扳指说得天花乱坠,绝无仅有,以不可思议的高价卖给了一位服色鲜丽的花花公子。末了还向他承认自己是个新手,老实,不会做生意。

花花公子显然没有讲价的习惯,一直含笑地看着她,默默地听她从商代古玉一直讲到唐代陶瓷,又从西汉佛像讲到敦煌石窟,最后,柔声叹道:"姑娘博学高才,竟在这小店里当差,当真是委屈了。"

说罢,接过扳指,掏出手绢细细地擦了一下,戴在食指之中左看右看,然后道:"那就六百两银子吧。麻烦姑娘记个账。"

"抱歉,小本生意,现金交易。"

"姑娘大约是新来的。我来这里买东西,向来都是记账,只在年终结算——"

话还未落,苏风沂一把抓住他的手,"唰"的一下将扳指从食指上捋下来,放回锦盒,然后双眼一抬,目光炯炯,一副格外提防的样子。

那人并不介意,温和地叹了一声,耐心解释:"因为这是我的店。"

眼角的余光扫过他的肩头,她看见荣老板从门外匆匆进来,人还未到,已满脸堆笑:"二公子什么时候有空来逛?"

苏风沂面不改色,一股脑儿地将锦盒塞到那人手中:"东西拿好,我有事先出去了。"说罢,赶紧溜掉。

街上阳光灿烂，苏风沂漫无目的地逛了一圈，买了几件衣裳，想起自己没有胭脂，便随脚踱入一家叫作"紫锦记"的胭脂铺。

柜台上空无一人，却有一位身量高挑的女人安静地坐在窗边的太师椅上喝茶。那女人至多二十出头，穿着件发着幽幽蓝光的罗袍，犀簪斜插，姿容绝美，双眸如雾，眼神之中有一股倨傲凌厉之色。

她的肌肤本已够柔滑细腻，偏还化着一脸淡妆。十指纤纤，浓浓地染着凤仙花汁。细如葱管的中指上松脱脱地戴着一枚玉戒，当中沁着几缕血纹。

苏风沂先以为她就是这个店的老板娘，刚要说话，忽从柜台的小门内走出一个伙计，向自己做了一个"请稍等"的手势，却快步走到女子的座旁，躬身赔笑说道："劳姑娘久等。小的又去细找了一遭儿，原以为老板会留下一箱存货，不想这新进的夜容膏不到两日就卖了个精光，莫说一箱，连半盒也没留下。真真抱歉得很。"

那女子哼了一声，也不拿眼瞧他，道："夜容膏倒罢了，八白粉你们居然也没有。我看这紫锦记还不如街面上的地摊里货多，要着干什么，不如拆掉。"

她的声音柔软入骨，带着一丝慵懒，让人听了，一千个喜欢。可是说出来的话却横得要命，半点也不饶人。

苏风沂心想，这女人白若梨花，就算不施粉黛，也足称天然美艳。却不料她仍嫌不够，还要用八白粉，实乃太过。不禁笑着插口："这位姐姐，依我说，八白粉倒罢了，那里面的丁香、白附子倒也是好东西。只是又添上一味僵蚕，做了面药固然润肤，洗去的时候却大为麻烦。且不说那方子原本是用酸醋来调的，不免有一股子醋味。倒不如万花楼才出的玉女桃花粉好用。"

那女子眸子一亮，笑道："你这姑娘倒像是个内行，你且说说，那玉女桃花粉，有什么好处？"

苏风沂一骨碌坐到她身边，道："那粉是仲春收的桃花阴干研末而成。用乌鸡膏调了涂面，不光可以做粉，还有胭脂之效，岂不是一物两用？"

女子喜道："听起来就好，却不知这里有没有卖的。"

小二忙道："有，有，有，当然有。这是今年的新款，叫玉女桃花膏。涂面时连乌鸡膏也可省去，一盒七式，七种颜色，杏红、桃红、银红、粉红、退红、玫瑰紫、茄花紫。就是较贵，二十一两银子一盒。不过也可以分开来买。"

"劳驾给我来两盒吧。"

女子悠闲地走上去，付了银子，将其中一盒说什么也要送给苏风沂。苏风沂讪讪地收下，觉得受之有愧，便约她到一家茶楼上喝茶。

聊了一个时辰，已然熟络起来。那女子自称姓"沈"，双名"轻禅"。

"姐姐是干什么的？"苏风沂见她细若无骨的腰上别着一把轻巧的紫剑，问道。

"我是一名剑客。"说这话时，她的表情很严肃，将剑解开，递给苏风沂把玩。

"这是昔年鲁隐泉大师的作品吧？"苏风沂笑道。

沈轻禅微微变色："你怎么知道？"

"我是一名鉴师，这把剑也算得上是古董。这种样式的紫剑鲁大师一共做了三把，只有一把流传下来，一直是峨眉山的镇山之宝。江湖上的人都叫它'鱼鳞紫金剑'。后来听说此剑落入昔年剑榜第一的楚荷衣手中，她却将它失落在了唐门的大山里。"

沈轻禅连连点头："你说得没错。"

"可是，姐姐你是怎么得到它的呢？"

"是我求人将它从山里挖出来的。"

"不可能吧？"苏风沂半疑半信，"听说那里原是个山洞，后来给人放了炸药，整座山都塌陷了。当时人人以为那就是楚荷衣的葬身之处，连神医慕容也坚信不疑。不料她却逃了出来——可能是通过岩洞的地泉——那把剑却实实在在地留在了洞中。"

"所以我雇了很多人，挖了整整半年，才把它挖出来。"沈轻禅自豪地道。

"那里不是唐门的地盘吗？"

"当然。做什么事都要付出代价。"

"什么代价？"苏风沂不安地看了她一眼。

"贞操。"

用贞操换取宝剑，苏风沂还是第一次听说。虽然前面的谈话已屡屡涉及闺房私密，听到这样坦然的告白，她还是骇然。手猛地一抖，差点将剑跌落在地。

"后来，"沈轻禅接着道，"我带着它到云梦谷去拜见慕容夫人，想要物归原主，她却说什么也不肯接受。还说，既然这么辛苦才得到这柄剑，此剑非我莫属。她留我吃了一顿晚饭，还送给我一本剑谱。"

说这话时，沈轻禅眼望窗外蓝天，倨傲的脸上露出向往崇敬之色："虽然慕容夫人在江湖上的日子十分短暂，可她毕竟是百年武林中第一位名列榜首的女人。这一点，只怕我终生也做不到。"

苏风沂道："那你可见过神医慕容？他是怎样的一个人？"

沈轻禅摇摇头："没有。我去的时候正是冬季，他正病着，不能见客。"

"子忻特别喜欢他。他的床头上全是慕容无风的书。每个字的下面都做满了记号，都快被他揉碎了呢。"苏风沂捧着腮帮子，甜甜蜜蜜地道。

乍然听见这个陌生的名字，沈轻禅一愣，问道："谁是子忻？"

"我的朋友，"苏风沂眼波流动，表情忽有一丝说不出的暧昧，"早晚我要嫁给他的。你看，他就在那个角落里行医，每天的这个时辰都在。"她拉着沈轻禅来到窗边，指着不远处大街上的一个灰衣人道。

沈轻禅看了半晌，不由得皱起了眉："他看上去长得不错。"

"岂止是不错，简直百看不厌！"

"不过，他是做哪行的？在这么乱的大街上摆摊，难道他没有固定的地方吗？"

"哦,他是个江湖郎中……也就是游医。"她结结巴巴地解释,"一天能挣十五两银子呢!"

"他的腿受过伤吗?为什么走路要用手杖?"

"真的跛得很厉害吗?我怎么不觉得……"苏风沂小声嘀咕了一句。

"你怎么认识这个人的?"

"好早就认识了,很偶然。他对我可好了。"

"可是,天这么晴朗,又不热,他为什么要戴这么大一顶帷帽?"

"啊,这个……他的鼻子有毛病,一闻到奇怪的东西就会打喷嚏。"免得她问个没完,苏风沂干脆一次性全部交代,"他有很多东西不能吃。他不吃鱼、虾、蟹、蛋;不吃黄豆、花生、芝麻;不吃葱、蒜、辣椒、胡椒;不吃核桃、杏仁、榛子、栗子;不吃茼蒿、芫荽、蘑菇、芹菜;不吃橘子、萝卜、西瓜;不喝冷水,不吃肉。"

"你不如干脆告诉我他能吃些什么,只怕还省些脑子。"

"剩下的一般都能吃了。"

沈轻禅想笑,又不敢笑:"这就是你喜欢的人?他好像有一大堆毛病,很难伺候。"

苏风沂连连摆手:"他从来不用伺候。除了早饭之外,剩下的两餐他都自己做。如果住进客栈,他会交给掌柜一点额外的银子,然后钻到厨房里自己炒菜,不许别人插手。你晓得天底下的人,一旦有毛病,就会有问题。像子忻这样有毛病没问题的人,真的很少!"

"这样啊……那可古怪得紧。他的手艺好吗?"

"挺好的,做得可仔细了,只是没什么味道。不过,这么多年过去了,他肯定大有进步……"

"嫁给这种人,岂不是很麻烦?"

"不麻烦,一点也不麻烦。我只想多挣一些钱,将来买个大房子,我们生活在一起。他愿意开馆行医就行医,不愿意,可以每天带着儿子们出去钓鱼。"

沈轻禅简直不敢相信自己的耳朵:"你是说,你挣钱,他休息?"

苏风沂用力点点头:"我挣钱比他容易,花钱比他节省。一定得是我挣钱才好。"

"风沂,"沈轻禅有些感动,"你若有这样的心胸和决心,什么好男人找不到?可惜我五哥刚刚去世……要不……"

"子忻就是最好的男人。我会嫁给他,然后给他生两个儿子,一个叫姚欢,一个叫姚喜。"苏风沂坚决地道,脸上熠熠生光。

沈轻禅摸摸她的脸,柔声道:"爱上一个人是件幸福的事情。风沂,我为你高兴。你住哪家客栈?我搬去与你同住。谁敢欺负你,我揍死他!"

"好啊!"

这一天，苏风沂最大的收获便是认识了沈轻禅。

男人的友谊与女人的友谊就是如此不同。她想尽办法想在子忻身上建立某种关系，到头来总是困难重重，脆弱无比。而她与轻禅则恰恰相反，一拍即合，几个时辰之内，已然贴心贴肺，难分难舍。

两人手拉着手，在大街上逛了一个时辰，方一起来到裕隆客栈。

一进门，就看见子忻坐在桌边喝茶，身边又多了另一位年轻人。苏风沂定睛一看，马上觉得一万个不自在。年轻人正是上午她在荣记古货打过交道的花花公子，手上还戴着那只昂贵的扳指。

进门的时候，两人正在低声交谈。确切地说，一直不停讲话的是那位年轻人，而子忻只不过偶尔点点头，频频微笑而已。

年轻人一边说话，一边拍着子忻的肩，一副患难之交多年不见的样子。态度之亲密，胜过郭倾葵十倍。

苏风沂走到桌边，道："是你？"

"是我。苏姑娘也住在这里？"年轻人客气地打着招呼。

"是啊。那个扳指——"

"不，不，不，我不是来找姑娘的。"

"哦。公子与子忻……认识？"

"当然，儿时好友，长大之后也时常往来，想不到在这里碰见了他。"年轻人笑了，笑得有些妖媚，"我只知道姑娘姓苏，正要向子忻请教姑娘的表字。"

子忻想了想，没想起来，抬头看着苏风沂，问道："对不起，你叫苏什么？"

"苏风沂。风云的风，沂水的沂。"她一点也不动气。

"我叫唐蘅。"年轻人浅笑。

第十四章

自己的神

苏风沂认为,每个人都可能有些难以捉摸的习惯,无须大惊小怪。所以偌大的饭厅里,大约只有她一个人对唐蘅没什么特别印象。

她承认这个人身材修伟,形容美俊,眼眸深亮,双唇丰满,一副悠然自得的神态。看人总眯着眼,露出一抹深浅难测的笑意。

在古玩行家训练有素的眼里,他身上那套暗花云缎的长袍,单丝碧罗的单衣价值不菲。且不说镶着绿松石的乌犀带下,还系着五彩璎珞,下结一个紫罗香囊,旁边一对双鱼玉佩,走起路来,叮当作响,香气袭人。

打了招呼之后,苏风沂与沈轻禅各自回房收拾衣物。过了一会儿,苏风沂忽然听见有人咚咚敲门。

开门一看,唐蘅微笑着站在门口,道:"恕我冒昧,想向姑娘打听一个事儿,行吗?"

"什么事儿?说吧!"一想到他是子忻的儿时好友,苏风沂已经毫不犹豫地喜欢他了。

"我看见姑娘一头秀发乌黑光亮,大约有三尺三寸长吧?"

"没量过。不过,你怎么知道?"她失笑。

接下来的话她就有些笑不出。

"你卖吗?"

苏风沂迷惑地看着他:"卖什么?"

"你的头发。别担心,我不要全部,只要一尺就够了。"

她抿着嘴唇想了想,道:"你愿出多少银子?"

"市价是十两银子一尺,我愿加倍。"

"身体发肤受之父母,"苏风沂道,"五十两,我才愿有所毁伤。"

"成交。"唐蘅从怀里掏出银票。

苏风沂关上门,拿尺比着,用剪刀铰下一段头发,用丝带束好,包在花布里,递给唐蘅:"我已多剪了一寸给你,希望你能明白,短期内暂不能供货。"

唐蘅道了一声谢,塞进怀里,见发尾之处尤如乱齿,参差不齐,忍不住道:"你没剪好,显得有些乱。需要我帮你修理一下吗?"

"你会吗?"

"精于此道。"

苏风沂把剪刀递给他,他认认真真地修理起来,过了一盏茶的工夫,方道:"瞧瞧镜子,是不是好多了?"

苏风沂左看右看:"果然好多了! 多谢!"

唐蘅扫了一眼妆台,又问:"你喜欢用玉女桃花膏?"

苏风沂的眉头拧了起来,终于开始觉得这人有些不对劲:"你也知道这个?"

"这个太贵。其实麝香十和粉就不错,价格只有它的一半,效果差不多。"唐蘅道。

"这牌子我怎么没听说过?"

"这是寻芳阁上个月才出的新款。名字听来平实,里面的东西却好得很。那珍珠、朱砂、蛤粉、密陀僧、紫粉、脑麝倒是寻常,难的是做法精细考究。那粉色看上去淡若桃花,细腻软滑,涂若无物,便用常水就能一洗而尽。若是颜色一般的人,去买那玉女桃花膏,自然增色不少。可是姑娘貌若天仙,完全用不着花这笔冤钱。"

苏风沂倒抽了一口凉气,倒退一步,将他仔细打量:"这种粉,你也用?"

唐蘅神情古怪地笑了起来,半天不答话。

"你要我的头发做什么?"

"做枕头,"唐蘅想了想,又加了一句,"辟邪。"

她忽地拾起一把扫帚照着他的脑袋猛敲了一下。

"噢! 说得好好的,怎么就动起手来了?"唐蘅捂着脑袋,委屈地叫了一声。

"就揍你,怎么啦!"苏风沂把腰一叉,脑子里已转过成百上千个念头,恶狠狠地看着他,"老实告诉我,你是怎么认得子忻的? 你是不是总缠着他?"

"我是个再好不过的人,"唐蘅款然一笑,"对于女人,我一向有三个信念,你可想知道?"

他还没开口,苏风沂已肃然起敬:"当然想!"

"一心一意向女人学习,高高兴兴为女人服务,坚决不惹女人生气。"

与豪华气派的清原客栈相比,裕隆客栈只能算一个供行人歇脚的三流小店。当然,这种小店是江湖穷人最喜欢光顾的地方。三餐有供,包热水喂马,房间虽小,价格划算,铺盖半新不旧,也是隔天洗换。

为了节省店面,厨房连着饭厅,当中只隔一块颜色莫辨的帘布。一到吃饭时间,油烟四溢,空气里有一股呛人的花椒味。

假如一天中你有半天的时间都坐在这饭厅里,洗头就成了一件麻烦事。

所以,这种时候,苏风沂绝对看不到子忻。他只在厨房空闲时才会下来小坐片刻,然后到厨房里要几个馒头、两碟小菜,亲自送到郭倾葵的屋子里去。

"阿骏的胸骨有伤,需要绝对静养。"下楼的时候唐蘅向苏风沂解释。

苏风沂心不在焉地扫视了一下饭厅,目光痴痴地逗留在子忻喜欢的那个座位上。

黄昏已过,夜幕降临。

大多数房客不会留在饭厅里点酒点菜,而是出去找更便宜的街头小摊。所以饭厅里客人寥寥,生意并不景气。

在这种情况下,老板会让人把四壁上的油灯掐掉一半,致使厅内半明半暗,一片朦胧。

还剩最后几级台阶时,唐蘅忽然站住,苏风沂也跟着站住。

她先看见沈轻禅一动不动地站在饭桌旁。她的手一直紧握着剑。沿着她的目光往前看,苏风沂发现郭倾葵坐在一个角落里,手里拿着一个酒杯,脸上的表情格外僵硬。

他们之间,只隔着两张空桌。而相互对视的目光,足以让桌子颤抖起来。瞬间,空气仿佛变成了浓浆,浓得每一个人都听得见自己的呼吸。

苏风沂看了看唐蘅,发觉他颈上肌肤紧绷,手指已不自觉地移到了腰后的刀把上。

她甚至听见了他握刀时骨节"喀喀"作响的声音。直到现在,她才猛然想起沈轻禅姓沈,原来她是沈家的人!

那天整个下午,两个女孩子叽叽呱呱、漫无边际地聊了那么久,交换了一大堆闺房私密,唯独没有谈到彼此的家世。虽然苏风沂对江湖传说所知甚多,但那毕竟只是一种好奇,引不起半点研究的兴趣。她只满足于知道一些掌故,对细节毫不关注。

如果她是沈家的人,现在便是杀郭倾葵的最佳时刻。

紧接着,楼上的房门忽然"吱呀"一声开了,子忻慢吞吞地从房内踱了出来。看见楼下的情景,微微一愣,继续往下走。

苏风沂却听得出他的脚步十分沉重,且充满了警戒。只有心事重重的时候,他才会这样用力地走路。

子忻沿阶而下,眼见着就要走进饭厅,忽然停住。回过头去,与唐蘅匆匆交换了一个眼色。

两人好像两枚棋子一般移到了各自的位置。只要沈轻禅一动手,他们就会飞扑过去,将她按倒。

蓦地,忽听一声轻笑,沈轻禅道:"郭倾葵,原来你也有帮手。"

话音刚落,苏风沂便蹿了出去,脚在地板上乱跺,一边跺一边道:"踩死你！踩死你！我踩死你！看你往哪儿跑！"

四个人莫名其妙地看着她。

"怎么了?"沈轻禅问道。

"地上有一只蟑螂,"不知为何,苏风沂脸色苍白,"子忻,你别过来。"

三个人全抬起头,看着子忻。

子忻眨眨眼,面不改色:"诸位看着我做什么？难道我会怕一只小蟑螂?"

郭倾葵与唐蘅齐声道:"你以前一向都怕。"

子忻脸色微愠:"十几年过去了,人总有长大的时候。"

郭倾葵松了一口气:"这么说,现在你总算不怕了！"

子忻往后退了一步,手往袖子里一缩:"我还是怕。"

然后两个人都望着唐蘅。

唐蘅长叹一声:"十几年过去了,难道打扫尸体的那个人还是我?"

"当然。"

他垂头丧气地走到苏风沂身旁,道:"苏姑娘,劳驾让一下。"

苏风沂摇摇头,咬紧嘴唇,脸上露出恐惧之色:"我不敢动。"

唐蘅愣了愣:"为什么?"

"我害怕。"

"你也怕蟑螂?"

苏风沂又摇摇头,几乎快要哭出来了。

"你只需抬起脚,移开一步,我就可以把蟑螂拿走了。"唐蘅柔声劝道。

"我不怕蟑螂,我……我怕蜈蚣。"她的声音颤抖得厉害,"刚才一脚踩在蟑螂上,踩的时候才发现,蟑螂的旁边,还有一只三寸长的蜈蚣,浑身通红,肯定……肯定有剧毒。"

子忻一听,咚咚咚地从楼上冲下来,用手杖将她的裙子撩开一道小缝,垂头张望:"蜈蚣？蜈蚣在哪里？我怎么没看见。"

苏风沂尖叫:"好好儿的,为什么要动我的裙子？刚才它还老老实实地趴在地上,现在不见啦！"说罢,褰起裙缘,往旁边移了一步。

果见地上只剩下了一只被踩得粉碎的蟑螂,那只蜈蚣不翼而飞。

她惊恐地望着子忻,却见他双眼呆呆地盯着那只蟑螂,脸色发青,呼吸停顿,握着手杖的手微微发抖。郭倾葵眼疾手快地将他拉开,远远地拽到一边。

虽然及时地服下一粒药丸,他嘴唇还是苍白得可怕。

沈轻禅一把拉住苏风沂,道:"跟我走。"

"走什么呀！蜈蚣就在我的裙子里藏着！"

"这种虫子喜静怕动,你越跑,它越吓得不敢出来。"

"真的吗?"苏风沂将信将疑,跟着沈轻禅奔出门外,绕过一道小山,穿过树林,来到一个湖边。

"现在天黑,四周没人,脱光衣服,跳到湖里!"

"你……你疯了!万一有人怎么办?"苏风沂东张西望,小声道。

"唐蘅在后面跟着呢,要他替我们望哨。"

"唐蘅?唐蘅就是男人!"

"得了吧!他的毛病尽人皆知,把他当作女人也未尝不可。"沈轻禅一面冷笑,一面开始脱裙子。

苏风沂满脸通红地看着她,问:"你怎么也脱衣服?你身上又没蜈蚣!"

沈轻禅道:"怕你胆小,先脱给你看。"说罢,全身脱光,扑通一声,跳入水中。

无奈,苏风沂只好将衣裙扔在一边,跟着跳了下去。

时值初夏,湖水冰凉。

两人游到湖心,方远远地看见唐蘅站在树林之后,大声道:"苏姑娘!你在哪里?子忻让我给你送药。"

"我在湖里!"

"蜈蚣没咬着你吗?"唐蘅走到岸边,见一堆女人的衣裳搁在满是苔藓的地面上,忙拾起来,抱在怀里。

"没有……不过,你能不能帮我一件一件地抖一下?我怕它还伏在原处……"苏风沂远远地道。

唐蘅心花怒放,忙道:"好的好的!"

说罢,一件一件地认真察看。果见一只赤红色的蜈蚣伏在裙脚,忙一刀拍死。末了,将衣裳一一叠妥,捧在手中:"蜈蚣找到了!刚将它弄死,你放心吧。"

"背过身去,将衣裳一件一件地抛过来,我们要上来了!"沈轻禅道。

唐蘅转过身,将自己的外套脱下来,垫在地上。将两人的衣物放好,前行十步,远远避开。

沈轻禅边穿衣裳边笑,悄声道:"这人名声不好,人倒是挺规矩。"

苏风沂淡笑:"我看他不坏。"

"他好像很愿意替女人效劳……"

"这正是他的稀罕之处。"

"不如咱们试试他,看看他究竟能效劳到多远。"沈轻禅坐在草丛中,一脸捉弄之色,"你见过光身子的男人没有?"

苏风沂抿着嘴,不好意思地摇了摇头。

"对于男人,女人一定要见多识广才好。"

"哦。"

"唐蘅,过来一下。"

唐蘅转过身,走到两人面前,微笑:"沈姑娘有什么吩咐?"

"将衣服脱了,让苏风沂看看你。她说她没见过光身子的男人。"

唐蘅的头摇得好像拨浪鼓:"我不脱。"

"为什么?"

"我害臊。"

"你的三大信念是什么?"

"行了,轻禅,"苏风沂打断她的话,"别让人为难。"

"怕什么!"

苏风沂忽然板着脸,一字一字地道:"别欺负他。这世上为难他的人已够多了。"

沈轻禅只好闭嘴。

唐蘅默默地看了苏风沂一眼,沉默半晌,道:"外面很冷,两位还是早些回客栈吧。"

苏风沂拍了拍他的肩,突然道:"我对你的第一条信念一直有些怀疑。"

他原本走了几步,忽停住脚,等她说下去。

"你说你要向女人学习。连我们女人自己都不知道什么是女人,你怎么学?"

唐蘅苦笑:"承蒙指教,这的确是个问题。"

桌上的茶水还有些温热。

两个女孩子回到饭厅,遣开唐蘅,用罢晚饭,又天南地北地聊了起来。苏风沂一直小心翼翼地避开郭倾葵这个话题。一直聊到了三更,方觉困意,正要回房歇息,壁上灯影忽动,远处传来一声奇异的竹哨,沈轻禅对苏风沂轻声道:"你先睡吧。我有事出去一下。"

苏风沂一把拉住她:"这么晚了,上哪儿去?"

"门外有人。我要找他解决一下个人恩怨。"

"我知道你们两家有深仇大恨,"苏风沂盯着她的眼睛,"不过,现在别碰阿骏,行吗?"

沈轻禅一把甩开她的手,冷笑:"郭倾葵受着伤,怎么可能在门外?何况还有子忻和唐蘅一左一右地守着他,我怎么碰?"

"那……你独自出门,也不安全。"

"所以我拿着我的剑,"沈轻禅淡淡地卷起袖子,将长发盘起,用簪子别住,叮嘱了一句,"别跟着我,点子很硬,我照应不了你。"

穿过屋旁的绿纱廊,淡烟疏柳之下,有一道黑色的人影。等沈轻禅走近时,黑影忽然一闪,向山后奔去。

他走得并不远,就在方才她游泳的湖边旷地中停下身来。

天上银河东泻，流萤在暗草中飞舞。露冷香寒，桐荫如盖。

她无端地紧张起来，心咚咚直跳，却大胆地向那人走去。

"你应当知道，我要找的人不是你。"黑衣人淡淡地道。

"别忘了我姓沈。"

"你想怎么样？"他凝视着她，眉宇间满是讥诮，"在这里跟我决斗？"

"我不能吗？"

"你是女人。"

"我是剑客，"沈轻禅扬眉握剑，神态自若，"剑重六斤三两，剑榜排名十四。我的对手一直都是男人。男人的游戏，我格外熟悉。"

"这不是游戏，输的人要付出代价。"他冷冷地观察着她。

"我知道。"

沈轻禅在那一刻毫不犹豫地击出一剑，接着便连攻三招，剑气森森，直将面前飞舞的流萤迫得四处逃窜。她原本是形意门出身，使得一手千变万化的蛇剑。参研了陈蜻蜓的剑谱之后，忽然悟道，明白了一句流传江湖的老话："不怕千招会，就怕一招绝。"

所以她的招式简练有效，且反复使用。

他背着一只手，一直在退，只在必要的时候用剑鞘拨弄几下，显示出极大的轻蔑。

沈轻禅恼羞成怒，挥剑如风，越攻越猛，整个人都被包围在一团剑影之中。

三十招一过，忽听"锵"的一声，他终于出剑，剑尖在空中一挑，直削她的下盘。

他只用了一招，"嗤"的一下，就把她的长裙划成两半。她不以为意，飞身一跃，倒挥一剑，凌厉的剑气在他背上割出一道血痕。

他吃痛跟跄了一步，反过身来，吃惊地看了她一眼，忽反手一剑，从一个意想不到的角度斜刺而出。

她急忙回避，已晚了一步。只觉左眼一凉，一阵剧痛袭来，几乎令她昏厥。

一股咸咸的液体从眼眶中流出，一直流到嘴角，她品出血腥之气。

那不是泪，是血。接着，沈轻禅看见自己的眼珠留在他的剑尖上。

那人淡淡一笑，将眼珠摘下来，放在手中抛来抛去，好像玩弄一枚铜子："我说过，输的人要付出代价。"

沈轻禅捂住不断流血的半张脸，骇然地看着他，咬牙切齿地道："郭倾竹，有种你就杀了我！"

他将眼珠扔到地上，用脚慢慢一踩。"啵"的一声，眼珠破裂，宛如一颗葡萄。那声音嗡嗡地传入耳中，如一枚铁钉在脑海内搅动。

"杀你很容易，"他掏出手绢，擦了擦手，"可惜，还不到时候。"

然后将手绢往地上一扔："代我问候你父亲。"

苏风沂在床上躺了很久，却没有睡着。临睡前她忍不住去敲了敲子忻的门，发现他并不在自己的房子里。她去找郭倾葵，郭倾葵告诉她对街馒头张家的老二从惊马上摔下来，膝盖摔碎，派人将子忻请去了。

子忻就住在她的隔壁。他是个生活很有规律的人。每日亥末入睡，辰初起床。巳时开诊，酉时收工。吃完晚饭，会去散步；睡前无事，会读医书。一日三餐都有固定时间。做菜更是精益求精：如若切菜切到一半，发现手边少了一味调料，他会丢下菜刀满街去找。在江湖这个杂乱无章的世界里，他顽固地坚守着一套属于自己的规则，一丝不苟地照料着自己。

他是个很麻烦的人，但他从不麻烦别人。

廊上烛火如豆，在门缝里留下一道狭窄的灯影。每一个从门前走过的人，都会让这间屋子出现一阵暂时的漆黑。不知为什么，今夜她无法入睡，在床上翻来覆去，一直聆听门外的响动。默默地等待了半个多时辰，她忽然听见楼下传来沉重的脚步声。她知道这个人不是子忻，脚步声却一直走到她的门口。接着，她听见"砰"的一声，门栓震动，仿佛有人重重地倒在门上。

她操起匕首，冲到门边，轻声问道："是谁？"

"是我……"

她连忙打开门，看见沈轻禅双目紧闭，满脸是血，半张脸肿得老高。她一直抱着自己的剑，见门开启，勉强睁开眼。就在开眼的一瞬，苏风沂发现她左目只剩下一个可怕的血洞，不由得大惊失色，忙将沈轻禅扶起来，送到自己床上，她已经昏迷了过去。

在这种情形下，苏风沂第一个想到的人是子忻，可是子忻不在，所以她拼命地敲唐蘅的门。半夜三更，她的敲门声引来了房客们的一阵慌乱，大家还以为店里闹贼，惊动了城内的巡捕。有人披衣而起，将门打开一条小缝，探出半个脑袋，东张西望；有人则在床上破口大骂掌柜，声称此店如此让人不得安宁，明日就要搬走。唐蘅却睡得很死，过了半晌才打开门，睡眼蒙眬地问道："苏姑娘，出了什么事？"

"快去找子忻！轻禅受了重伤。"

唐蘅道："我不知道子忻在哪里。他不在自己房子里？"

"骏哥说有人生病，他被人请走了。"

"我先去瞧瞧沈姑娘。"

苏风沂急得跺脚："你看她做什么？净添乱！"

"我略知医术。"

苏风沂恍然大悟，喜道："对啊！你妈妈是吴大夫，神医慕容的弟子，太好了！快去快去！"

唐蘅苦笑："不要误会。我自小厌恶习医，只有一些粗浅的知识。"

两人来到沈轻禅的身边，唐蘅掀开床帘，一见沈轻禅的脸，顿时魂飞魄散，忙敛目垂首,从怀里掏出一块黑木小像,放到唇边,低声吟诵,默默祈祷。

苏风沂急道:"这是什么时候了? 你还求神拜佛! 快点想个办法出来呀!"

"嘘……不要惊动了阿青。"

苏风沂盯着他手中的木像,大声问道:"阿青? 谁是阿青?"

唐蘅的嗓音忽然变得格外虔敬,目光幽灵般缥缈:"阿青是我的神,我自己的神。除了我之外,谁也不保佑。"顿了顿,他又道:"请你说他的名字的时候,稍微小声一点,好吗? 阿青不喜欢听人大声叫他的名字。"

苏风沂一向以为自己很有学问,就在这一瞬间,脑中的那匹马已从儒、释、道三家一直跑到了民间诸神,上至如来佛祖、玉皇大帝,下抵关公、灶王、财神爷,却绞尽脑汁也想不出"阿青"是哪路神仙。见唐蘅神色严肃,态度恭谨,仿佛那是一位不可触犯的神祇,心中一怯,向他歉然一笑:"不如你留在这里照顾轻禅,我去找子忻。"

"我可以替她清理脸上的血迹。现在她的伤口肿得厉害,就算子忻来了只怕也难有作为,得先消了肿再说。"唐蘅点了沈轻禅的睡穴,回房内拿出一些白绢和软棉,蘸着药水,轻轻擦洗她脸上的瘀血。

"那就拜托了!"见窗外忽下起了小雨,苏风沂披了件外套,抓了把油纸伞,匆忙而去。

值夜的小二告诉她,馒头张家并不远,就在街东头的拐角处。

苏风沂独自撑着伞,深一脚浅一脚地在黑漆漆的街上蹀行。这已不是她第一次走夜路,陌生的街道仍然让她害怕。在远处客栈朦胧的号灯下,她总能看见街角处有几个鬼鬼祟祟的人影。有一次她险些被地上铺着的一块油毡绊倒,回头一看,上面躺着一个叫花子。天上下着细雨,地上一片潮湿,那人幕天席地,却浑然不觉,真不知是生是死。

好不容易走到拐角,果见门口拴着子忻的马,她心中一暖,轻轻敲了敲门。过了一会儿,一个应道:"是谁?"

"我来找姚大夫。"

门开了一道缝,一个灯笼伸出门外,朝她的脸照了一照,一个苍老的声音道:"姑娘请进。"

那屋子阴暗潮湿,有一股挥散不去的霉味,从天花板上垂下无数的蛛网。老人弯着腰,嘶哑着嗓子,道:"姚大夫还在手术中,说是严禁打扰。我老汉自始至终,也不过进去递了一盆热水,就被他打发出来了。"

"是令郎的腿受了伤?"

老汉点点头,叹道:"这孩子命苦,年初刚死了娘,今天又摔坏了腿。别的地方还好说,偏将膝盖骨摔了粉碎,就算是治好了,也是个瘸子。我老汉求爷爷告奶奶,二月才在轿行里给他找了个差事,学徒刚刚结束,正指望能挣点银子……这倒好,唉!

白忙了！"

"令郎今年多大？"

"十五。"

苏风沂有些吃惊地看着他。这老汉白发苍苍，齿牙稀疏，老态龙钟，年纪看上去超过六十，想不到却有一个如此年轻的儿子。

"姑娘也是来求医的？姚大夫真是好人啊，见我们穷人家日子艰难，非但一个子儿也不要，还给了我十两银子买药。夜半着人去请，也没说个'不'字，一直忙到现在，连杯茶都顾不上喝。"

苏风沂抿嘴一笑："我是他的朋友，有急事找他。大爷能不能进去问一下，还要等多久？"

老汉连连摇头："姚大夫反复叮咛，说手术需全神贯注，万一出错，会遗患终生。旁人绝不能打扰。如有所需，他自会出来吩咐。姑娘还是在这里等着他吧。"

苏风沂只好找了张椅子坐下来。老汉殷勤地给她倒了一杯茶，还端来一碟枣糕。苏风沂见枣糕用三层纸包着，便知十分珍贵。想是老汉自己舍不得吃，打算留给儿子的。忙谢了，只将那茶喝了一口，甚觉苦涩，便放下茶碗，静静地坐在桌旁等候。

不一会儿，见内室门"当啷"一响，子忻提着医箧，拄杖而出，见了苏风沂，微微一愣，递给老汉一个方子："手术做完了。按这个方子买药，外敷一日两次，万不可大意。"

老汉忙不迭地谢过，将两人送出门外，迟疑片刻，忽问："早上钱大夫过来看过，说是……说是……他的腿难以痊愈，以后只怕不能在轿行里做事。不知……不知……是真是假。"说罢，怔怔地看着他，一滴老泪从浑浊的眼中滴了下来，忙用手拭了。他的手指是乌黑的，指甲剥裂，上面綻出了许多裂纹。

子忻拍了拍他的肩，笑道："不要相信钱大夫的话。情况没有那么严重，如若伤口愈合得好，应当没什么可怕的后患。休养四个月就可以回轿行当差了。"

"真的吗？你是说，他不会……不会……"他原本想说"不会变成一个跛子"，却将最后两个字吞进了肚子。

"当然不会。"

毕竟这只是一个江湖郎中的话，若不是钱大夫的诊费太高，老汉付不起，也不会死马将活马医地将这个在路上摆摊的大夫请来。见子忻的话说得又自信又圆满，更是疑上加疑，只当是给自己的一个吉言，苦笑一声，将灯笼塞到他的手中："路上太黑，带着这个灯笼。"

子忻还要推辞，苏风沂一把接过去，嘻嘻一笑："是啊，有这个灯笼正好。多谢老伯！"

两人辞行，见门已掩上，苏风沂将医箧抢在手中，道："累了吧？我替你扛箱子！"

子忻牵着马，问道："这么晚找我有什么事？"

"轻禅……受了伤。有人……有人挖了她一只眼珠。"

子忻猛停下步来,吃惊地道:"哦?什么时候?"

"就在刚才。"

"是谁干的?"

"不知道。可能是她的某个仇家。她挣扎着逃回来,现在已经昏迷过去了。"

"你去找了唐蘅吗?"他忽然问。

"找了。唐蘅说得先消肿,肿不退,就是你来了也做不了手术。"

"他说得没错。肿得很厉害?"

"反正现在很难认出她来。"

子忻拍了拍马鞍,道:"你上马吧。咱们要快些回去才好。"

苏风沂摇摇头:"你累了,我要你坐在马上。"

出门的时候,借着灯笼的余光,她看见子忻脸色苍白,嘴唇毫无血色,便知是傍晚那只蟑螂的余祸未消。所幸及时吃了药,不然,就会是六年前的那个样子。

那个样子,她永远也不会忘记。

子忻没有说话,冷冷地看了她一眼,良久,道:"上马,地上是湿的。"

每当生气的时候,子忻的口气里就有一种很不耐烦的腔调,让她害怕。她乖乖地爬到马背上,道:"那你也坐上来。"

子忻没有理睬她,牵着马,继续往前走。

细雨如织,轻轻洒下。默默地走了一炷香的工夫,他们穿过一个牌坊,苏风沂抱着医篓,望了望墨色的天空,道:"我想起了一首诗。"

"衣上征尘杂酒痕,远游无处不消魂。此身合是诗人未,细雨骑驴入剑门。"子忻道,"是不是这一首?"

苏风沂愕然:"你怎么知道?"

"猜的。"

"其实你不一定要当个游方郎中,当个江湖诗人也未尝不可。"

"为什么我要当个江湖诗人?"

"这样我们差不多就是同行了。"

"何以见得呢?"

"我们这一行只和美的东西打交道。"

"人的骨头就很美。你只是没仔细观察而已。"子忻不自觉地咬起了指甲。

"我不喜欢你打量别人的样子。你的眼睛好像一把手术刀。"

"我也不喜欢你打量别人的样子。你的眼睛好像一把铁锹,哦,不对,一把刷子。"

"说得没错,我喜欢青铜,就是喜欢它被悠久的年代腐蚀之后那副残损的样子。"苏风沂扬着眉头道。

"难怪你老要跟着我。"他自嘲了一句。

"喂，人家不是那个意思嘛！"她的脸红了，"何况——"

空中忽传来一阵诡异的哨音，苏风沂脸色一变，道："他来了！"

"谁来了？"

"那个挖掉轻禅眼睛的人。轻禅就是听见这个哨音才去找他的。"

子忻停住脚步，道："无论他是谁，我都希望这个时候你不要招惹人家。"

苏风沂大声道："为什么？沈轻禅是我的朋友，无端被人挖去了眼珠，你以为我会袖手旁观吗？"他正要拉住她，她已经从马上跳下来，从怀里抽出银色小斧，一阵风般地追了过去。

她的轻功居然不弱，跑起来飞快。果见前方号灯之下有一个黑影，那黑影闪身一掠，将她引入一个漆黑的小巷。

细雨忽停，月光从云层中钻了出来。夜风徐来，带着微凉的湿气，苏风沂感到有些冷，却并不恐惧。

黑暗中，一个男人的声音冷冷地道："你是谁？"

"沈轻禅的眼珠是你挖的？"

"不错。"

"你知不知道女人的眼珠对女人来说很重要？"

"任何人的眼珠对任何人来说都很重要。"

苏风沂没有回答，屏住呼吸，在黑暗中观察着他。

"我今天没兴趣杀人，不过我杀人一向不分男女。"

"我要的也不多，只要你一只眼珠。"

他轻蔑地"嗤"了一声："这个世界怎么啦？今晚尽让我碰到找死的女人。"

"是吗？是谁想找死，你为什么不点燃火折看清楚？"

火光骤起，在那一瞬间，他的眼眨了一下，仿佛不习惯突然出现的光亮，紧接着，他的身子突然僵硬。

他看见面前的女人手执一张银色小弓，短箭早已对准了他的左眼。细心的杀手很少犯错，今天他却犯了一个不该犯的错误。

追踪的时候，他觉得这个女人的轻功勉强算得上二流，若全力奔跑，她肯定追不上。将她引到这里，原本是心存戏弄。

他的剑就斜背在腰后，料她不能把自己怎么样，他没有拔剑。虽然他能保证自己在刹那间拔剑，刹那间刺中这女人的心脏。在此之前，那支银色的小箭一定会先射中他的眼珠。

只因他们之间距离太短，短到没有任何一个人可以多占一秒的便宜。

"你知道——"他还想说话，以便引开她的注意。苏风沂却毫不犹豫地射出了一箭。

"嗖——"

他反手一剑,横空一斩。那箭眼看要射到眼前,却被他一剑斩断。

与此同时,他忽觉右眼一凉。一物细若麦芒,向他激射而来。他及时地闭上了眼,却仍感到一阵尖锐而短暂的刺痛,连带着手也跟着抽搐了一下。

苏风沂从口中吐出一个细小的竹管,耸了耸肩,道:"这是个很小的把戏,想不到你也能着道。"

射中他的是从竹管里吹出的一枚银针,那支银箭不过是虚晃一枪。他怒不可遏,杀气陡生,挥剑如狂,霹雳般向她斩去。

在这凶狠的攻势之下,银色小斧毫无抵御之力,向前一挡便被削飞。"哧"的一声,一剑贴脸而过,若不是她闪得快,已经将她的脑袋刺了个窟窿。

苏风沂将手中唯一的短斧当作暗器掷出,拔腿就跑,那剑已撩开了她头上的发髻,"当"的一声,一根玉簪掉下来,断成两截。她披头散发,飞身而出。

小巷十分狭窄,两旁石壁如削,匆忙中她慌不择路,从一个胡同走出,又钻入另一个胡同,那男人却如影随形般地附在她身后。

她几乎可以听见他深长的呼吸,剑尖如蛇吻一般在她脑后划来划去。

然后那个可怕的呼吸突然消失了。她东张西望,不见人影,却知道这个人一定躲藏在黑暗的某处。一股凌厉的杀气如夜雾般降临在她的周围。她将匕首扣在指间,紧张得忘记了呼吸!

正在这时,一只手忽然握住了她。握住她的动作十分轻柔。她想也不想就反手一刀。那只手,仍然是轻柔地捉住了她的手腕。一个声音低声道:"是我。"

她不由自主地缩进了他的怀里,颤声道:"那个人……那个人在哪里?"

"就在你的面前。"

子忻点燃火折,果见黑衣人默立在墙角,他手中有剑,杀气却已消失在无形之中。那人的右眼中有一道红豆大小的血痕,目光奇特,反复打量着子忻。

"倾葵常常提起你。"他忽然道。

"他近来受了点伤。"子忻道。

"我知道,"那人居然很客气,"谢谢你照顾他。"

接下来,一阵沉默。

良久,那人问道:"这女人是你什么人?"

"是我的朋友。"

"告诉倾葵我就在附近,让他放心养伤。"

"我会的。"

"你的朋友很聪明,我不会和聪明的女人计较。"黑衣人淡然一笑,身形一闪,已消失在茫茫夜色之中。

他们在巷中站立了片刻,月光幽然洒下。

"他没伤着你吧?"子忻一边问,一边点燃灯笼,在她脸上左照右照。

那光十分耀眼,苏风沂眯起眼睛,道:"没有。"

子忻的手却捏住了她的下巴,将她的脸拧来拧去查看。

"干吗拧我的脸?"子忻的动作那样野蛮,她立即动了气。

"别动,这里有血。"他从怀里掏出个水壶,将水淋在手绢上,仔细地擦拭着她脸上的一块血迹。

她恍然想起黑衣人的剑曾经从她脸上一贴而过,大约是将沈轻禅的血也带了过来。

血迹消失,露出洁白的肌肤,他松了一口气:"还好,没受伤。"

子忻垂头看她的时候,鼻尖几乎从她脸上划过。她闻到他身上飘来的一道浅浅的药气,便瞪大眼睛,怔怔地盯着他的脸。

他目光幽深,久久地凝视着她。气息在彼此的唇间交错,她不由自主地踮起了脚,使劲地揪住了他的领子。

见她的头仰得如此厉害,他的手只好从她的下颚一直滑到脑后,然后捧住她的脑袋,生怕她会摔倒。

蓦然间,她的鼻子猛地一酸,忍不住打了一个喷嚏。一团水雾喷到他的脸上。

"对不起,我不是故意的。"为了证实自己的无辜,苏风沂大叫了一声,忙用袖子替他擦脸。

"没关系。"他淡淡地道。

第十五章

回春堂

苏风沂不好意思再死死揪住子忻的衣领,将他的头往自己这边拽,只好放开了手:"咱们快回去吧。"

子忻点点头,将灯笼递给她:"上马。"

"哦。"苏风沂答应了一声,垂头丧气地爬上马背。

疏远是那么容易,顷刻间,他们又疏远开来。

"阿……嚏!"刚坐直身子,她又打了一个喷嚏。

子忻脱下外套,扔给她。

如果说那是关心,他的动作显得有些野蛮;如果说那不是关心,他又为什么要扔衣服。苏风沂接过外套,还没来得及穿上,鼻子一酸,忍不住冲着它又打了一连串的喷嚏。

"我的手绢全湿了。"苏风沂拿衣裳堵住鼻子,嗡嗡地说道。

子忻皱起眉头,既而叹了口气。他一共只有两件上衣,只好将月白色的内衫脱下来扔给她。

苏风沂的脸忽然通红。

子忻只穿了两件上衣,全都扔给她之后,便像路上的酒鬼那样打着赤膊。空气冰凉,夜雾湿冷,地面上还残留着雨水。这个打着赤膊的人一手拄着手杖,一手牵着马,昂首挺胸,从容悠闲地走在大街上,神情坦然得宛如琼林苑中的状元。他有一张消瘦的脸,身上的肌肤已远不如他们初次见面时那样细腻苍白,而是明显露出风沙磨砺的痕迹。他的身体也远比她想象的要健壮,却仍显瘦削,双臂优雅而修长,和人打过架,肩上有几道浅浅的刀疤。

"穿上衣服吧,很冷呢。"苏风沂轻轻说了一句。

"不冷。"

无论怎么看,他还是个孩子。她在马上津津有味地打量着他,永远记得癸水初至时子忻安慰自己的样子:明明尴尬万状,却假装镇定自若。在一张职业的面孔下,他用祭司般的眼神凝视着痛苦中的病人,喃喃地说出许多温柔的谎言,仿佛自己是一张无形的滤网,每一次死神从中穿过,都要被迫留下一团黑色。

　　也许黑色太多,即使在快乐的时候,他也显得忧郁,双眉微蹙,一副苦恼的样子。子忻很不容易快乐呢,苏风沂心中叹息。

　　进了客栈,将马牵回马房,大厅里只燃着两支小小的蜡烛。昏黄的灯光下,苏风沂发现子忻裤腿的膝盖处有一团掌心大小的血迹。

　　她惊呼了一声:"子忻,你受伤了?"

　　"没什么,一点小伤。"他漫不经心地继续往前走。

　　"不是小伤,给我瞧瞧。"苏风沂一把拉住他,手往膝盖上一摸。隔着裤腿她能感到膝盖处明显地凹下去一块,上面缠着纱布,血从里面断断续续地渗出来。

　　她浑身一震,脸色苍白地看着他,颤声道:"你……你把你的膝盖骨给了……给了他!"

　　子忻拂开她的手,冷冷道:"这和你有关系?"

　　"没……没有,可是……"她张着口,不知该说什么好,只觉两眼发酸,心口发痛。

　　"很晚了,去睡吧。"他漠然地说了一句,往楼梯上走去。

　　走了两步,苏风沂忽然扬起脸,一句话脱口而出:"这和我有关系。"

　　蓦地,子忻停步,转过身来,问:"有关系?有什么关系?"

　　苏风沂听见自己说道:"这条腿不是你的。"

　　"不是我的,难道是你的?"以为她故意开玩笑,子忻双眉拧成一团,盯着她的脸,目光森然。

　　"当然是我的,上面有我的记号。"苏风沂一眨不眨地与他对视。

　　那条残废的腿上满是父亲手术后留下的刀痕。多年来,他早已习惯忽略它的存在,而将手杖当作了自己的腿。如果实在要在上面找出一块好看之处,那就是足踝上刺着的那个深蓝色的旋涡。

　　——过了很多年,等我长大了,你还会记得我吗?

　　——难说……

　　——那你至少得记得这个旋涡,好不好?

　　终于想起了什么,沉默良久,子忻道:"是你?"

　　那个六年前在东塘镇里遇到的小丫头。

　　那只是一次十分偶然的相遇,她的长相和名字他早已忘得一干二净。之后他还遇到过好几个同样个头的小丫头,没有任何一个在他的脑中留下过印象。只有每次洗澡时看见了这个旋涡,他才会想起曾经有这么一个鲁莽的丫头,半个招呼也没打,就在他的腿上刺了一个古怪的图案。

苏风沂微笑:"你想起来了?"

子忻当然想起来了,仍然觉得很生气:"你不能随意在别人的身上刺字,毕竟我不是一件古董。"

"那时我只是个小丫头……"

"年纪小不是干坏事的理由。"

"不论你怎么说,一件东西上面有我的记号,这个东西就是我的。"苏风沂开始蛮不讲理,"我要你现在就做手术,把我的膝盖骨挖下来,放回到这条腿上。"

子忻根本不理睬她的胡搅蛮缠,问道:"倒要请教,那个旋涡是什么意思?你家用人身上是不是全都刺着一个旋涡?"

"那个旋涡,"苏风沂咬着嘴唇想了半天,也没听出他的挖苦之意,反而认真地解释,"是命运的意思。"

"可想知道我对它的解释?"他忽然道。

苏风沂瞪大眼睛,用力点点头。

"不是命运,是自作多情。以后这种事,你少干为妙。"冷冷地掷下这句话,子忻漠然地越过她,缓步上楼,消失在了自己的房中。

苏风沂的手上还抱着他的衣裳;身上,还披着他的长衫。她浑身冰凉地站在原地,用衣裳捂住脸,眼泪涌了出来。片时工夫便将衣裳浸湿了一大块。

她一直捂着脸抽泣,过了半晌,有人拍了拍她的肩,抬起头时,她看见了唐蘅。

"出了什么事?一个人在这里伤心。"唐蘅柔声问道。

"没……没什么事。"苏风沂想忍住泪,泪水偏偏不停地往下淌。

"来,坐下来。"唐蘅给她找来一把椅子,将胸口的乌木小像取下来,放到她的手中,"不愿意告诉我就把烦恼告诉给阿青吧。阿青会保佑你的。"

苏风沂的手湿漉漉的,里面全是泪水:"阿青是你的神,只会保佑你。呜呜呜……没人保佑我,谁也不来保佑我。我无论做什么都做错了……呜呜呜……"

她一阵呜咽,越说越伤心。

"你若将眼泪滴在阿青的眼睛上,他就会看见你。真的。"

苏风沂擦了擦眼睛,将小像放在手中端详:"为什么阿青的样子是只青蛙?"

"是小时候我姐姐送给我的。姐姐给每个人都刻了一个,子忻也有。他早就弄丢了,只有我觉得它很灵验,一直保存着。"

"原来你还有个姐姐。"

"是啊,我有两个姐姐。一个叫阿爽,一个叫子悦。"

"我有四个姐姐,两个妹妹,还有八个哥哥。没一个是亲的。"

"阿青要我帮助你,你有什么心愿可以告诉我。"

"我喜欢子忻。呜呜呜……"她的声音很小,像蚊子哼哼。

"我帮你祈祷吧。"唐蘅将阿青放到唇边,轻轻地吻了一下,握在手中,闭上双眼,喃喃低语。

不知道是唐蘅的祈祷见了效,还是哭累了,苏风沂终于平静下来,想起了轻禅,不禁问道:"轻禅好些了吗?"

"子忻去看她了。他说今晚他要替她手术。"

"你……你一直陪着她?"

"嗯。"

"她醒过来了吗?"

"早醒过来了。"

"我去看看她——天也快亮了呢。"她站起身来。

"别去,子忻吩咐过,说手术时不能打扰。我原本在一旁还可以帮他一些忙,他连我也赶了出来。"

苏风沂悚然变色:"阿蘅,无论子忻怎样不情愿,我求你进去陪着轻禅,好不好?"

唐蘅道:"为什么?"

"你说,子忻会不会把自己的眼睛挖出来给她?"她战战兢兢地问道。

"不会。眼睛若是挖了出来,就装不回去了,且不说是装在另一个人身上。"

"真的? 肯定不会?"

"肯定不会。"

苏风沂疑惑地看了唐蘅一眼。不知为什么,同样一句话,如果是子忻说出来的,她就坚信不疑;如果是唐蘅说出来的,她就难以置信。虽然她明明知道子忻只是一个江湖郎中,而唐蘅的母亲却是大名鼎鼎的妙手观音吴悠,神医慕容的得意弟子。就算他不曾认真习医,耳濡目染之下,说出的话也错不了太远。

她有些奇怪自己为什么会有这种违反常识的想法。等她抬起头来再看唐蘅时,发现唐蘅正呆呆地盯着自己的眉毛,好像在研究眉毛的形状。

她忽然明白了。因为唐蘅的一举一动,太像女人。潜藏在这个判断之下的是几个说不清道不明仿佛人人都这么想,一生下来就这么以为的暗示:比如,男人就该像个男人。男人若像女人,这个男人肯定有毛病。比如,一个有毛病的人说的话,不能当真,也不值得信任。

仿佛注意到她的疑惑,唐蘅淡笑:"你为什么一直皱着眉头盯着我?"

"我盯着你了吗?"她揉了揉红肿的双眼。

"难道我脸上有什么奇怪的地方?"

"奇怪的不是你,"苏风沂道,"奇怪的是我的眼睛。"

"别用眼睛想问题,要用脑子。"唐蘅淡淡地道。

苏风沂用这一夜剩下的时间缝了三个眼罩。

从见到沈轻禅的第一眼起,苏风沂就认为她是个不需要男人照顾的女人。她的脾气并不讨人喜欢，自信得近乎横蛮，而且满脸满眼都写着"自给自足"四个字。一个女人若不容易受男人眼神的控制，对世俗暗示反应迟钝，在牺牲二字上斤斤计较，会比别的女人多一份自由。

所以，尽管沈轻禅高傲得好像马蜂窝里的皇后，神气得让身边的人黯然失色，苏风沂还是莫名其妙地喜欢上了她，喜欢她睥睨一切的神态，喜欢她大胆率性的做派。

有些人经历，有些人经历着别人的经历。

当这个睥睨一切的人忽然满脸鲜血地向苏风沂走来，且昏倒在她面前时，除了震惊和愤怒，她更感到某种幻觉的破灭，仿佛有条鞭子一下子将她从振奋人心的江湖传奇中赶出，赶了一条残忍、血腥、黑暗的窄巷。

眼罩的质料是质地轻软、有着椒眼纹路的素罗，分成淡青、淡灰和纯黑三种颜色。苏风沂点着一支小小的蜡烛，盘腿坐在床上，一边缝，一边流泪，像深闺怨妇那样陷入愁思，为莫名的心事哀伤。明明为轻禅难过，脑子里反反复复地，却全是子忻说的那些让她难受的话，还有他打着赤膊、拄杖牵马的样子。她知道，无论表情如何冷漠，说话如何尖刻，她心中的子忻是柔软的，是好欺负的，就像她第一次见到他时一样。

胡思乱想中，清晨已悄悄来临。

苏风沂匆匆洗了一把脸，拿着眼罩正要去看沈轻禅，猛地一个人正好从轻禅的房里走出来，两个人几乎撞在一起。不用抬头就知道是子忻。他穿着一件灰蒙蒙的外套，手中拎着一个小小的药箱。

"早。"她听见他打了一个招呼。

苏风沂还在为他那句话生气，便装作不认识这个人，瞧也没瞧他一眼，扬着头从他面前走过，随手将门死死关上。

窗边薄雾轻展，一缕晨光微微地透进来。沈轻禅安静地躺在床上，左目上缠着一层白绢，白绢之下似乎掩着某种黑色的药膏。她的脸肿得可怕，没有受伤的那只眼也跟着肿了起来。往日容颜消失殆尽。

"那小子肯定得罪你了。"沈轻禅睁开眼，脸色苍白地看着她，笑了笑。

苏风沂坐到床边，伸手摸了摸她的额头，柔声道："痛得厉害吗？"

"还好，事先服了麻药。子忻刚刚做完手术。他说缝合之后，我这只眼睛永远都是闭着的样子，就好像睡着了一样。"

她说话的样子很坦然，苏风沂听了，却不禁一阵心酸，眼泪便在眼眶里打转。

"别难过，比剑总有伤亡，能活下来就已经不错了。求仁得仁，我毫无怨言。"她的嗓音虚弱，目光柔和坚定，仿佛这并不是一件不能承受的事。

"可是，你的脸为什么肿得那么厉害……会不会有什么事？"苏风沂忧心忡忡地道，"要不要去瞧瞧别的大夫？子忻只是个江湖……江湖郎中，只怕是第一次做这样的手术。万一……"

苏风沂不说倒罢，一说沈轻禅一骨碌从床上坐起来，道："我也这样担心。子忻进来的时候我还在昏睡，稀里糊涂地喝下一碗药。一醒过来，他就告诉我手术已经做好了。我当时就想问他究竟认真学过医没有，又怕这话太损，平白地让人听了难受。这嘉庆城里最有名的外科大夫便是回春堂的沈拓斋沈老先生。我有好几位哥哥都在他那里瞧过病呢。"

苏风沂忙道："不如咱们现在就去找他？万一子忻做错了什么，只怕还来得及补救。"

沈轻禅不由得笑了，拧了拧苏风沂的腮帮子："奇哉怪也，你这丫头明明喜欢人家，还说无论如何也要嫁给他，到头来却对他的看家本事半点不信，这是为何？"

"我只是喜欢他这个人而已。"

"啧啧，看来他真的得罪了你。"

"我说的是真话。"

她们以为时辰还早，楼下不会有什么人，下楼之后却看见了郭倾葵。

沈轻禅一直扶着苏风沂的手臂，见到郭倾葵，连忙垂下头，手指一缩，不由得掐了苏风沂一下。

苏风沂紧紧握住她的手，道："骏哥早！"

"早。"郭倾葵敷衍了一句，目光却直直地盯在沈轻禅的脸上。他看来已在楼下等了好些时候，脸上分明露出焦虑的神情。

只要这两个人同时出现，苏风沂总能嗅到一股紧张的气氛。

"她已受了伤，请勿乘虚而入。"苏风沂警惕地道。然后她就闭住了嘴。

两人的剑都悬在各自的腰上，谁也没有摸剑。沈轻禅一直没有抬头，郭倾葵的目光却很复杂。

复杂的目光可以有多种多样的含义，悲伤，痛苦，矛盾，遗憾，怜惜，后悔，愤怒……只有一点不包括其中——仇恨。

苏风沂默默地看着这两个人，心沉了下去。

过了片刻，沈轻禅忽道："风沂，咱们走吧。"

仿佛从沉思中惊醒，苏风沂道："等等，我先到柜台去雇辆马车。"

"你们在这里等着，马车我来雇。"郭倾葵突然道。

说罢，他转身大步出门。

沈轻禅轻轻地又道："风沂，我想叫唐蘅陪咱们一起去。"

"他一夜未眠，刚去睡了。"

"那就请你在他的门缝里塞一张纸条，说我们在回春堂，让他醒了过来接我们。"

"为什么？"

"路上可能会不大安全。"沈轻禅淡淡道。

苏风沂依言写了一个字条，塞进了唐蘅的门缝。

空中传来一声鞭响，马车到了。

虽是清晨，门外早已一片嘈杂，一缕刺眼的阳光射入眼帘，沈轻禅只觉一阵晕眩，身子微微一晃，手不由得往空中一抓，抓到一条坚实的手臂。接着，她的身子一轻，身后已多了一道高大的身影。一双有力的手臂将她抱了起来，用腿撩开车门，轻轻地放到车座上。她睁开眼，用唯一的一只眼睛看着他，嘴皮动了动，没有说话。

她闻到了他身上浓烈的酒味，听见了他胸膛有力的心跳。他的手臂紧紧地箍着她，好像要把她压成一枚铜子塞进自己的荷包里。

他怔怔地看着她，然后摸了摸她的脸，神色有些凄然："他找到了你。"

"他们也在找你。"

"他会杀了你。"

"人早晚要死。"

"阿轻，别住在这里，好吗？"他的声音开始发颤。

"我就住在这里。"

他叹息了一声，没有继续说下去，转身下车，将一旁目瞪口呆的苏风沂接到车厢里，向她问了地址，然后拾起马鞭，跳上前座。

苏风沂不敢相信这个人就是郭倾葵。

酒香不怕巷子深。沈拓斋的回春堂谈不上半点气派，也不临着街面，从四面八方赶来的病人已将他门前的小道塞了个水泄不通。

沈先生长着一张三角脸，三角眉毛，三角眼，还很讲究地蓄着一把三角胡子。以他的学问，原本可以进朝廷做御医，他也的确有这个荣幸。只可惜他的三角脾气时时发作，只在京城待了半年就将认识的人得罪得一干二净，被怒气冲天的同行们赶了回来。回到老家他便建了这个草堂，头悬梁、锥刺股，发愤著书，专找医界的名人抬杠。方法是先把别人的书细读一遍，找出毛病，然后旁征博引地大批一通。如果一本书的名字叫《诸症病源》，他就会写《诸症病源考》。如果一本书叫《伤寒七论》，他就写《伤寒七论考》。七考八考，考出的结论是这本书论据不足、引证有误、方子欠妥、药理偏差……总之，其言之凿，其证之确，让后生晚辈读罢之余，直流冷汗，以后买书，不搭上他的一本《×××考》不敢下方子。

如此类推，攻击了一大群京城宿敌并大获全胜之后，沈先生雄心勃勃地将目标转向慕容无风，打算写一本《云梦灸经考》，不料拿着书足足研究了五年也没写出一个字。好不容易有了几个疑问，跑到蜀中去和吴悠较量，只谈了个开头就被她穿心刺肺、敲骨击髓地驳了个体无完肤。一时大大气馁，这才偃旗息鼓，埋头诊务。可是他技术虽高，脾气却不好，最讨厌手术时病人哇哇乱叫，偏偏干的又是外科。苏风沂还没将沈轻禅送进大门，就听见里面传来一阵狂号，仿佛有人正在受凌迟之刑，紧接着一个苍老的声音不耐烦地吼道："叫！叫！就知道鬼叫！就算是把你祖宗八代从棺材里叫了出来,又有个屁用!没本事就不要和人抬杠,不要动手动脚调戏民女,给人家老公一顿乱揍,治好了也是白治,早晚给人送到牢里去打一百个板子。奶奶的,银子呢,小丁,这人交了银子没有?……没有?顾员外的儿子会没银子?你小子挨了打又想赖账是不是?来人,把这小子给我扔出去!不治了!"

正说着,远远地一个家丁模样的人冲了进来,手里举着银票,大声道:"沈先生息怒,沈先生息怒,银子在这里……少爷的伤还是拜托您了!"

见沈拓斋脾气如此之大,还有谁敢坏了规矩?苏风沂只好陪着沈轻禅站在最后。还以为老先生的一顿汪洋大骂会让等候的病人悚然变色,不料人人脸上无动于衷,都露出一副饱受摧残、行将就难的样子,不禁对沈轻禅道:"你怕不怕?这位沈大夫脾气坏得很——比子忻可差多啦。"

"技高之人不免傲慢,使点性子也可以原谅。何况,我又不会乱叫。"

"骏哥不来陪着我们吗?"苏风沂东张西望。

"他还是待在马车里比较好。"

足足等了两个时辰,这才轮到她们。

沈拓斋的样子显然已经有些疲惫,咕咚咕咚地喝了几大口浓茶,将脉枕推到一边,打量着沈轻禅,半晌,问道:"看你斯斯文文的样子,想不到一个姑娘家也和人打架。"

"是啊。"

"左眼受了伤?"

"打架打输了,给人挖掉了。"

沈拓斋吓了一跳,手中的半杯水差点晃到她身上:"把蒙着的绢布揭下来我瞧瞧。"

沈轻禅解开眼罩,一层一层地揭掉绢布,眼窝深陷,露出可怕的左眼。苏风沂连忙闭上眼睛。

"不是有人已经给你治了吗?"沈拓斋哼了一声。

"那是个江湖郎中,我不大放心他的手艺。"

"回去吧。"

"您老这是什么意思?"

"我不可能做得比他更好。你遇到了高人。"

"您好歹给开点止痛的药……"苏风沂在一旁补了一句。

"现在不能轻易止痛,不然肿越消越慢。"

"可是……"

"好走不送。"沈拓斋扯着嗓子叫了起来,"下一个!"

两人有些狼狈地站起身来,正要出门,沈拓斋忽然道:"等等。"说罢,走入书房,拿出四本书塞到苏风沂手中,问道:"那郎中姓什么?"

"姓姚。"

"这是我写的书,就说送他雅正。"

"哦。"

两人垂头丧气地猫进车里,郭倾葵在车上问道:"大夫怎么说?"

"什么也没说,就让我们回来了。"

"这下你们总算相信了吧?"

"相信什么?"

"只要有子忻,就不必去找别的大夫。"

两个人同时点头,均觉心中有愧。

马车平稳前行,出了小巷,驶入大街。出了大街,驶向一道树林。

穿过树林,再拐几道弯,就是裕隆客栈。一路上,沈轻禅的手一直握着剑,显得十分紧张。

快驶入树林时,她忽然闭上了眼,聚精会神地凝听着四周的动静。

苏风沂正要说话,猛听得"嗖嗖"两声,两枚飞箭钉在车顶上。马车突然飞驰起来,尘埃滚滚,两旁树林飞速倒退,紧接着车厢一阵乱晃,"噗"的一声,不知哪里飞来一道钝器击碎了马脑,马车突地跳起来,渐渐停了下来。

第十六章
表兄遥远

　　唐蘅醒来的时候，阳光正照在梁间一张巨大的蛛网上。他一睁眼便看见雪白的墙上多了一只灯笼大小的蜘蛛影子，不由得吓了一跳，还以为自己正在做梦。

　　早饭时间已经错过，红豆稀饭和肉末烧饼都有些半冷不热，饭厅里食客稀疏，全都是一副懒洋洋的模样。唐蘅要了一碗热豆浆，将烧饼掰成小块，泡在豆浆里，没精打采地吃着。

　　他有些怀念自己的那间小院。小院在一道小溪的对岸，开门白水，侧近桥梁，一片竹篱环绕着两棵巨大的古柳。柳树下的房子并不显眼，却是座百年古宅。墙壁早已经斑驳了，廊柱上满是鸟粪。入门的影壁倒塌了一半，茅草在屋顶上疯长，露出苍凉颓败的气息。可是屋内的布置却十分奢华：波斯地毯，檀木家具，古瓶金爵，盆兰巨卉，应有尽有。一位花花公子所能想象得到的舒适都已穷尽。此外，还有麦香、麦秀两个书童替他打扫房舍，洗衣做饭。他们永远不会让唐蘅吃半冷不热的早点。

　　唐蘅喜欢在自己的书房里度过一天的闲暇时光，听廊上莺歌燕啭，看庭前花开花落。盛夏之际，后园的古井藏着冰酒，那是一种女人们爱喝的酒类。江湖汉子抿上一口便会吐出来，笑骂这是"甜水"。他对冰酒情有独钟，喝时放入几颗酸梅，味道更是独特。他可以一杯接一杯地喝下去，以消酷暑。

　　他不喜欢夏天，更不喜欢晴天。晴天一切过于分明，万物纤毫毕现，无处躲藏。他认为自己是个颓废者，适合端一杯清酒，在烟雨迷蒙的某个角落浅斟低酌，幽窗独坐。

　　他记得小时候每到雨夜母亲总喜欢坐在琴房内，对着窗外暗无边际的天色，弹一首格外忧伤的曲子。而父亲则喜欢在这个时候摆弄庭间的花草。累了，会站在廊檐下，默默地聆听母亲的弹奏。此时孩子们若在隔壁的厢房内打闹，他会走进去轻轻地"嘘"一声，让他们安静下来。

在父亲的暗示下，雨中听琴便成了神圣的时刻，成了一家的传统。而唐蘅却觉得那支曲子里有一股子长驱直入的幽怨，让人难以忍受。幸好蜀中的雨季不长，而大多时候母亲都太忙，他才不致时时受此折磨。唯有父亲是她忠实的听众。他会始终如一地立在廊檐下，静静聆听，脸上露出如痴如醉的神情。

那张古琴自然也是父亲送给她的，上有金徽玉轸，紫檀犀角。若是日久不用，父亲还会定时用桑叶在弦上细细擦拭，使之恢复音色，鸣亮如新。

"你们应当跟着妈妈学琴。或者，至少像你姐姐那样，认真地学一点医术。"小时候，父亲常常这样劝他们。

可是，兄弟俩最终还是跟了父亲学武。

有时候他感到父亲的作风过于老派，而母亲则过于清高。父亲宽容着她的冷傲、她的尖刻、她的郁郁寡欢、她的耿介执拗，为此不得不与被她得罪的人周旋。母亲拒入唐门，父亲只好把家搬到唐门之外的大街上。其实大街上的人与唐门的关系又何尝不是千丝万缕。左邻右舍当中，十个就有八个姓唐，细细算来，或远或近，都是亲戚。母亲厌恶应酬，不习惯也不想习惯大家族的生活。就算在唐门之外，她也从不在家族的各种集会和盛宴中露面，把人情上的一切烦恼都抛给了父亲。

自然，唐门人对母亲的傲慢格外不满。他不止一次听见长辈们在人群中长叹，说唐潜太过厚道，就算吴悠是旷世佳人、千年难遇，也不能把她宠成了这样。而市井中的看法则更加刻薄。在他们的脑子里，唐潜再怎么有名，再怎么厉害，不过是个瞎子。一个瞎子竟能娶到神医慕容最得意的女弟子，非但美若天仙、才高八斗，且医术精湛、日进斗金，不是走了桃花运是什么？

平林馆的大门修得比谁都气派，地盘越占越大，庭院年年翻修，还开了几十家药行分店，独揽了西北一带的药业。相比之下，父亲从祖父手中继承的商铺和田产，则被几个年迈的家人管得不温不火、半死不活。父亲从不打算换人，也毫不介意，照样为刑堂的事务忙碌。

他常常怀疑父母之间究竟有没有一段很深的情感，他们相处得那样平淡。大多数时候，都是父亲精心地照料着母亲，怕打扰她的医务，将两个顽皮捣蛋、惹是生非的儿子拴在自己的身边。而他的脾气又远不如爷爷那般严厉冷峻，经不起两句好话就会心软，听见儿子劈腿嗷嗷乱叫，又会心痛。只好舍近求远，入门的时候替他们选了个严厉的老师傅，每日亲自送两兄弟学武。老师傅果然不客气，筋斗翻不对，"啪"的一下就是一板子。马步蹲不好，便往屁股上戳香头。兄弟俩在唐门几位以心狠手辣著称的师傅中辗转学艺，攒了一屁股的香疤，直到十岁，才正式开始跟父亲学刀。

对父亲的崇拜，唐蘅远没有哥哥唐苕那样强烈。从他懂事开始，唐苕就像一道影子般跟在父亲身后，以继承唐氏双刀的"刀统"为己任。唐蘅甚至怀疑哥哥小时候的那些游戏，也全是为了将来继任刑堂堂主做的准备。从三岁开始，每次父亲外出，唐苕都要跟他一起走，不然就会哭闹不止。弄得父亲每次外出，都鬼鬼祟祟地打点行装，提前一日就开始甜言蜜语，哄他开心。

不过他与唐荑一样相信父亲永远是唐门的英雄，天下最杰出的刀客。直到十七岁那一年，父亲终于在一次清理门户中遭到伏击，受了重伤。他的背上连中三刀，血流如注，伤及内脏。抬回家时，已奄奄一息。他还记得那一天他飞马到平林馆报信，母亲平静的脸上顿现惊恐之色，说话的声音也格外颤抖："蓟儿，你下马，我骑着你的马回去。"

在此之前，母亲外出要么乘轿要么坐马车，他从不知道母亲还会骑马。回到家里，母亲亲自替父亲做了手术，足不出户衣不解带地照料了他三个月。非但亲自下厨熬药做汤，还替父亲的花坛除草浇肥。等到父亲能够下床时，母亲便每日陪着他到江边散步。

那是一种从未有过的亲密。他远远地看见母亲挽着父亲的手臂，眼神格外妩媚。两人在垂柳中低声谈笑，有时还一起逛街坐茶馆听戏。从那天开始，平林馆的规矩忽然换了。每日巳时开诊，日没关门，母亲只坐馆行医，不再受邀出诊。往日那种遇到棘手的病人几夜不归的情形再也不曾出现过。

唐蓟知道父亲的职业一直让母亲担忧，她害怕父亲再受重伤，回到家里，找不到可以救他的人。

无论外人如何替人掂轻量重、说长道短，父母亲按照自己各自的法则，就这样温吞吞地生活了二十几年，从未红过脸吵过架。母亲的怪癖渐渐被人遗忘，被她诊过脉、接过骨或治好了顽症的唐门人越来越多，多到即使母亲仍然不参加应酬，也绝不会有人抱怨，反而掉过头来替她说话。

在他人的流言蜚语与母亲的个人原则的漫长较量之后，时风终于流转。他们成了美满婚姻的典范。

唐蓟虽一直不大喜欢母亲，却不得不承认她身上有一种扭转世人的力量。许多女人一生殚精竭虑唯恐不被世俗接受，她却强迫世俗接纳了自己。

正漫无边际地回忆着往事，忽然有个声音道："请问阁下可是唐蓟唐公子？"

唐蓟抬起头，发现说话的是个个子瘦高、模样俊朗的年轻人。穿一件半新不旧的锦袍，下摆上满是泥渍。仿佛在马上奔波了多日，他看上去两眼发黑，形容憔悴。年轻人一只手端着碗豆浆，另一只手却捧着一把黄灿灿的雏菊。那雏菊长短不一、大小各异，显非花店所售，而是从山野上临时采摘下来的。

他点点头，见旁边还有一张凳子，道："请坐。"

那人施施然地坐了下来，见桌上有些油渍，掏出一块巨大的手帕垫在桌上，将雏菊整理了一下，放在帕上。

唐蓟亲戚众多，交游却不广阔。因为服饰鲜亮，举止怪异，当年几乎被唐门以"服妖"治罪。流言口耳相传，见过他的人，听说过他的人，数不胜数。

"我们……见过？"唐蓟疑惑地问了一句，同时认真地打量了这人一眼，生怕他是自己众多亲戚中的某一位,在记忆中细细地搜索了一遍,还是没有半点头绪。

"前年在试剑山庄,唐公子迎战'流星刀'郑秀,在下曾有缘在一旁观战。果真是好刀法!人人都说公子已尽得双刀真传,只怕已骎骎然有凌驾乎其上之势。只可惜令尊隐迹江湖多年,使得我们这些后学小子,无缘亲睹一代宗师的风采。"喝下一大口豆浆,那人的精神好像恢复了不少,双眸渐渐炯亮,一提及唐潜,脸上露出欣然向往之色。

唐蘅微微一笑,道:"兄台谬赞了。家父近年忙于族中琐务,确是极少外出。"

十年前,唐潜的赛事比唐蘅还要繁忙。几乎隔不了一个月就会有年轻人千里迢迢来到蜀中找他切磋、习艺,不和他们过过招,怎么也劝不走。开始唐潜还抽时间奉陪,渐渐地失去了耐心。两个儿子便只好承担了这令人头大如斗的接待任务。唐蘅侧头一看,发现此人并不用刀,腰上别着的是一对沉重的方棱铜,这才放下心来。

"十姑娘唐灵,公子想必认得。"那人继续搭讪。

"当然认得,她是我的堂姑,很年轻就去世了。"

"听说她的五毒神针比当年的暴雨梨花针还厉害!"

"是啊,所以她死在了大牢里。"

"唐灵有个妹妹……叫唐什么来着……"那人转着眼珠,搜肠刮肚地想着,"我记得也是单名,且上面也有火字……唐……"

"唐荧?"这人越聊越远,唐蘅越听越糊涂。

"对对,唐荧。据说在药阁里干了多年,后来嫁给了洛阳崔家的长公子崔孝山。"

江湖上一直都有热衷掌故的人。看来这人对唐门果然知道得不少,唐蘅不禁点头微笑:"崔孝山师出少林,当年曾以四十二招形意拳胜了武当灵机子的八卦掌,一时传为佳话。"

"可不是!俗话说,'太极十年不出门,形意三年打死人'。天底下的拳法只怕就数崔家的最怪,不但招式神出鬼没,内功也很惊人。当年我一直梦想入崔家学艺,可惜无人引荐。"

唐蘅愣了愣,以为这人是想走唐家的门路,找崔孝山学艺,便道:"兄台若是想认识崔先生,在下可以代为引荐……"

不料他话头又是一转:"不不不,我认得崔先生。不过,你可知道崔家虽世代习武,到了崔孝山那一辈,却出了一个读书人——还中过举?"

唐蘅只好问道:"原来兄台和崔家也有交情,却不知这个读书人是谁?"

"他叫崔敬山,是崔孝山的堂弟。"

"抱歉,这个名字我可没听说过,唐门的人太多,崔家的人也太多。"唐蘅终于烦了,开始东张西望,想找个理由回屋,"时候不早了,我……"

岂知那人偏偏不明白他的意思,抢着道:"隔行如隔山哪!这位敬山先生写得一手好字,又擅长四六,诗也写得不错,在当地的学界颇为知名呢。"

"哦。"

"唐兄只怕听说过,崔敬山有三个妹子都擅画,其中老二叫崔欢,专画花鸟人物。"

"哦。"

"你一点也不记得她了?"

"完全不记得了。"

"有一年你父亲过生日,唐荧曾送给他一幅醉翁图。你母亲很是喜欢,把它挂在你家的客厅里。那幅画就是崔欢画的。"

他这才想起来,客厅里是有这么一幅画。至于是谁画的,从未关心过。

"现在想起来了?"那人看着他,一脸期盼。

"想起来了。嗯,一同送过来的还有一副对联。"

"'寒树邀栖鸟,晴天卷片云',对不对?那是敬山先生的亲笔。"

"对。"唐蓠苦笑,他还从来没被一个人这么胡搅蛮缠过。

"崔欢就是家母。"那人咧嘴一笑,露出开心的样子,"我姓王,叫王鹭川。"

唐蓠愕然。为了介绍自己,这人竟兜了这么老大一圈!何况,王鹭川在江湖上的名气,比崔孝山要响亮得多。

唐蓠抱拳作礼:"失敬失敬。豹尾方棱铜,兵器谱排行十二。兄台的大名如雷贯耳,何不早说,绕这么大一个圈子!"

"唉,"王鹭川叹了一口气,"说了半天,你还是没听明白你我之间的亲戚关系。"

"我们……是亲戚?"

"当然。我是你表兄,你是我表弟。"

唐蓠正要答话,忽不知从何处飞来一个人影,冲到桌前,不分青红皂白就给了他一个耳光。

两人定睛一看,来人是个披头散发、怒气冲天的女子。只见她一手叉腰,一手指着唐蓠的鼻子,涕唾横飞地骂道:"不要脸的东西!你若以后再敢勾引我家老公,我定叫你不得好死!你知道你是什么吗?唐蓠!你不阴不阳,不男不女,非驴非马,非鬼非人。难道打小没人教你?是男人就要有个男人的样了,不要整日涂脂抹粉,搔首弄姿。丢你爹的脸!丢唐家的脸!丢这整个城里人的脸!我要是你,死了把脸皮先割掉再进棺材!省得让自己的祖宗八代寒心!真真可惜,当初九爷爷怎么就死拦着没把你丢到刑堂去行家法,剁掉你一只手,逐出家门?倒让你在这里游手好闲、挥霍祖业、招摇过市、丢人现眼!他奶奶的!出门看天色,炒菜看火色,先掂掂自己有几个胆子,敢惹到我蔡二娘的头上?双拳难敌四手,人颈硬不过铁刀,你若胆敢再跨进我家门一步,我先把你告到县衙,再找人收拾你,让你热肉好吃、冷账难还!"

还没等唐蓠张口,那女人抄起桌上的半碗豆浆就往他脸上一浇,然后"咣啷"一声,将碗掷在地上,头发一甩,扬长而去。

　　饭厅里的客人们听得这一场好戏,先是目瞪口呆,面面相觑,既而嗡嗡地低声议论开来。唐蔺一脸狼狈,从怀里掏出手绢,将脸上的豆浆拭净,见王鹭川怔怔地盯着自己,不禁苦笑,"我们还是亲戚?"

　　"当然。"见唐蔺那块轻薄通透的罗绢往脸上一挨便立即湿得可以拧出水来,王鹭川忙将垫在花下的手帕抽出来递给他,"老弟你多少也是个练家子,巴掌躲不过,豆浆也躲不过?"

　　"难道你没听出来她是我的亲戚?"

　　"难怪你看上去好像不怎么生气。"

　　"我怎会和女人动气?"唐蔺浅笑,"我就喜欢看女人发怒时脸上的勃勃生机,什么时候我也能这样动粗一回就好了。"

　　"兄弟你没毛病吧?"王鹭川皱起了眉头。

　　"没有。"见他垂着脸,一副心事重重的样子,唐蔺又问:"你来这里是寻亲问友,还是路过?"

　　"都不是,"迟疑了片刻,王鹭川低声道,"我来找我的未婚妻。眼看就要到成亲的日子,她突然跑掉了。"

　　这当然是件很不幸的事。

　　唐蔺同情地拍了拍他的肩,安慰道:"这种事既已发生,你就要想开。她现在跑掉,总比以后带着你的孩子跑掉要好,是吧?"

　　唐蔺这么一说,更是火上浇油,王鹭川双眼发红,呆呆地怔了半晌,道:"人人都这么劝我。"说罢从腰间取下一个酒葫芦,仰头咕咚咕咚地连灌了几大口酒,咳嗽了一声,从怀里掏出一张泥金红帖,苦笑:"你看,一切都准备好了。我正喜滋滋地等着做新郎哪,不想会出这种事。"

　　唐蔺接过红帖,上书"吉期"二字,展开一看,里面写道:

　　"谨詹于四月十八日为小儿完娶,敬迓令爱于归,伏冀尊慈俞允,曷胜欣幸。右启 大德望尊姻翁苏老先生大人座右。姻侍教弟王佐阳鞠躬。"

　　后接一纸,密密麻麻地写着纳采何时封聘,裁衣何时开剪,上笄何时整容,妆奁何时搬运,迎娶何时登轿,云云。

　　唐蔺想了想,道:"她走的时候可曾留下了什么话儿?"

　　"她留了一封信,说她曾经遇到过一个人,以为这辈子再也见不到他了。想不到在成亲的前一天又看见了他。她说这是命运使然,她非跟这个人走不可。要我原谅她,然后将她彻底忘掉。"王鹭川喃喃说道,眼中伤痛之色更深,"可是,我怎会忘得掉她?我根本忘不掉……"

　　"这么说来,你不知道她究竟跟谁跑了?"

　　"不知道。"

　　女子婚前失踪,多半是对父母之命不满。唐蔺又问:"你以前就认识你的未婚妻吗?"

"从小就认识,青梅竹马。她所有的习惯我都知道,喜欢吃什么,喜欢玩什么,爱穿什么颜色的衣裳,爱买哪种牌子的胭脂……走在马路上,只要眼珠一转,我就能猜到她想要什么;脚趾一动,我就知道她会朝哪个方向走。这就是两小无猜,要不怎么说'心有灵犀一点通'呢?"

"而你却不知道她会逃婚?"

王鹭川一下子张口结舌:"不……不知道。天晓得,女人的心思比天气变得还快。"

便在这一问一答间,他显然气馁了,双眼发黑,失魂落魄,若不是靠着那几口烈酒撑着,只怕早已崩溃。"我已找了她两天两夜。"

"找到她了?"

"找到了。谢天谢地!现在你知道什么是青梅竹马了吧?我就知道她会往这个方向走。"

"恭喜恭喜!以老兄你的诚心,一定能打动她的。"

"唉,难说得很。"他长吁短叹,"她就住在这里。"

唐蓠目不转睛地盯着他的脸:"她就住在这里?这个客栈?"

"我问过掌柜,他见我衣冠不整,死活不肯告诉我她的房号。不过我知道她十之八九住在洪字第七号,所有的数字里她就喜欢七。"

见他心慌意乱,唐蓠又拍了拍他的肩,和声问道:"那你打算怎么办?"

"怎么办?这客栈现已没有空房,连统铺都住满了人。我只好不睡觉,整天坐在饭厅里等着。掌柜的说,过两天就有位子了。"

"其实街对面有个祥泰客栈,空得很……"唐蓠建议。

"不不不!我好不容易找到她,不能再让她从我的眼皮底下溜走。我就守在这里。"王鹭川只带了一个小小的包袱,几天几夜不曾洗澡,浑身都是马汗的味道。

"她叫什么名字?说来听听,也许我见过她。"

"苏风沂,小个子,瘦脸,大眼睛。这店子里没住几个女人,你一定见过她。"

唐蓠搜肠刮肚地回忆了半天,摇摇头,道:"没见过。"

"你可能没注意……"

"也许……"唐蓠又看了他一眼,心中有些不忍,道,"难得在这里遇到亲戚。不如你先去洗个澡,我去叫老板在我房里添张床。你好好地睡一觉,在我屋里将就两个晚上,等有了空房再搬走,如何?"

王鹭川站起来,一脸感激之色,郑重地道:"多谢你帮我!"

王鹭川跟着唐蓠走到楼上,路过洪字号房间,见房门紧闭,忽道:"等等。"

说罢将一朵雏菊插在门缝上,回过头,对唐蓠笑了笑:"这是她最喜欢的花,在我们那里,漫山遍野都是。"

"你怎么知道这就是她的房间?"

"她一定住在这里,"他道,"如果你和一个女人相处了很久,会对她有一种莫名其妙的感觉。"

"你就不怕她看见了这朵花,马上收拾行李?"

"无论她走到哪里,我都能将她找到。因为我们是青梅竹马。"王鹭川淡淡地解释,"我从没有逼过她做任何事,自然也不会逼她跟我回去。我唯一害怕的是……"

他忽然不说话了。

"你唯一害怕的是?"

他移开了自己的目光,良久,长长地吸了口气:"我唯一害怕的是她遇到的那个男人比我好。如果是这样,我将毫无希望。"

"嗨,别想那么多。"唐蘅推开了自己的房门,这才发现地上有一张折叠起来的白纸。

王鹭川放下包袱,问道:"洗澡的地方在哪里?"

"下楼左拐,记得带上钥匙。"唐蘅匆匆换了件外套,将纸条折在荷包里,"我现在要出去一趟。"

"我们不能出去。"

苏风沂抽出银色小斧,猫着腰,正要冲出车门,沈轻禅一把拉住了她。

"可能是路氏兄弟,骏哥有危险。"苏风沂蓄势待发,回头看了她一眼。

"不只是他们两个。"沈轻禅目色微动。

一只眼瞎掉之后,她的另一只眼也跟着肿了起来,只能半睁着。

便在这刹那的眼波中,苏风沂看见了她的恐惧。

"他们一时不会杀了他,"她轻轻地道,"他们要利用他引出郭倾竹。"

"谁是他们?"

沈轻禅转过脸去,更正:"我说错了。不是'他们',是'我们',我哥哥。"

苏风沂点点头:"那么,你究竟站在哪一边?"

"你要是我你会站在哪一边?"

"如果站错了会害得我丢掉一只眼睛的话,我会好好想一想。"

那是一片幽深的树林,阳光点点,从叶隙中洒入。远处有道水流,经年的潮气弥漫空中,阳光之下,雾色橙红。

一切仿佛是透明的,一切又全都看不清楚。数不清的影子交织在一起,风动云生,变幻莫测。

树林永远是伏击的最佳之处。所有可疑的阴影与响动都可能与里面暗藏的生物混淆,习武之人的听力与判断将大受考验。

一听到箭响,郭倾葵便知道情况不妙,紧接着马的脑浆就溅到了他的脸上。

他知道路氏兄弟就隐藏在马车左面的某棵树上，正引弓待发。可惜就在飞箭袭来的瞬间，他已跳下马背，躲到了车厢的右侧。

显然他们知道沈轻禅就在车内，投鼠忌器，只射了两箭，亦未用全力，不然早已穿顶而过，将里面的人全部射伤。

正在此时，一阵尖锐的疼痛从胸口传来，郭倾葵感到一阵昏眩。

那天夜里他中箭从树上摔下来，非但胸口有严重的内伤，还摔断了两根肋骨。经过子忻的细心医治，伤口复原得很快，却远没有达到康复的程度。他捂着胸口，将身子靠在车厢上略作休息，眯着眼睛观察四周的情势。

时至初夏，烈日当头。不知为何，却有一阵彻骨的寒意从身后传来。他猛地扭过头去，看见一个身体瘦削的白衣人，标枪一样立在离他十步远的草丛中，冷冷地看着他。

白衣人的年纪大约刚到三十，却有一头亮眼的白发。目光阴森，如寒冬般凛冽。他站在橙红的雾中，如月光一般虚幻，好像随时可能飘走。郭倾葵的胃却猛然一沉，几欲作呕。

虽然心存侥幸，他早已料到今天很可能会碰到沈家兄弟，而沈空禅是他最不愿意看见的人。

六年前的一个冬夜，郭倾竹失手重伤了沈空禅的妻子，崆峒派女剑客陈紫英。他不知道这对夫妇新婚不久，且陈紫英当时已经身怀六甲。次日，母子俱亡，一尸两命。沈空禅为此一夜白头，在妻子坟前自断一掌，发誓报仇雪恨。他的左腕上装着一只假手，乃千年精铁所造，右手用一柄极窄的倭刀。这个原本意气风发的青年，忽然间变得心境惨淡，不再参加武林的任何赛事。

他在刀榜上最后一次排名第三，大家却都知道他与排名第一的"金刚刀"秦海楼不相上下。他是沈泰最得意的儿子，三和镖局的中坚力量。

若论单打独斗，沈家所有的兄弟中，大约只有这个老三是郭倾竹的对手。任何时候，沈空禅的脸上都没有笑容。他以前从不穿白衣，现在却除了白衣什么也不穿。

郭倾竹脸上的那道伤疤就是他留下的。那一次，沈空禅原本有机会杀了他，却在最后一刻改变了主意，让郭倾竹在重伤之下捡了一条命。他这样做当然不是出于怜悯。

"我希望你有一百条命，因为你死一次，远远不够。"

倘若没有受伤，凭着掌中的铁剑，郭倾葵或许还能与沈空禅周旋片刻。照目前的情形，他毫无胜算，何况树上还有路氏兄弟。

沈空禅手指微动，刀已在手。

无路可退，他忽然暴喝一声，提着铁剑向前冲去。

谁知就在这一刹那间，忽听一人尖声道："且慢！"

车厢门"当"地一响，苏风沂从车后疾步蹿出，一手拉着沈轻禅，一手将匕首按在她的颈上,厉声对沈空禅道:"你若敢伤害他,我就杀了你妹子!"说罢,她装出邪恶的样子,故意将刀尖提起,在沈轻禅的脸上轻轻比画。

沈空禅不为所动,继续向前走。

"别过来!听见了吗?我叫你别过来!"

见白衣人神色诡异,苏风沂拉着沈轻禅,不由自主地向后倒退一步。这一瞬间,白衣人已鬼魅般地扑了过来。不等她来得及动手,苏风沂只觉肌肤忽地一凉,一只冰冷的铁手已搭在她的脸上,轻轻地摩挲着。

铁手擦过匕首的边缘,发出刺耳的声响。沈空禅的眼中,忽如春水一般柔静,仿佛正在欣赏仙乐。

"拿开你的臭手!别碰我!"

铁手果然移开,移到了沈轻禅的脸上。冰凉的铁指钩住眼罩,轻轻掀开一角,很快就放开了。他的脸色已够苍白,此时却变得有些发青。

"是谁伤了你的眼睛?"他的音调蓦地转柔,充满关爱。

沈轻禅看着他,淡淡地道:"这是我自己惹来的恩怨,与你无关。你若不想人家剜去我的另一只眼,就快些离开这里。"

沈家的七个孩子当中,她的年纪最小,而且是唯一的女孩,从小就备受宠爱,在兄长面前骄横成性。

"不必担心。你原本是个美丽的女人,"沈空禅的手仍然留在她的脸上,声调里却多了一份惋惜,"少了一只眼睛,你会成为一个英俊的女人。"

苏风沂冷冷地道:"你若再不离开这里,我就让她变成一个浑身是洞的女人!"

沈空禅偏过头来,一双浅灰色的眸子打量着她,良久,脸上浮出讥诮之意,道:"是吗?你真的要杀她?"

"你以为我不敢?"

"在回春堂门口,是你扶着她下的马车。"

"那又怎样?"

"是你让她坐在藤椅上,自己替她排队。"

"……"

"是你带着她见了沈拓斋,又送她上了马车。"

"……"

"如果你真想杀她,"沈空禅慢吞吞地道,"那就请便。"

话音刚落,他已然出手。"锵"的一声,苏风沂只觉一股大力袭来,那百炼精钢的匕首凭空飞了起来,折成两段。而他的另一只手已经出刀,径直向郭倾葵的头顶砍去。

沈空禅刀法简练,以内力刚猛擅长。虽非变幻莫测,每一击却绝对有效。

只这一刀,他已封住了郭倾葵所有的退路,令他除了迎头还击,别无他法。

而以郭倾葵的伤势,只要他接了这一刀,必当吐血三升,五内俱伤!

那一刻,苏风沂感到沈轻禅的身子猛然一抖,手中已多出了一把剑,可她并没有出手。那剑眨眼间便已回到鞘中。

"铮"的一声,火星四溅。不知哪里突然闪出一个人影,替郭倾葵接住了这一刀。

紧接着,刀光呼啸,如闪电般惊起,两个人影一掠十丈,到了空中。落叶如雨,纷纷扬扬地洒下来。

苏风沂抬头一看,喜道:"是唐蘅!"

沈轻禅道:"咱们快走!"

郭倾葵解开死马上缠绕的绳索,将苏风沂送到另一匹马的背上,扔给她一套缰绳,道:"你快带沈姑娘回客栈。"

苏风沂忙道:"你呢?你为什么不走?"

"我得留下来帮忙,唐蘅一个人只怕应付不了。"

正说着,刀声突静,一个白影远远遁去。唐蘅轻飘飘地从树上落了下来,笑道:"谁说我一个人应付不了?他不是已经跑了?"

三人面面相觑,目瞪口呆地看着他。

苏风沂道:"路氏兄弟呢?他们也跑了吗?"

"跑了。中了唐门的暗器不跑,难道还等我给他们解药不成?"

沈轻禅的嘴皮动了动,想说什么,欲言又止。半晌,终于道:"你……你可伤了我三哥?"

"没有。我怎么敢伤你的三哥?"

"那他怎么也跑了?"

"我不知道。"

"你不知道?"

"我只是跟他说我挺喜欢他的,问他什么时候有空到茶庄去喝杯茶……他一听这话,扭头就跑了。"唐蘅抱着胳膊,倚在车壁上,半笑不笑地看着三个人,修长的十指上,涂着红红的蔻丹。

第十七章

雏菊

　　唐洹并不喜欢出门,特别是出唐家堡。

　　一个人若是到了四十五岁才终于回到自己的家,不免会对这个家产生一种说不出的眷恋。唐洹的父亲唐隐戈是位行踪诡秘的道长,在云游的路上偶遇一位随父出行的大家闺秀。两人只有一夜之欢,之后,唐隐戈就莫名其妙地消失了。唐洹的母亲因此大受连累,在家人的白眼和四邻的唾沫中生下了这个没有名分的孩子,郁郁寡欢地守着他,苦等夫君的归来。可是,唐隐戈显然不相信春风一度便能开花结果,继续云游,将这个女人忘得一干二净。

　　唐洹对母亲没有很深的印象,只记得她足不出户,一双泪眼终日红肿着。她苍老得很快,去世的时候还不到三十岁。唐洹便这样不清不楚地住在外公的家里。那是个官宦之家,里面的人即使是对童仆也很客气,他既没受过虐待,也没被人注意。大家只是不怎么提起他,和他打交道也没什么热情。他就像一个虚无的气泡那样在深宅大院里生活了四十年,除了自己姓唐之外,对身世一无所知。唐洹四十五岁的时候,唐隐戈已是个童颜鹤发的老道,故地重游,惊奇地发现自己原来还有一个儿子。这种惊奇对他来说,原本也不是什么大事,偏偏他的另一个儿子二十几年前便已去世。他一直以为自己这一脉在他手中已然断绝,发现了唐洹不啻于喜从天降。唐洹也很争气,从小精明能干,长大了便一直替外公打理家族的生意。他是总管,是亲信,忠心耿耿、不知疲倦地替外公挣了无数的银子。但钱一到账,外公便会挪走其中的一大部分,分给自己那几个写诗作画、无所事事的儿子。等所有的人都分到了,才会想到给他留一点,意思一下。

　　他知道自己再怎么努力,在这个家也只是个外人。没有名分,只能忍气吞声。四十多年来他已接受了这个事实,甚至感激外公收留了他,信任他,给了他这份吃穿不愁的生活。唐隐戈为此深感内疚,亲自到他母亲的墓前痛哭,还请了媒妁,拜了岳父,让死去的人恢复了唐家儿媳的身份。

唐洹终于时来运转。唐隐戈带着他回到唐门,四处打点,让他名正言顺地继承了自己所有的财产。过了一年,仍然率领唐家在债务中苦苦求生的唐浔因身体原因请求辞去唐家老大的差事。彼时这个炙手可热的"掌门"位置已不再有吸引力,反而成了麻烦的象征。恢复了身份的唐洹在水字辈中排行最高,正想大干一场,扬名显父,便顺理成章地继承了老大的职位。

雅室遮着厚帘,显得有些昏暗。唐洹喜欢背对烛光,将自己隐藏在昏暗的角落里。他是个英俊整洁的男人,四十几年谦恭谨慎的生活,使他的面容比大多数趾高气扬的唐门子弟看上去要沉稳温和,谈吐也很有分寸。毕竟他外公亦是一郡之地望,与唐门门第般配。从小耳濡目染,也是知书达礼。加上从商多年,比起只会耍嘴皮子躲债的唐浔更懂得经营。他很快就赢得了长老们的好感。

唐洹对唐门的女人毫不了解。除了几位曾经在江湖上以暗器出名的堂姐堂妹之外,他这一辈的唐门儿媳大多是和他母亲一样死守深闺、足不出户。

只有唐潜的夫人吴悠除外。

自从她出嫁之后,从未踏进唐门一步,做了二十几年货真价实的"没进门的媳妇"。这一点在老一辈人的眼里,无疑是莫大的耻辱。但老人们很快找到了平衡,因为吴悠亦从不与自己的师门往来。她是神医慕容最得意的学生,二十几年来却与慕容无风不搭一言,亦从不回谷拜望师长。她就这么离经叛道地生活在与唐门一街之隔的平林馆内,倔强地与族人对抗,让所有的人都对她无可奈何。唐洹一直以为除了重病求医之外,自己可能永远也不会与这个女人见面。

而他上午却收到了一封吴悠的短笺,请他到临江街上的福庆茶楼一见,有事相商。就算这样堂而皇之的一纸召唤显得无礼,他却不得不去。唐门的人,还没有谁敢不给唐潜一个面子。

午时刚过,门外传来细碎的脚步。一个披着深碧色斗篷的身影从容而入。

斗篷滑落的瞬间,唐洹眯起眼,悄悄地观察那女人优雅的举止。她的侧影仿佛一道射出云端的月光,面容白净,双眸深沉,表情神秘。

原来年近五十的女人也可以这么美。她的胸挺得笔直,甚至有些故意向后仰起,头傲慢地昂着,脑后盘着一个桃心髻。见了他,微微一笑,敛衽作礼。唐洹亦还了一揖。

"大先生贵人事忙,吴悠本当亲到府上拜望。无奈诸多不便,只好委屈先生到茶楼小叙。失礼之处,万望海涵。"她用词谦恭,却并不由衷。

唐洹不以为意:"都是自家兄弟,你来我往还不是一样?弟妹如此客气,倒见外了。请坐,上茶。"

吴悠将斗篷交给侍从,款款入座,接过青瓷茶盏,淡淡一笑,单刀直入:"听说唐门的规矩,刑堂之主一律世袭?"

"不错。传到潜弟的手中已然是第六代。"

"这么说来,如若唐潜退休,接替他的人就会是唐苻?"

"肯定如此。"

这是唐门尽人皆知的事实,方才一番话不过是明知故问。见唐洹所答如此肯定,她垂下头,沉默不语。

"弟妹莫非有什么异议?"唐洹淡淡地问道。隔着一道茶桌,他可以看见她的双手交叠在一起,拇指微微发颤。她并没有表面看上去的那样镇定。

"两年前,唐潜曾受过一次重伤。现在看上去好像已完全康复,其实早已元气大伤。"吴悠终于抬起头,脸色愈加苍白,"可是他仍然不断外出,我十分担心他的安危。曾数度劝他退出刑堂,他坚决不同意。"

唐洹点点头,表示理解:"刑堂堂主是唐门重职,由长老会直接管辖。即使是我,也不能轻言进退。何况这是潜弟一生的事业所在,弟妹只怕很难说服他吧。"

虽然传闻异辞,他发现吴悠其实是个很普通的女人,像所有的唐门媳妇一样,会为家里的各种烦恼来找他说理,要他仲裁。他很喜欢这种感觉,觉得自己的确是一家之长,脸上顿时浮出安慰的笑容。

"所以我希望大先生能找个理由让他退职。"吴悠直截了当地说道。

这话让唐洹有些不快。

他是唐家老大,而这个女人说话的态度却好像在命令他。

越是如此,唐洹越显得低调,这是他一贯的作风。"弟妹的意思,是想让唐苻早些接任?"

"这是我的第二个请求:唐苻不能入主刑堂。我不想我的儿子像他爷爷那样早死。"她的语气一点也没有变,继续横蛮地往下说。

唐洹企图以轻描淡写的一笑化解她的戾气:"这未必是唐苻的心愿吧?人人都看得出他喜欢刑堂,随时准备克绍箕裘。"

"所以我才更加担心。"

"女人要放心让男人出去闯——"他马马虎虎地应付了一句,打算找个理由结束谈话。

"该不该放心,我心里自然明白。"吴悠冷冷地打断了他的话。

唐洹终于明白为什么唐门的老人一提起这个人就摇头。他从没见过一个女人敢像她这样说话的。

可是,他并不想把事情弄僵,便平心静气地向她解释:"弟妹有所不知,职位的任免纯属唐门内务,也不由我一人决定。潜弟若想退出刑堂,必须由他自己提出,且要经过长老会的同意。而唐苻的接任则不可避免。唐门几百年的传统,不是轻易几句话就能打破的。"

"觊觎此位的大有人在。大先生若是肯想办法,此事并不难办到。"吴悠一直盯着他的脸,弄得他的目光丝毫不敢躲藏。

"抱歉,恕我无能为力。"唐洹内心暗忖,传言果然不假。这女人自以为是,咄咄逼人,简直令人无法忍受。

仿佛早已料到会有这样的回答,吴悠的脸上毫无异色,手转着杯沿,漫不经心地问道:"听说唐门至今还欠着一些外债?"

烛光忽然抖动了一下,室内的空气有些窒闷。唐洹非常懂得什么时候应当讲话,什么时候保持沉默。他能隐隐猜到吴悠的意图,脸上漠无表情,双眸微微斜睨,等她说下去。

"大先生是生意人,如能帮我说通此事,请开个价。"

他的心微微一动。这女人果然是有备而来,深知自己的作风。对生意人而言,生意就是生意。

"十万两,我需要六个月的游说时间。年终向长老会提议,争取年初办成。"他原形毕露,狮子大开口。

"十五万两。大先生能否现在就想办法?银票我会用先生的名义存入联信钱庄。听说贵公子看中了丰元巷上的两个酒家,手头一直有些紧张?"

听了这话,唐洹笑了。

吴悠不解地看着他,道:"我出钱你出力,有何可笑?"

"我与弟妹无冤无仇,弟妹何以想送我入刑堂?这银子我就算是要,也是为唐门而要,不是为了我自己。"

"原来大先生是个廉洁的人。"吴悠一边抚摸着自己修长的指甲,一边淡淡地道。

"弟妹何必如此心急?据我所知,潜弟最近好像没有出远门的打算。"

"他昨晚告诉我,过几天要出去一趟,查一件事。"

唐洹愕然:"我怎么没听说?"

"刑堂办事一向独立于掌门之外,不必事先通报。"

"这是当然。……你可知道所查何事?"

吴悠摇摇头:"不知道。我只是不想他外出涉险。"

"既然不知,又何来涉险一说?"

"他哪一次出门不带点伤回来?"

她说得没错,刑堂堂主原本就是唐门最危险的职位之一。斟酌了半晌,唐洹道:"我若知道是为了什么事,或许可以找潜弟商量,换一个人去。"

吴悠张开嘴,想说什么,又闭上了,心境复杂地看了唐洹一眼,考虑自己该不该信任这个人。迟疑了片刻,她道:"我的确不知。"

"那我只好说,"唐洹斜靠在细藤软椅上,脸上露出惋惜的神态,"这忙我实在帮不上。"

唐洹已知道这女人想要的是什么,所以不慌不忙地等她妥协。

过了一会儿，吴悠终于让步："我只知道此事与唐隐僧的死有关。"

唐隐僧的死？他见过许多老人的死，一直相信这样一个规律。只要双双健在，大多数老年夫妇可以幸福地生活下去。如若一方突然去世，另一方坚持下来的年头则十分有限。唐隐僧属于后一种情况。他与夫人伉俪情深，不料两年前老伴一病而亡，他好像立即变了一个人，变得格外消颓沉闷，暴饮暴食，渐渐地疾病缠身。大家都知道他挺不了多久。

唐洦双眉一皱，道："四叔去世时已年近七十，心疾骤发也该算是寿终正寝吧。何况他老人家身子一向不好，近两年又嗜酒如狂。"

"四叔去世之后停棺慈仁寺，唐浔曾请我去看过一次，"吴悠道，"他并非死于心疾，是中毒而亡。"

唐洦脸色微变，看着她，半晌没说话。虽然一进唐门他就打算大干一场，他并不是很喜欢唐门里所谓的"传统"。作为老大，他可以决定很多事，却总有一些事他既不知道，也不能做主。

"这事，难道大先生没听说？"吴悠有些诧异。

"略有耳闻，只是不大相信。"唐洦神态平静，"不过，四叔早年也是江湖人物，只怕会有些宿仇吧？"

显然，他对此事所知甚少。吴悠不禁有些后悔，觉得自己不该将这秘密轻易透露出去。她开始装糊涂："我对唐门的往事一无所知。"

唐洦并没有追问，只是道："如果潜弟出行是为了调查此事，我只怕很难劝他退出。唐隐僧毕竟是他的亲叔。"

吴悠的脸色更加惨白："如果他不是非去不可，我岂会来求你？何况你也知道，他一走，唐苒一定会跟他一起走。"

"我很愿意帮你。不过，潜弟的脾气你想必也了解。他决定要做的事，没有任何人可以阻拦。"

说这话的时候，他的脸上有一种深切的同情。

"你要多少银子，请直说。"吴悠的嘴唇有些发抖，手中的杯子忽然磕在茶盘上，叮当作响。

唐洦眯着眼，将身子埋进高大的椅背之中，透过隐隐烛光，观察着这个女人绝望的神色，心中有一丝莫名其妙的快感："有一点我希望弟妹你能够明白。"

她抬起头，目光幽然。

"在我接任的这几年，唐门并没有你想象的那样缺钱。"

苏风沂扶着沈轻禅上楼的时候，蹑手蹑脚，以为可以避开子忻。踮脚路过子忻的房门时，门却"呼啦"一声开了。

子忻神色阴霾地出现在两个人的面前。

"两位上午到哪儿去了?"他冷声问道。

"出去走了走。"沈轻禅小声答了一句,悄悄地捏了捏苏风沂的手,示意她不要说话。

"我是不是叮嘱过你,要你绝对静养不要起床走动?我会每隔一个半时辰来查看一次伤口,换一次药?"

"……是。"

他板着脸继续道:"你知不知道若不及时换药,你的伤口会炎症大发,危及性命?"

听他这么一说,沈轻禅的脸都吓白了,忙道:"我这就去躺下……"

子忻还想发作,见她半张脸肿得老高,终于有些不忍,口气缓了下来:"你可知道大夫最恨的是什么样的病人?"

沈轻禅老老实实地答道:"大夫最恨的是不遵医嘱的病人。"

"说你不明白,你好像又很明白。进屋躺着去吧!我等会儿过来给你换药。"他冷哼了一声,终于放过了她。

沈轻禅赶紧溜掉。只剩下苏风沂抱着胳膊,扬着脸,满不在乎地盯着子忻,目光格外挑衅。

她还在为昨天晚上的话生气,一看见这个人,火就不打一处来。

子忻不理睬她,转身要走。

苏风沂拦住他的去路,道:"别和病人斗气,劝她去回春堂看沈大夫的人是我。"

子忻已转过身,听了这话,又转了回来,冷冷地看了她一眼,问:"沈大夫,哪一位沈大夫?"

"沈拓斋。"

他的脸色越发难看:"为什么?不相信我?"

"为什么要相信你?"苏风沂一脸冷酷,"你不过是个江湖郎中,一天主要干的事情就是骗穷人的钱、兜销假药,跟大街上算命、耍大刀、卖狗皮膏药的人没什么区别。轻禅又不是穷得付不起银子去找正经的大夫,何必要受你这半瓢水的人的折磨?她不过是看在你与骏哥相好的分上,让你瞧瞧她的伤。你倒好,给你点颜料,你就开起染坊来了。三下五除二就给人家缝针上药,艺不高胆子倒挺大……"

"你说完了吗?"子忻的脸微微发红,显然是有些恼火。

"没有。我从没见过哪位郎中黔驴技穷到要用自己的膝盖去补病人的膝盖的。光瞧着这股子傻劲儿就觉得你这人靠不住。我还以为你早晚会把自己的眼睛挖出来送给轻禅呢。不过,先告诉你一声,你的眼珠这么难看,她一定不会要的。还是给自己留着吧!"

子忻怒极反笑,一双眼狠狠地盯着她:"那么,沈大夫都做了些什么?我倒要听听他的高明之处在哪里。"

她"唰"的一下从怀里掏出四本书："这是他写的书，让你好好读读，再去向他请教。"

"哦，是吗？"他接过书，看也不看，只是冷笑。忽然将它们卷成一团，往垃圾桶里一扔。

苏风沂追上去踢了他一脚，怒道："喂！姚子忻，你不识字就罢了，干吗糟蹋人家的心血？"

说罢抢到桶边，将四本书拾了回来。那桶里曾有醉人呕吐，书上已沾了不少味道难闻的黏液。她正不知道该怎么办，手臂一软，书又给子忻抢了过来。只见他哗哗几下，将它们撕个粉碎，全部扔到桶里。意犹未尽，还用手杖将碎纸一阵乱搅，让她彻底无法可得，这才气势汹汹地道："苏风沂，你以为这样就能气得了我？"

苏风沂将脸凑到他的鼻子跟前，挑着眉，瞪着眼，恶语凶言脱口而出："该死的瘸子！你敢撕书！"

蓦地，子忻的眸子忽然收缩。接着，他的身子忽然僵硬，腰忽然挺得笔直。半晌他都没有说话，却保持着这种高傲的姿势。

苏风沂却看见他握着手杖的手指是惨白的，且微微发抖，好像要将手杖捏碎一般。

苏风沂知道自己击中了他。是啊，她击中了他，为昨晚的话报了一箭之仇。她应当高兴才是！可是，不知为什么，她没有勇气抬起头来看他的眼睛。他急促的呼吸却已快要吹到她的脸上。

他一把抓住她。她尖叫一声，跳起来，飞奔到自己的屋子里去，"咣当"一声，关上了房门。

岂知就在关门的这一刻，他的手杖已伸进了门缝。一股大力袭来，他推门而入，一把抓住了她的手臂。

"你想干什么？放开我！"她大叫，"噢！好痛！姚子忻，你敢动粗！"

他的手拧着她的手，硬得好像铁钳。听她怪叫，终于松动了一下。趁这当儿，她一拳挥了出去，直击他的鼻梁。

靠得太近，他无法闪避，鼻血顿时流了一脸。

"姚子忻，你敢欺负我，我就打歪你的鼻子！呸！活该！"她的双手已经被他牢牢地抓住，便用脚使劲地踢他的手杖，踢他的腿。

子忻一手捏住她的双手，将它们死死按在木杖的手把上，另一只手掏出手绢，匆忙地擦了擦脸，冷冷地道："说到欺负，你倒提醒了我。"

他闪到她的身后，一只手反拧着她的双臂，忽然向她的颈窝吻去。

"你……你想干什么？"她小声道，"你别乱来……"

他没有说话。火热的呼吸却已从颈边传入她的胸膛，她挣扎着，浑身渐渐发软。

"子忻……"

子忻沿着颈边那条微微跳动的血管，一直吻到耳根，然后在她的耳垂上狠狠地咬了一下，好像要将她粉红色的耳朵咬下来。

"痛吗？"他贴着她的耳朵问道。

"不痛，"她有些站立不稳，整个人都倒在他的怀里，"你咬！你再咬！我看你究竟有多大的胆子……"

他又咬了一口，几乎咬出了血。这一回她终于吃痛，"噢"地叫了一声。

"放开我！"

"不。"

他满脸是血，凶神恶煞地看着她，用一种奇怪的目光反复研究她的脸、她的双眼。

他们靠得那么近，以至于她在他的瞳孔中看见了自己的影子。

霎时间，苏风沂感到恐惧，又感到自己好像渴望这种恐惧，便瞪大眼睛，吃惊地看着他。他的鼻子还在不停地滴血，血洒了她一脸。他看上去面目狰狞，仿佛一只食人的野兽。

黑影压了下来，眼见着就到了她的唇边，却停住了。她不由自主地踮起了脚，不由自主凑了上去。他这才开始吻她的双唇，缠绵而轻柔。

"风沂，你就喜欢这样，是吗？"他边吻边道。

"我……我喜欢什么……"

"喜欢和我打架。"

"嗯……"

子忻放开了她的手，她展开双臂，紧紧地勾住了他的颈子。

他无法挣脱，反而被她吻得喘不过气来，迟疑了半晌，见她毫不松懈，便拍了拍她的脑勺："风沂，放开我。"

"不。"

他的鼻子还在流血，两个人的脸上一片血污，好像是一对刚从大牢里逃出来的犯人。

"子忻，你是他吗？"她终于停下来，喘着气问道。

"他是谁？"

"那天夜里的那个人。"

"你会弄错吗？"

"我怕弄错，所以我要查一下我的记号还在不在……"

"如果不在，你会怎样？"他问。

"如果不在，你就不是他，我会杀了你。"

子忻叹了一口气，觉得这个人匪夷所思。她却已俯下身去，将他的裤腿揭开，去看那只六年前的旋涡。

"验明正身了？"他又开始冷嘲热讽。

"为什么你的腿是冷的?"她轻轻叹道,用力握住他的足踝,好像要将它握暖。

"从来都是这样。"

苏风沂替他整理好衣裳,又摸了摸膝盖上的伤口,问道:"换药了吗?"

"换了。"

"痛吗?"

"不痛。"

终于,她站起身来,握住他的手,甜甜地笑了:"你怎么知道我喜欢雏菊?"

子忻微微一怔,道:"什么雏菊?"

"门上的雏菊,难道不是你放上去的?"

"不是。"

她的脸变了。

有人轻轻敲门。打开一看,是唐蘅,苏风沂悄悄松了一口气。

唐蘅看了看子忻,又看了看苏风沂,一个劲地摇头叹气:"我说过多少遍,打架要有分寸。"

青梅竹马

天顺钱庄。

陈善刚刚送走一拨客人,见管账的小田正闲望着窗外发呆,不禁朝他打了两个响指,吩咐道:"小田,把桌上的茶杯收拾干净,把柜台擦一遍。嗯,这墙壁几时变黑了?要买墙纸要买墙纸,谁去买墙纸?"

这当儿小田赶紧将手中的三个茶杯揣到怀里送到里间去了。钱庄里的人都知道,掌柜最看不惯的事情便是手下的人没事闲着。

"每年给你们五十两银子的工钱,不是付给你们在这里喝茶、打哈欠、翻眼珠子胡思乱想的。"

陈善的目光在大厅里扫来扫去,见记账的小陶正埋头不知在干什么,便道:"小陶,劳驾你跑一趟,到楼下东街的义祥纸庄买些墙纸回来。"

"有客人来了。"小陶淡笑。

客人的样子看上去有些可怕。

他的脸上到处是伤疤,有不少已化脓发炎,头上戴着个小帽,无论颜色还是式样都与他高大的身材很不般配。

他腰骨也不利落,走路颤颤巍巍,一摇一晃,明明只有四十来岁的年纪,却像个八十岁的老头子。

陈善察言观色,尽收眼底。当下对小陶使了个眼色,避到内室。

小陶的脸上堆起了热情的笑容:"客官请坐,喝什么茶?花茶、红茶还是香片?"

那人面无表情:"不客气,我来兑银子。"

"好的好的,客官可有票据在手?"

他递给小陶一张纸。那纸是坚韧的白麻纸,折成四折。小陶展开一看,见上面写道:

"凭票汇到冯十春九九松江银壹万陆仟两整,言定在嘉庆分号见票无利交还不误,此据。辛卯年三月十三日　龙城天顺记"

小陶的笑容不变,却像对付中原最阴险的骗子那样将汇票翻来覆去地检查,将票面上的水印、签名、图章、骑缝看了又看,最后确信汇票不假,才道:"冯先生,请稍等。"走入内室。

再出来的时候,接待冯十春的人换成了掌柜陈善。

陈善不动声色地指着汇票左页上的一行小字,道:"一万六千两银子不是一笔小数目,为可靠起见,我们有几个问题要问先生。冯先生不会责怪我们过于小心吧?"

冯十春咳嗽了一声,知道自己相貌可疑,道:"当然不会。"

"这票页上写着'此票务要冯十春亲收银两,倘途中遗失,别人拾得作为废纸'。请问,先生是冯十春本人吗?"

"当然是。"

"这上面还有一个绿色图章,冯先生大约不清楚,这是总号要求讨保交付的标记。"陈善又道。

他表示不大明白。

"也就是说,在此之前,为防他人冒领,冯先生已拟出几个问题事先寄来,要求我们向领款人照单发问。"陈善不紧不慢地道。

那人的脸上露出了不安的神色。

"请问冯先生表妹的小名是——"

那人怔了怔,忽然拔腿就跑。他跑得倒不快,陈善也懒得去追。

小陶从内室走出来,道:"掌柜的,要我叫人抓他见官吗?"

"算了。"陈善叹道,"这年头这号人也太多了。"

那位冒充者一口气跑到江边,躲在一块巨石后大声喘气。

"大哥,银子领到了吗?"在那里等待他的一个灰衣人急切地问道。

"奶奶的,没有!"

"其实,就算弄得到这一万多两银子,我们还有很大的亏空,现在只剩下八天的时间了。"

"该想的办法都想过了。天要绝我,我能若何!"冒充者切齿道。

"不如一不做二不休,与其冒领银子,不如把那个银庄抢了。"灰衣人道,"那银库里肯定有十八万两银子。"

"我没干过这种事。"

"大哥,干吧! 八十五条人命全在你一人手上!"

"你知道十八万两银子有多重吗?"

那人哑口:"我再去找几个兄弟?"

"算了,别害人家。"

"大哥！那就咱俩也行！抢多少是多少。"

"你以为我还是以前的银刀小蔡吗？"那人惨笑，"我的武功已废，就是有心也无力！"

在苏风沂的眼里，如果面前是一件青铜器，时间就是魅力；如果是男人，时间则是魅力的敌人。

不管她承不承认，这是王鹭川得出的结论。苏风沂喜欢陌生而神秘的东西，而青梅竹马的王鹭川让她太过熟悉，熟悉得好像巧妇灶边的一个盐罐，虽然天天就在手边，也视而不见。

渐晚的天色，窗外沉云低暗，淡烟疏雨中，只看得见梧桐笔直的树干和云雾缠绕的远山。

王鹭川很少注意窗外的风景，也从不觉得阴晴云雨会和自己的心境有任何关系。他是个常识的信仰者，相信大多数人对生活的看法，别人怎么做他就怎么做，从来也不认为有什么不对。他的世界很简单，像脚踩大地一样实在。他的想法也很简单，直截了当，没什么城府。

但这并不意味着他不聪明。恰恰相反，他在武功上悟性奇佳，不论怎样难学的东西，他一学就会，一点就通。在家里他是独子，四代单传备受宠爱；在江湖上，他与大多数年少成名的高手一样，骄傲自信，从不相信自己会走霉运。

饭厅里花椒油的气味格外辛辣。这是他最喜欢闻的气味之一，如今却完全没有食欲。东墙边上，一个勤快的伙计正在一遍又一遍地拖着地板，油灰尽去，露出几点漆色，一缕陈年的松木香气幽幽地从地底钻出。

往日的这个时候，他要么与朋友聚会狂欢，呼么喝六；要么在酒店的雅座里陪苏风沂闲聊。他很少在家吃饭，一天总有会不完的朋友，赶不完的应酬，不到半夜三更不着家门。尽管一日只睡两三个时辰，他任何时候看上去都精神焕发，生龙活虎。

而苏风沂下楼看见王鹭川时，发现几日不见，这个人变了很多，不仅印堂发暗，十分憔悴，往日光亮的额头上亦凭空多出了三道浅浅的皱纹。他是个虎背熊腰、仪容俊伟的男人，不耐烦的时候双臂往胸前一抱，胳膊粗壮，犹如两截树桩，胸肌宽厚，好像一层盔甲。虽然体格高大，他脸却很瘦削，上面没什么肌肉，不笑的时候，神情看上去有些残酷。实际上每当他走在苏风沂的身边，就好像凶神恶煞一般，旁人吓得不敢多看他们一眼。可是彼时的王鹭川却破天荒地穿了件淡白色的蜀袍，在那一身英武之气上多添了一层文静。而苏风沂记忆中的王鹭川极少穿白衣，也从不喜欢质料轻软的蜀绸。

"鹭川。"苏风沂轻轻地打了个招呼。

"嗨。"王鹭川早已看见了她，假装漫不经心地应了一声。

她走到他面前，在离他两尺的地方站住。一道烛光正从头顶射下来，照着他失落的眼神,她迟疑了一下,为自己的生疏感到羞愧,禁不住又向前迈了一小步。

如不是临阵脱逃,现在她已是他的妻子。如今,一尺成了他们之间的距离。

"看到我的信了?"沉默片刻,她问。

"看了。"

苏风沂等着他说话,以为他会暴跳如雷、大吵大闹,会一把揪住她,将她绑起来,当作一卷行李捆在马背上带走。他却什么也没说,表情很平静。

"怎么知道我在这里?"她的心蓦地有些紧张,"你在找我?"

"没有,"他避开她的眼光,淡淡地道,"我有一位亲戚正巧也住此处,想不到会遇到你。"

"你还有我不认识的亲戚?"她歪着头,像往日那样揶揄。

王鹭川呆呆地看着她,半晌答道:"他是唐门人,叫唐蘅,是我的表弟。"

"唐蘅怎么成了你的表弟?"她觉得可笑,见他眼中一抹浓浓的忧伤,笑意不知不觉地从唇边滑走。

"见过一面,很少往来,"他解释,"我们刚刚聊过,十分投缘。这里暂时没有空房,他请我与他合住。"

她愣了愣,道:"哦,你不觉得他有点——"

"不觉得。"

"可是——"

"他挺好。"

苏风沂知道鹭川看人就像看镜子那么简单,只要对一个人印象好,就会立即把他当作朋友,绝对不说他的坏话。接下来,她觉得无话可说,只好垂下头,看自己的裙子。

"阿风,你走得那么急,身上可带够了银子?"他忽然又问。

"我可以自己挣银子,"她咧嘴一笑,拍拍自己的荷包,"一天挣三十两呢。"

"你忘了带上你喜欢的那些家伙,我替你带来了,也许挣钱的时候用得着。"他从桌旁的凳子上拾起一个小小的包袱。苏风沂接过,打开一看,是个柚木漆盒,里面整整齐齐地装着毛刷、小铲、镊子、铁钩、圆镜、蜡纸、锉刀之类奇奇怪怪的工具。

她的眼眶有些发红,抬起头来,轻声道:"对不起……伯父伯母一定很生气吧?"

"……还行。倒是你父亲大发雷霆,正派人四处找你呢。"

"回去吧,鹭川。"她咬了咬嘴唇,终于道。

"嘿,别这么急着赶我走,好不好?"他自嘲地笑笑,"我不过是来找我的表弟,又不碍你什么事。"

"回去。"苏风沂盯着他的眼睛,认真地道,"算我求你,不要再来找我。"

"为什么?"他的眼一阵发酸,明显地受伤了。

"我不会改变主意。"

"你刚刚改变了主意。"

"我不会改变主意。"她又说了一遍。

"你会的。"他慢慢地道,"我会变,变得让你改变主意。"

说完这句话,王鹭川忽然离开了她,回到自己的座位上,端起酒杯,浅浅地抿了一口,独自开始吃饭。

他的背影如此孤独。苏风沂有些不忍,走过去,坐到他对面,劝道:"别这么不开心好不好?至少我们……还是朋友。"

"不,我们不是朋友,"王鹭川抬起头,目光淡淡地,"如果你不肯做我的妻子,我宁愿重新变成陌生人,让你重新认识我。"

"我认识你,一直都认识你……"

"那只是以前的我。"

"鹭川,求你不要这样!我只是个通房丫头的女儿,你母亲一直都不喜欢我,我不值得你这样……也不想你为我改变。因为,"她捏着自己的手指,"我不会改变主意。"

"不必感到内疚,我也不需要安慰。"他的语气完全平静,平静得好像一潭死水。

她有些吃惊。这不是她认识的王鹭川,不是那个大大咧咧、喜欢热闹的王鹭川,不是那个笑逐颜开、事事称心的王鹭川。她还记得他最喜欢开的玩笑:

——我作了一句诗,你想不想听?

——你?作诗?说来听听。

——爱你像蟑螂。

——这是什么意思?

——不该来时它偏来,来了你又轰不走。

"那么,保重。"苏风沂默默地站起来,打算离开。

他没有回答。

苏风沂走了两步,忽然冲回来,大声道:"你真的不肯走?"

"这里是客栈,谁都可以来。"

"王鹭川,别捉弄我的同情心。"她大声道,"我说过不会改主意,就是不会改主意!你还要我说多少遍?!"

王鹭川眯着眼睛打量着她。这才是真正的苏风沂。她的愤怒总是比常人迟到半步,却会突然跳起来,反戈一击,将人打得晕头转向。

"哈!你什么时候有过同情心?我们在一起的时候,哪次我没让着你?"他抱着胳膊,不理会她,冷冰冰地道。

"哦,是吗?既然我一无是处,你还留在这里干什么?"

"我就是喜欢没良心的女人,"他站了起来,身影如一道乌云般掠过她的脸颊,双眸寒光闪烁,"怎么样,现在是不是终于觉得我是只可爱的蟑螂?"

第十八章 青梅竹马

"你想怎么样?"她目露凶光。

他的牙齿咯咯作响:"他是谁?"

"原来你来找的人不是我,是他。"苏风沂冷笑,一字一字地道,"我们的事与他没半点关系。请你不要碰他,不然我就会让你明白我真正没有同情心的时候是什么样子!"

怒火在目中燃烧。他脸上的肌肉扭曲起来,脸色由青转白,忽一拳砸在桌子上,将桌面砸了个大洞。

苏风沂一动不动地看着他,没有说话。

鹭川的脾气虽然很大,却从没有在她面前这样生过气。他永远让着自己,吃饭抢着付钱,上车为她拉门,吵起架来更是口拙,从来都是他先检讨认错。因为他一向认为自己是男人,是大哥,凡事应当虚怀若谷,而不是斤斤计较。何况天底下讲理的女人原本就很少,跟她们争辩,简直是白费工夫。所以男人们擅长的那些虚情假意的奉承、故意屈尊的谦逊,以及息事宁人的宽容,全在他的修养之内。而这些对苏风沂都不怎么管用,也难以叫她服帖,更是半点也不会感恩。她属于天底下最难讨好的那一类女孩子。

果然这一拳四座皆惊,看客们的眼睛全都瞟了过来,悄悄地期待一场好戏。

"我不和你打架!"她扭头就要离开,他一把抓住她的手,颤声道:"阿风,几天不见,你就这么恨我?"

苏风沂站住,沉默了一会儿,忽然道:"你们家在怡春县有一处百年旧宅,闲置多年,一直有买家出价,你父亲却从不打算卖掉,是吗?"

"这和你有什么关系?"他愣了愣。

"那座旧宅的下面,有一座汉王的墓。"

他的脸蓦地苍白。

"现在你总该明白我父亲为什么处心积虑地要把我嫁给你了。"

说完这话,她瞪着眼睛看着他,等着他说点什么。

他什么也没说。过了一会儿才道:"如此说来,这么多年,你一直在骗我?"他的脸绷得很紧,双目阴沉。

"我也是三个月前才知道此事。先前,我一直怀疑我父亲为什么对我的婚事那么热心。他有一大堆儿女,嫡生的都懒得理睬,哪有闲心管我这个通房丫头生下的女儿?你难道不记得,他原先是打算把我的三姐嫁给你,你爹爹都答应了,你却死活不干?"

他紧紧抓住她的手,轻轻地道:"你就为这个难受吗?阿风,跟我回去。我去说服我爹爹将那间屋子卖掉。那墓里会有什么?里面不过躺着一具骷髅。"

"不,我已改变了主意,不会嫁给你了。"原本指望他勃然大怒,然后愤而离去,想不到他会这样回答,她只好硬生生地说道。

一丝悲戚之色浮上他的眼梢："那么,你离开我不干别的事,只是因为他,是吗?"

"是。"

王鹭川猛然放开了她的手,无奈地笑了笑,颓然坐下,眼中忽有一丝难以察觉的泪光："很晚了,你去睡吧。我想独自待一会儿。"

苏风沂从没见过一个男人如此伤心,拍了拍他的肩,道："我不走,我请你喝酒。"

"不必。"

"我不想看见你难过。"苏风沂要了两瓶杏花村和几碟他喜欢的小菜,"无论如何我们都曾是最亲密的朋友,我先敬你一杯。"

王鹭川没有接过她递过来的酒杯,却将一整壶酒都捧了起来,仰头灌了下去。有一半的酒泼出来,淋湿了他的前襟。他用袖子擦了擦嘴,苦笑："阿风,你知道你最大的毛病是什么吗?"

苏风沂将杯中之酒一饮而尽,烈酒好像刀子一样烧着她的喉咙："不知道。"

"你这个人,真实得令人倒胃。"

"是吗?"

他又开始拍开第二坛酒的封泥,将酒倒到碗里,一饮而尽："干!"

"慢点喝,你很快就会醉了。"苏风沂拉住他的手。

他摆了摆手,道："你难道不知道我的酒量?"

"别喝了。"

"阿风,自从那次我爹带我去你家,在后花园里遇到了你,我就知道你会是我的妻子。我从没有想过你会不是。"他唏嘘长叹。

"那时你才七岁。"

"你还记不记得,当时你只是个黄毛丫头,梳着两条细细的小辫。眉毛是浅黄的,淡得看不见,远远只见两只黑幽幽的大眼睛。你的猫跑到树上去了,求我爬树帮你弄下来。我……我把猫儿抱了下来,你高兴得直跳,还亲了我一下。"

"……这是陈年老事了吧?"

"要说咱们的陈年老事,这么多……多年下来,数……也数不清,难道你……都忘了?"

"唉,不要说了。"见他越说越伤心,她的眼也跟着发红。

渐渐地,他两眼发直,双手发软,已是明显的醉态,她道："我扶你回房歇息,好好睡一觉,明天就回家去吧。"

苏风沂将他扶起来,他推开她的手,怒道："不!我不回去!"

说罢径直向前走了几步,身子一歪,正巧唐蘅从楼上下来,一把拉住他,闻见他一身的酒气,皱了皱眉,道："你喝了很多酒?"

王鹭川一把抓住他的领子,吼道："酒……酒不是你叫我喝的吗?"

唐蘅莫名其妙："我什么时候让你喝这么多酒?"

"阿风,跟我回家……"他已醉得人事不清,紧紧拉住唐蘅的手臂,死死不放。

唐蘅忙哄道:"好,好,我先送你回房,咱们明天就回家。"一边哄,一边恶狠狠地盯了苏风沂一眼,道:"是你给他灌的酒?"

苏风沂一直躲在王鹭川身后,小声道:"你没见桌子给他捶了个大洞?这种时候如果不喝酒,他就要找人打架啦。"

听她说话舌头也有些大,唐蘅忍不住道:"你也喝了很多?"

"我只好陪他喝,不忍心看他伤心成这样子。"

"这事儿全是你弄出来的吧?现在都乱了!"

"是我弄出来的我才这么喝。一辈子都没喝过这么多酒呢!"

唐蘅叹了一口气,道:"我送他回屋去。"

"我帮你一把。"

两人一人扶着王鹭川的一只手臂,将他送到房内,放到床上。

唐蘅苦着脸道:"怎么办?他还是死死地拉着我的手不放。"

苏风沂正帮床上的人脱靴子:"谁让你浑身香喷喷的?你就让他拉一会儿不行吗?替我看着他,我得下去结账。"说罢,闪身关门离去。

下得楼来,付了酒账,呆呆在楼下坐了一会儿,忽又奔回去敲唐蘅的门。

"什么事?"

开门的时候,唐蘅已换了一件浅灰色的睡袍,脸色微红,仿佛酒醉一般。

苏风沂呆呆地看着他,期期艾艾地道:"阿蘅,今晚你不能睡在这里……"

"为什么?"

"我怕……鹭川会强暴你……"

"强暴?"唐蘅深深地吸了一口气,脸红红地道,"真的?"

苏风沂盯着他的头,怔怔地道:"阿蘅,你为什么是光头?你的头发呢?"

她吓坏了,因为开门的时候唐蘅的一只手竟然捧着一个假发,而他的头皮油光锃亮,与和尚无异。

"哦,我没头发,一直光头。"唐蘅耐心解释。

"为什么是这样呢?"

"我小时候生过一场病,唐芾给我喝过一碗参汤,喝完之后头发一夜间就掉光了,再也没长出来过。"

"唐芾是谁?"

"我哥哥。"

"你恨他?"

"不恨,只是不和他说话。"

"不可能,他是你哥哥。"

"信不信由你,我们虽生活在同一个屋檐下,却十年没说过一句话。"唐蘅淡淡道。

"是他不理你,还是你不理他?"

"互相不理。"

苏风沂伸过手去,摸了摸他的头,又摸了摸他手中的假发,问道:"那是我卖给你的头发吗?"

"是啊,"唐蘅慎重地道,"小心别弄乱了,这发套我可是花大钱请人特地为我做的。"

"我给你的头发并不多,够用吗?"

"暂时够了。"

"下回不够,我再剪一尺给你。"她柔声道,"现在麻烦你到子忻那里凑合一晚,行吗?"

"没问题。"

两人走到子忻的门边,敲了半天门,才听见里面应了一声:"请稍等。"

过了半晌门才开了一道缝,子忻刚刚沐浴一新,披头散发,穿着件雪白的素袍,一身热气地站在两个人的面前。

苏风沂忽然脸色飞红,浑身发软。子忻之美,令人昏厥。

"两位有什么事?"

"我那里来了一位客人,能否在你这里挤一晚上?"唐蘅道。

"当然可以。……只是我明天要早起采药,不会打扰你的清梦吧?"子忻彬彬有礼地道。

"不会。"

唐蘅正要进屋,苏风沂忽然拉住他,笑着道:"子忻的床太小,两位的个子都这么大,只怕挤着不舒服。阿蘅,到我房里去睡吧。"

"我去睡,你怎么办?"

"我到轻禅那里挤一挤。"

第十九章 冷杉与古藤

　　苏风沂溜进沈轻禅的屋子时,发现窗帘掀开一角,沈轻禅正坐在床头出神地望着窗外墨色的天空。几粒星辰孤零零地闪烁着,夜色无边,空气清冷。

　　听见她的脚步,沈轻禅没有回头,只是幽幽地叹道:"子忻把所有的镜子都拿走了。"

　　苏风沂挤到床上,裹着毯子,也将脸凑到窗边向外张望,随手从怀里掏出块小镜子递给她:"我有镜子,你要看吗?"

　　不知用了什么灵药,她脸上的红肿消退得很快,亦憔悴了许多。对着镜子端详了片刻,什么也没说,又将镜子还给了苏风沂。

　　"小时候,每到夏夜,我最喜欢干的一件事就是趴在井台边看星星。我妈妈给我讲过好多神话……"苏风沂轻轻道。

　　"我不是很喜欢我娘,"沈轻禅淡淡道,"我在她心中的位置远不及我那几个哥哥。自从五哥去世,她天天以泪洗面,难过得好像疯掉一样。如果死的那个人是我,她一定不会那么难受。"

　　不知该如何回答,苏风沂只好苦笑。

　　"她要我想法子接近倾葵,伺机打听郭倾竹的下落,"沈轻禅的脸上露出讥讽之色,"她说:'为了哥哥的血仇你要不惜一切手段。'她甚至说,她知道为了达到目的我一向有很多办法,不然我也弄不到那把罕世的名剑。"

　　苏风沂吃了一惊:"原来你并不……"

　　沈轻禅摇摇头:"我第一次见到倾葵的时候,倾葵并不认得我。他大哥将他保护得很好,一直隐藏他的身份,从不曾让他介入过郭、沈两家的纠葛。他化名刘骏,在西北一带活动。我当时自恃武功高强,便跑去找他比剑。条件是如果我赢了,他跟我回三和镖局。你知道,只要我们手里有郭倾葵,就不愁引不来郭倾竹。"

"你赢了？"

"我们没有交手。"

"为什么？"

"他说，他与我素昧平生且无冤无仇，何必为上一代的纠纷拼个你死我活。我向他列举我们沈家有多少亲人死在郭家人手里，他说他也可以列出同样的名单来。但他向我保证，他很晚才知道这些事，且从未参与过任何一次行动。他只想好好地过自己喜欢过的生活，如此而已。他甚至还说，既然我千里迢迢地到了这荒无人烟的西北，他愿意请我吃一顿本地最好的羊肉泡馍，算是尽地主之谊。"说到这里，她脸上忽现柔和之色，"他很穷，却很大方。"

苏风沂叹道："他说得一点也没错，冤冤相报何时了——"

"可惜这世上的对错并不由我们来决定，"沈轻禅苦笑，"可是他还是被我一句话给骗到了这里。临走时我告诉他，我的几个哥哥正雇人全力追杀郭倾竹，已令他不止一次受过重伤。他担心大哥的安危，果然跟了过来。我们在路上同行了三个月，相安无事。可我现在十分后悔……也许不告诉他这些，让他留在西北反而安全。现在我怎么劝他走他也不肯。实际上，他已被我的几个兄弟牢牢盯上，就算想走也走不掉。"

"所以你只好总和他待在一起，好让你兄弟投鼠忌器？"

"郭倾竹杀了我的大哥和五哥，手段残忍，且一直发誓要将沈家斩尽杀绝。我不可能原谅他，他更不可能原谅我们。"说这话时，她的手是冰凉的，眼中露出恐惧之色，"他若知道我与倾葵的事，也不会原谅倾葵，肯定会先杀了我。我的家人也不会放过我。"

苏风沂的心陡然一寒，问道："那你打算怎么办？"

"我不知道……倾葵和我都避免谈论此事，过一天算一天吧。"

苏风沂愣住，无语地看着她。

过了一会儿，沈轻禅又道："你知道为什么我们的名字里都有一个'禅'字吗？"

苏风沂摇了摇头。

"因为倾葵的父亲叫'郭启禅'。我爹给我们起这个名字，就是为了告诉我们，沈、郭两家的后代不可能结合在一起。"

见她目中一片迷茫，苏风沂握住她的手，轻轻道："我一直忘了告诉你，昨天夜里我见过郭倾竹，和他交了手，我刺瞎了他的一只眼珠，算是替你报了仇。"

苏风沂以为听见这个消息沈轻禅会高兴，不料她身子猛地一抖，颤声道："你……你怎么会刺瞎他的眼睛？你的武功远不如他！"

"他太骄傲，才会失手。"

沈轻禅幽幽地叹了一声："我虽要多谢你替我报了仇，不过，你可知道这样做的后果？"

第十九章 冷杉与古藤

"有什么后果?"

"因为有个郭倾竹,我们两家几乎势均力敌。虽说沈家人多势众,但我们家大业大,有镖局的生意要照顾,实际上匀不出很多人手来对付郭氏兄弟。何况郭倾竹武功高强,又总在暗处,多半时候是我们着了他的道儿。一旦他受了重伤,形势就倒转过来。倾葵无人暗中照应,会很危险……"

苏风沂一听,出了一身冷汗,忙道:"你放心,咱们至少还有唐蔺。"

不知为什么,两个女人一想到唐蔺,亲切感油然而生。沈轻禅知道唐蔺的武功远在他实际的排名之上。两人对视片刻,不发一言。过了一会儿,知她越想越怕,沈轻禅揪了揪苏风沂的脸蛋,强笑:"咱们说点别的吧。别为我担心,实在不行我们还可以双双逃走。"

夜凉如水。

两人缩进被子里,各怀心事,都翻来覆去地睡不着。听着墙头蟋蟀低鸣,楼外蛙声不断。接着"咚咚"两响,窗外已敲了二鼓。苏风沂忽然捅了捅沈轻禅,压低嗓子悄悄问道:"轻禅,问你一个女人的问题:那个……第一次会很痛吗?"

"第一次? 什么第一次?"明明知道她问的是什么,沈轻禅故意装糊涂。

"第一次,你和他……"

"我的第一次发生在唐门。"

"说来听听,我想知道……"

"很痛,痛得要命,痛到你会恨这个人,会大半年都不想理他。"

"真的?"

"反正我是这样的,何况我不喜欢那个人。若不是为了弄到那把剑,我也不会这么做。"

过了一会儿,见苏风沂怔怔的没有回话,又道:"没事,第二次就好了。阿弥陀佛,罪过,罪过。我怎能把你教坏……"

黑暗中,苏风沂深深地叹了一口气。

烛光下,他的肌肤是银色的。他像往日那样浅浅地眯着眼从一旁打量她。

——你妈妈是丫鬟,你也是丫鬟。你知道什么是通房丫鬟?

——通房丫鬟的意思是,你妈妈是我父亲的,你是我的。

淫荡的眼光将她里里外外地吞吐着。

——给我倒杯茶。

她战战兢兢地提起茶壶。

他忽然一把捏住了她的手,将她扯到自己的怀里。

她听见衣裳撕裂之声。那只滑腻的手无处不在。她咬了他,狠狠地咬了他。

"太晚了,"苏风沂轻轻道,"睡吧。"

郭倾竹披着漆黑的斗篷,站在一棵树的阴影里,凄冷的月光洒下来,仿佛给那件纯丝的斗篷套上一层薄冰。他是杀手,正等待着主顾的到来。

每次谈生意他都会选择一个开阔且充满阴影之处,将自己的脸藏在斗篷宽大的帽子里。狭窄的长剑竹棍般别在腰下。他的手一直握着剑把,森寒的剑气透过肌肤,水波般漾入他的眼眸。

主顾准时到达,也披着一件斗篷。那是个姿态优雅的女人,年纪四十来岁,眼角边虽已有了细细的皱纹,却仍然很美。女人戴着一双长长的墨绿色手套,和斗篷的颜色完全一样。她笔直向他走去,在五尺之处稍停了片刻,眯着眼判断了一下这个人是不是她要见的人,然后,显然得出了肯定的结论,她走到他面前,从容地摘下了手套和风帽,露出一张让每个见过她的男人都无法忘记的面容。

一双睿智的眼睛向人凝眸而视,他觉察到她的目光深处有一丝暗藏的坚硬。

作为一个信誉良好的杀手,郭倾竹的主顾中有不少女人。这些女人找到他时,一般都很紧张,因为暗杀毕竟不是一件好事,理由也多半说不出口。她们多半会结结巴巴地说出自己的要求,跟他讨价还价,反复叮嘱他保守机密,好像他不知道自己究竟在干些什么。对于这些女人,他的态度会很宽容。每当她们躲躲闪闪如惊弓之鸟般与他会面时,他都会产生一种强烈的感觉,觉得自己是她们的保护人,甚至,是她们的大哥、她们的父亲、她们的偶像、她们的英雄。他很乐意为绝望中的女人解决各种难题。如果那个女人情绪激动泣不成声,他甚至还会请她到茶楼小坐,柔声细语地安慰她,向她保证,他一定会替她干掉那个浑蛋。

而面前的这个女人显然不属于这一类。她像一个真正的主顾那样双眼直视,目光坚定。从她脸上他只读出了十二个字——我出钱,你办事,谁也别糊弄谁。

"他们说你杀过很多人,"女人道,"无论多么困难的任务,都能得手。"

"不错。"

"我姓吴,叫吴悠。"女人低眉观察他握剑的手,"这名字你或许觉得陌生……"

他打断了她的话:"我对唐潜这个名字很熟悉。"像每一个细心的生意人,他在接受任何一桩生意之前,都会对主顾进行一番调查。

"这件事正是和他有关。"

他鼻子轻轻哼了一声。

他当然明白唐潜在江湖中的地位。可是,怎么说呢,这世上想谋杀亲夫的女人并不少,不过敢于付诸行动的倒真不多,而竟肯花钱雇人去干的,几乎寥寥无几。

他淡淡一笑,道:"我希望我的任务不是去杀唐潜。"

"当然不是!"吴悠显然对他的猜测十分诧异,"明早他会出趟远门,说是有一件急务要办,可能要过一两个月才能回来。"

他一直认真地听着,等着她把话说下去。

吴悠继续道:"我希望他能平安回来。"

他眉头微皱，冷笑："大名鼎鼎的唐潜也需要人保护？"

"暗中保护。"吴悠更正，"如果这一路上平安无事，你不必露面，更无须让他知道你的存在。如果他有任何危险，我希望你能及时援手，不遗余力地帮他渡过难关。"

"他不会是一个人独自出门吧？"

虽然唐潜的刀法可以算是天下第一，但瞎子毕竟是瞎子，且很多事情也不是光凭一把刀就可以解决的。

"不是，陪他一起去的是唐苇，我们的长子，所以我又多添了一层担心。我希望你能同时关照这两个人。"

"能否告知他们所去何处，所办何事？"

"抱歉，对此我一无所知，只知道他们要去调查一件事，可能会有危险。"

"鉴于这两个人的武功，我相信我能出力的地方不多。"他很坦白，"两千两银子就够了。"

"两年前唐潜曾经受过一次重伤，内力和体力要大打折扣。而唐苇太年轻，高傲自信却没有什么江湖经验。如果唐潜有半点危险，他宁肯死在他身边也不会逃走。他们是亲密的父子，但绝不是好搭档。"

郭倾竹有些钦佩地看着这个女人，沉思半晌，点点头："一万两银子。先付一半，事成之后全部付清。"

吴悠拿出银票，将手伸出去，忽然又收了回来，道："他们没有告诉我，你有一只眼睛是瞎的。"

"你丈夫的两只眼睛都是瞎的。"他抱着胳膊，冷冷地道。他的左眼有些混浊，一滴鲜血凝在其中。他知道在江湖传说中，杀手一向被看作是不怕死更不怕痛的神秘人物，他们铜头铁骨、刀枪不入，流血受伤是家常便饭。而他们的肌肤好像天生就不怕火烫刀割，即使有伤也会迅速愈合。肋骨不论断多少根，在床上最多躺十天就能提刀出门。一句话，既然是杀手，就得有杀手的身体，更要知道杀手的寿命。干这一行，大多数人都活不过四十岁，所以在闲暇时光，他们都过着放肆的生活，挥金如土，纵酒好色，无所不为。

实际上，除了身手敏捷之外，杀手与普通人并没有多少不同。他们靠手中的家伙吃饭，身体是最大的本钱。任何一处的永久损伤都会给他们的职业带来致命打击。因此每一个人受伤都会极力隐瞒自己的伤势，唯恐消息传出，身价大跌，亦对各地的药堂、名医了如指掌。

所有的大夫都告诉他这只左眼很快就会彻底失明。伴随而至的只怕还会化脓红肿，最终只有挖掉了事。随着左眼视觉的逐渐消失，他本能地感到一丝恐慌。

"我是大夫。你这是刚受的伤，武功将会大受影响。"

郭倾竹感觉受到了侮辱，脸色有些发青。这是他最恨的那一类主顾。对武术一无所知，自恃有钱，挑选刺客的态度与挑选南瓜别无两样。

也就在这一瞬间，一道寒光闪电般飞向她的眼睛。大惊之下，她吓呆了，一动不动地站在原地。

寒光闪过，消失。纯黑的斗篷无风自动。

"请问，刚才我挥出去多少剑？"

她摇摇头。

"割断了多少根你的头发？"

她摇摇头。

"我一共挥出三剑，割断了你十七根头发。"

他将银光闪闪的剑伸到她面前，轻轻一吹，十七根长发从空中一缕一缕地飘下来。

"你有两只眼睛，却什么也没看见。"

吴悠不动声色地打量了他一眼，脸上毫无惭愧之意。过了一会儿，她淡淡地道："你误解了我的意思。我只是想说，如果现在你肯到我的医馆走一趟，我能治好你的眼伤。诊费只要五十两。"

凌晨时分下着蒙蒙细雨，山路冥冥，云暗风斜。

泥地陡而滑，马行至山腰便没了路，只有一条一人来宽的羊肠小道，曲折向前。道上满是伸出的荆条，落木枯枝横竖其间，山石荦确，乱草丛生。苏风沂将马拴到一棵大树下，揭开斗笠，整理了一下里面的长发，冰凉的雨珠顿时洒了一头。便在雨中对子忻道："看来咱们只能徒步前行了。"

子忻早已下了马，从地上拾起一截断竹，用刀削了削，做成一个竹杖，递给她："今天天气不好。就算你觉得采药是件有趣的事，也该挑个好一点的日子。"

她接过竹杖，将裙角一掀，给他看自己足上的芒鞋："我不怕路滑，出门时特意穿了这双鞋。你岂不闻东坡说过，'竹杖芒鞋轻胜马，谁怕，一蓑烟雨任平生'？"话刚出口，冷不防脚底一溜，身子歪向一边，不禁"啊"地叫了一声，眼见身子就要腾空而起，子忻已眼疾手快地抓住了她的手臂，将她的身子扶稳，淡笑："爬山的时候眼要看着路，不要吟诗。"

子忻还是戴着自己喜欢的帷帽，背着药筐，策杖在前，披荆斩棘。苏风沂乖乖地跟在他的身后。他那条残废的腿在这样陡滑的山路上行走，显得格外地不利索。不仅无法走快，有时一步还得分成两步。但他却能保持稳定的步幅和节奏，极少半途停顿。遇到险处竟还要先行一步，以便能在高处接应。苏风沂原本一直牵着他的手，见他行步甚艰，还要分心照料自己，心中不忍，悄悄松开手，只拽着他的一角衣袍，让他腾开手，可以抓住道边的树干向上攀爬。

行了近一里的山路，眼前豁然开朗。前面是一片开阔的山谷，绿草如茵，满地开着嫩黄的雏菊。彼时细雨初霁，一轮红日从密云中钻出，微风习习，万朵金花随风摇曳。苏风沂早已走得满头大汗,摘下斗笠,坐在道边的大石上,对子忻道:"咱们在这里歇会儿,好吗?"

子忻慢吞吞地走到路边,拔出小刀,弯腰割下一丛开着小白花的蔓草,卷成一团,放到药筐之中。

"这是什么药?"苏风沂凑上去问道。

"落葵。通常用于消肿止血。"他拿出一株给她细看,"它的种子蒸过之后,曝干研末,调以白蜜,可以涂面养颜。"

苏风沂眨眨眼,笑道:"你怎么知道?你试过?"

"唐蘅试过,这是他最喜欢的方子。"

"说起阿蘅,"苏风沂灵机一动,忙问,"你可有什么方子让他的光头重见天日?天气越来越热,难不成他天天都要戴假发?"

"他大概试过我开的不下五十种方子,可惜没一个见效。"子忻摇头苦笑,"尽管如此,他仍然对我充满信心。无论给他什么药,都严遵医嘱老实服用。弄得我现在一看见他的光头就觉芒刺在背,简直比他自己还要痛苦。"

"是不是每位大夫对自己治不好的病人都会感到内疚?"

"是啊,"他的神情原本很平静,平静得近乎冷漠,目光中却忽然有了一丝暖意,"不过我父亲不是这样,至少不那么明显。"

苏风沂听罢,心微微一动。子忻从没有提起过自己的父亲,她一直以为他是个孤儿。

"你父亲也习医?"

他点点头,神色黯然:"他病了很多年,身子一直不好。"

苏风沂本想继续问他父亲是否健在,家中可还有别的亲人,见他目中已有伤心之色,连忙打住。笑道:"你一定也让他试了不少方子。"

他的回答很奇怪:"我猜他从不试我的方子。觉得它们有一半不可信,另一半则干脆是异想天开。"

仿佛找到了同党,苏风沂一阵唏嘘:"我爹爹也是这样。无论我说什么他都不相信。其实他只是不肯相信自己会错,更懒得同我理论。从小到大,他对我说得最多的两个字就是'放肆'。"

"可是,你做古董,是谁教你入行的?"子忻问道。

苏风沂道:"我妈妈原本是我爹爹书房里的丫鬟,后来便成了他的人。自从有了我,她担心我在这个大家子里难以立足,便每日留心我爹所读的书目。他每读完一本她都会从书房里偷出来,悄悄抄写一份留在一个箱子里。她教我认字、读书,从小就让我到爹爹的古董店里和师父伙计们混在一起。渐渐地,我的床底下堆满了她抄的书。我十二岁那一年她得病去世了,临死之前,我求爹爹去看她一眼,他没答应,说是有个重要的应酬。我所知道的东西都是偷偷学来的。不少家学是传媳不传女,而我爹爹连儿媳也不相信。苏家的规矩是传子不传媳,更不传女……"

苏风沂从不愿意谈自己的家事,不知道为什么今天说了这么多。她的嗓音很平静,好像这一切已是陈年往事。可说话的时候,她的左手一直在微微发抖。

就在这时,她感到一只大手握住了那只发抖的手,握得很紧。接着,一个温和的声音在她耳畔轻轻地道:"风沂,你是个可爱且有学问的女孩子。很多人都没你懂得多,包括我在内。"

苏风沂很高兴,想笑,眼中却满是泪水。子忻放下手杖,坐到她身边。她靠进他的怀里,听见他稳定的心跳。他的心跳让她想起了母亲,想起了自己小时候受了委屈,母亲便是这样将她揽在怀里,心跳便是无言的抚慰。她愿意永远生活在这颗心脏的旁边,永远听见它的跳动,就仿佛那是她自己的心脏一般。

子忻抚着她的肩,继续道:"别这么伤心。看你如今已成了古董行家,便是离了父母也能生存,你妈妈在天之灵应当放心了。"

苏风沂破涕而笑:"什么古董行家?离这头衔还差十万八千里呢。"

那一刻子忻一直低着头。她便扬起脸,用额头轻轻摩挲他的脸颊。雨水和汗水从他的额上滑落,和她的泪水混在一处,流到嘴边,有一股淡淡的咸味。两人默默无言,相拥而坐。

一道闪电划过山谷,雨又渐渐沥沥地下了起来,渐渐地,越来越大。

"要打雷了。"子忻突然道,一只手不知不觉紧紧地抓住了她,好像生怕她会溜走。

"你怕打雷?"她眯眼一笑。

"是的,"他目中郁色忽现,"我怕打雷。"

"有我在,没事。"苏风沂拍了拍他的背。说罢拾起药筐,拉着他的手,指着不远处的山腰道:"瞧,那里有个小庙,咱们去避避雨。衣裳都湿了呢!"

子忻猛然抬起头,远处天空沉云密布,当中涌动着一团旋涡状的云雾。没有雷声,云层中只有频频的闪电,照得天际一片橙红。他忽然觉得此景似曾相识,不禁有些迟疑,没有起身。苏风沂却已将手杖交到他的手中,将他拉了起来:"快些走,只怕要下暴雨了。"

两人在雨中跋涉,从一条小径爬到山腰,冲进庙中。

那只是一个废弃多年的山寺,后墙已颓了一个大洞。一块巨石横卧在墙中,仿佛是被百年前的山洪冲下来的。平滑的石面上有一排水滴而成的小坑,雨水正滴滴答答地落下来,水花四溅,发出幽然轻快的声响。

苏风沂将地上的枯枝聚拢,掏出火折,燃起一小团火。两个人脱下湿漉漉的外套,架在火边轻轻烘烤。见门边的泥缝里长着三朵金黄的雏菊,苏风沂忙摘到手中,笑嘻嘻地拿到子忻眼前:"这雏菊便是我最喜欢的花儿,不知是否也能入药?"

他怔怔地盯着鼻尖前的三朵毛茸茸的花蕊,脸上的表情有些古怪,又有些尴尬。

然后他的脸色突然苍白，不由自主地向后靠了靠，将身子靠在墙上，呼吸越来越急促。

"怎么啦？"苏风沂一惊，随即省悟，将雏菊扔到地上，"是花粉，对吗？你害怕雏菊的花粉？"

他点点头，勉强算是回答。呼吸却越来越困难，手指发青，冷汗淋漓，脸已憋得通红。

她急忙从他的衣袋里翻出一个黑色的药瓶，那药瓶与六年前的药瓶一模一样。从中倒出一粒正方形的药丸，药丸的颜色与形状也与六年前一模一样。她将药丸塞到他口中，拿出水袋给他灌了一口水。然后用力地掐着他的鱼际穴。良久，他方深深地吁出一口气，呼吸渐趋平稳，十分腼腆地向她笑了笑。

事隔多年，他什么也没有变，还是很不习惯有人看见他发病，更不习惯有人照料他。她默默地凝视着他，觉得有些伤心。

他笑得很虚弱，只是为了安慰她而笑。

"这红色的药瓶是干什么用的？"她问。他的衣袋里一直还有一个药瓶，里面装着一种红色的药丸。第一次见他发病时，她惊慌失措，也不知哪一种药管用，便将两粒药丸同时喂到他口中。后来他告诉她，他只需要黑瓶子里的药。

"我不知道。"

"你不知道？"

"药是我父亲给我的，他叮嘱我每隔三个月服用一次。"

"而他却没有告诉你药的用途？"

"他说是用于治咳喘之症，不过我不相信。我又不是不懂药理。既然我给他的药他从来不吃，我为什么要吃他给我的药？"

"你们父子俩……咳咳……真是有趣。"听了这话，她哭笑不得。

过了一会儿，子忻忽然道："风沂，地上有很多蟑螂。"

蟑螂！听见这两个字，她几乎要跳起来，子忻怕蟑螂。

她左看右看，不见一点蟑螂的影子，又将地上一块草垫翻开仔细搜索，仍无半点踪迹，不禁问道："蟑螂在哪里？为什么我一只也没发现？"

"就在你脚边……三只。"

"没有。"她瞪大眼睛，四处查看，"没有蟑螂。"

"没关系，竹殷会帮我们解决的。蟑螂是他最喜欢吃的东西。"他淡笑，"你从没见过竹殷，是吗？"

她越听越糊涂："竹殷是谁？"

"竹殷在树上，"他向空中打了一声招呼，"竹兄，好久不见。"

苏风沂呆住，身子忽然发僵，愣愣地看着他喃喃自语，那神情就好像遇见了一位多年的老友那样亲切。她仔细聆听，想知道他说了些什么，他的嘴唇一直在动，声音却低不可闻。

她推了推他的身子，小声道："子忻，醒醒！醒醒！"

子忻转眼看着她，柔声道："不要怕，竹殷是我的朋友，他的样子虽……虽有些古怪，但在他们这一族里，每个人都是这种样子。"

"子忻，你听我说，"苏风沂将湿漉漉的衣裳卷成一团，捂在他的额头上，盯着他的眼睛，一字一字地道，"这里没有树，也没有竹殷。"

子忻推开她的手，神情明显有些恼怒。半晌，克制了自己的怒火，平静地道："竹殷就坐在我身边。"

苏风沂的脸有些发白："为什么我看不见他？"

他目色迷离："他刚从树上下来，穿着一件深红色的衣裳，人首蛇身。难道你没看见这里有一株冷杉，上面爬满了千年古藤……"

"那么竹殷究竟坐在哪里？在我的左边，还是右边？"她冷冷地问。

子忻长长地叹了一口气，道："风沂，你不明白我的话，我也不指望你能相信我。我们生活在不同的世界里。"

苏风沂凝视着他的双眼："子忻，你是大夫，难道你也相信鬼魂显灵？"

他摇摇头。

"那么，告诉我，这究竟是怎么一回事？为什么你能看见我看不见的东西？"

他拒绝回答。

"每个人只有一个灵魂，难道你有两个？"

他沉默。过了很久，才道："你错了。每个人都有数不清的灵魂，每一个念头都是一次灵魂的显现。这些灵魂，就像一群走到同一间屋子的人，有的彼此认识，有的完全陌生，有的相合，有的反目。我是这样，你也是这样。"

苏风沂听见外面的雨停了，太阳再次从云间钻出，遍地金光。她不相信他的话，因为她生活在明亮的世界里。是的，明亮的世界里，每一个人只有一个灵魂。

"子忻，我喜欢你，但你不能逼我相信我不相信的东西。"她呆呆地看着他，怔怔地说道。

子忻点点头，表示理解，淡淡地道："这里离山下很近，你为什么不先回去？如果你不介意的话，我想单独跟竹兄聊一会儿。"

苏风沂的脸气得铁青，什么话也没说，扭头就冲出了门外。

那一天，苏风沂骑着马在山道上徘徊良久。好几次她都想冲回去告诉子忻，她愿意相信有竹殷这个人，相信庙里有棵缠满古藤的冷杉树。只要他爱着她，无论他脑子里想的什么，她都愿意相信。她也愿意相信人有无数个灵魂，尽管属于她自己的灵魂太少，尽管她生活在看不见竹殷的世界里。她期望他能给她更多的灵魂，以便她能走入他的世界。她想了很久很久，最终却认为她不是任何人，只是她自己。于是她默默地回到了客栈，默默地吃了一顿早饭，回到屋子，见唐蘅已然离去，便倒在床上，蒙头大睡。

亭午时分,她无精打采地下楼要了两个馒头充饥,正欲走出客栈,子忻忽然出现在她面前。他牵着马,背着药筐,显然是刚刚回来。

苏风沂看了他一眼,咬了一口馒头,没有说话,正要走开,子忻突然叫住她:"风沂。"

苏风沂没有答应,只是冷冷地看着他的脸。

他递给她一样东西:"送给你。我自己做的,也许你会喜欢。"

她接过来一看,是一只精致的藤镯,上面雕着一排小小的旋涡,和刺在他足踝上的图案一模一样。接榫之处甚新,尚不及涂漆,显是刚刚完成之作。不过,那古藤漆黑光亮,纹理细密,却至少有百年之久。

"哪里找来这么黑的古藤?"她问。

"那棵冷杉树上。"

她微微一怔,既而脸上露出讥诮之意:"你送我这只镯子,是为了想让我高兴,还是为了证明你是对的?"

"我只是想送你这只镯子。"

"告诉我,这里有什么?"

一个时辰以后,苏风沂重新回到山腰上的那个小庙,她的身后跟着唐蘅。

"一地枯枝,一个草垫,一团灰烬。"唐蘅边走边看,"一堵破墙,几扇烂窗,一块巨石。"

"请问这庙里有没有一株冷杉?"

"什么?"

"一株冷杉,上面缠着古藤。"

"没有。这么小的庙里怎么可能会有一棵大树?不过,当中倒是有个柱子。"

"你是说,子忻把这柱子看成了冷杉?"

"不会。谁都知道柱子和冷杉是两回事。"

"那么,这里有没有别人,比如穿着深红衣裳的男人……人首蛇身?"

"开什么玩笑,这又不是《山海经》。"

"这地上有蟑螂吗?"

"没有……没发现。"

"那么,阿蘅,"苏风沂伤感地道,"至少咱们俩的世界是一样的。"

"嗯,阿青会同意你的说法。"他微笑着从怀里掏出那只小木雕,放在嘴边轻轻吻了一下。

"阿蘅,你……可见过阿青?可相信他活在这世上?"她忽然又问。

"我当然见过阿青,阿青当然活在这世上。"唐蘅道,"阿青无时不在,永远陪在我身边。"

"阿青……他是什么模样?"

"蛙脸人身,总穿着绿衣裳。"

"唐蘅,你在认真回答我的问题吗?"苏风沂气呼呼地道。

"当然!"

"那么,这样看来,我们的世界也不一样了!"她道,"我就从没见过阿青!"

"为什么你的世界一定要与别人一样?"唐蘅反问,"如果不一样,你是不是就觉得别人的世界很荒唐?"

"因为……我……"她张口结舌。

唐蘅在庙内踱来踱去,忽然停住脚步,道:"风沂,冷杉在这里。"

她飞跑过去。

后窗外的平地上果然有一株巨大的冷杉,上面缠满了古藤。

她的脸顿时惊得煞白,回头一看,发现那窗面对的正是子忻发病时靠着的那堵墙。

"可是,他当时说的原话是,'这里有一株冷杉。'"

唐蘅笑了。

"你笑什么?"

"你没明白他的意思。我给你打个比方行吗?"

"你说。"

"比如你在夜半时分坐在这个庙里,忽听见外面不远处传来一声可怕的狼嚎。"唐蘅淡淡地道,"倘若此时子忻就在你身旁,你会怎么告诉他? 是说'这里有狼',还是'那里有狼'?"

第二十章

青苹果

下了马，迎面是"逝水茶轩"古色古香的招牌。这四个字用的是弯弯曲曲的古篆，不是读书人只怕第一眼很难认全。

"这地方不知道你以前来过没有。听说这条街上有十几家茶馆，可惜我只认得这一家，不知道是不是最好的。"虽然这也只是她第二次来，但苏风沂推开门，老练地在前面引路，一副老主顾的样子。

唐蘅连忙点头："你的眼力果然不差。这正是我最喜欢来的地方，茶好，糕点好，安静，厅堂的布置也雅致，听说主人除了做茶艺，还是古董商的掮客。"

"你说的可是田三爷？打过一次交道。"苏风沂淡淡地道，一谈到自己的专业，脸上顿时露出倨傲之色。

"先说好，我来付账。"唐蘅看她穿一件式样简单、手工粗糙的百褶裙，那是铺子里最便宜的货色，且浑身上下也没一件像样的首饰，不禁有些替她难过，口气不由自主地体贴起来，"不过算你请客。"

他担心苏风沂不知道这逝水茶轩看似不起眼，其实是城里最贵的茶馆。一杯蒙顶甘露加两块凤梨糕就要二两银子，相当于普通人家一个月的饭钱。何况唐蘅打过交道的几个女人动不动就狮子大开口，而苏风沂竟抢着要请客，光这份心意就让他受宠若惊，哪里还敢指望她真的掏钱。

"不，不，不。我请客，当然我付账，"苏风沂不理他那一套，将头摇得好像拨浪鼓，"我有事求你帮忙。"

他笑了："求我帮你打架？谁得罪了你，说来听听。"

"比这个麻烦多了，所以请你不要客气。这份人情请一次客远远不够。说实话，现在我已觉得有些惭愧。"虽是这么说，她的脸上半点惭愧的影子都没有。

"你这么说，我已开始有点紧张了。"唐蘅半开着玩笑，悠然地道。

两人找了个僻静的座位，要了茶点。

"说吧，求我什么事？"

"想借你身上一件东西一用。"

唐蘅看一眼自己的衣裳。他认为自己身上最珍贵的东西便是身上的衣裳和头顶上的假发，两样都耗掉了他大量的心思和银子。但这两样东西苏风沂显然不会借，因为不论是身材还是脑瓜的形状，两个人都相去甚远。便放下心来，道："好说，你想借什么东西？"

"附耳过来，我悄悄告诉你。"

他歪过头，苏风沂在他耳边说了一句话。

她的话还没说完，只听得"噗"的一声，唐蘅的一口茶喷了出来，脸腾地一直红到耳根："什么？ 你说什么？"

"其实对你来说，这不是一件很麻烦的事，是吧？"

"你疯了！ 你还是个小丫头！"

"咱们同岁，你只比我大几个月，对吧？"

"可是……"

"我知道这很让你为难，"苏风沂愁肠百结地道，"你能帮我这一次吗？"

"对不起，这个忙我不能帮。"唐蘅又摇头又叹气，"前儿遇到一位老太爷还向我叹息，说是世风日下，人心不古……想不到这么快就兑现在你身上了。"

"这关世风人心什么事啊？"苏风沂双手托腮，瞪大眼睛，一副纯洁无辜的样子，顿了顿，又眨眨眼，气若游丝地道，"阿蘅，你是处男吗？"

"当然！"

苏风沂的脸上露出失望之色："这么说来，你没什么经验……"

"完全没有，你找别人吧。"唐蘅马上道，"实在找不到，我可以替你找一个。"

"你以为我是个随便的女人吗？"苏风沂将他的手腕死死地一拧，"找你是信任你。"

"不不不，千万别找我。我干不来，子忻知道要杀了我的。"

"咱们不说，他不会知道。"

"不不不，他会知道，他是大夫。"

"我只要一次。"

"一次也不行。"

"算我求你，好不好？"她的声音又轻又软又甜又黏，好像碟子上的凤梨糕，"这真的对我很重要。只要你答应我，下次无论你求我什么，我都赴汤蹈火，在所不辞。皱一皱眉头我就不是苏风沂。"

"风沂，你是一时头脑发热。可是，对我来说，"唐蘅盯着她的眼睛，一字一字地道，"饿死事小，失节事大。"

"别这么严肃,老兄。"

"我说的是真的。"

她惊讶地看着他,不明白他的意思。

他只好低声解释:"我不想干那种事,因为我不想觉得我是个男人。"

怔了半晌,苏风沂道:"这只是一件事,做做而已。你为什么老要想到男女?这跟男女有什么关系?"

"当然有关系。这是一个男人与一个女人做的事。"

"你忘了方才你开导过我的话?"

"我开导过你什么话?"

"你问我是'这里有狼'还是'那里有狼'。这世上本没有'这里'与'那里','这'与'那'只跟所思所想有关。同理,这世上也没有'男'和'女',只有我们两个人。"苏风沂振振有词,"你为什么要想这么多?"

唐蘅莫名其妙地看着她:"可是,既然如此,为什么会有那么多人讨厌我?我又没招谁惹谁。"

"我就不讨厌你。"苏风沂道,"我挺喜欢你的。轻禅也说喜欢你呢!我和轻禅看上去也不像傻子,对吧?"

唐蘅没吱声。

"还有,你的头发我都包了。我每长长一尺,就剪下来送给你,好不好?"

"……"

"阿蘅,你说话啊,你到底答应不答应?"

唐蘅仍旧摇头:"我是被唐门赶出来的败类,曾因'节行不检'抓入刑堂。长老们要问我服妖之罪,我父亲就是刑堂的堂主。他一反往日的作风,费尽唇舌替我开脱。我一直以为父亲是个老实厚道的人,想不到他竟很会狡辩,不但矢口否认,还援引历代家法,硬是把长老们兴师问罪的劲头强压了下去。可是我知道在他的内心深处,一直不明白我为什么要这样,一直希望我能是个正常的人。"他的声音微微发颤,"可是我做不到,我改不了……我不配做他的儿子!有时候我真希望他能说我点什么,可是他什么也没说。无论家族中的人如何在他面前说三道四,他从没说过我一个字,就好像不知道有这回事。"

"所以你离开了唐门,离开了家,一个人在另一个城市独自生活?"

他点点头。

苏风沂同情地看着他,柔声道:"你父亲不说你,是因为他爱你。如果连你最亲的亲人也如世俗一般看你,你岂不是无处容身?"

他慢慢地喝了一口茶,道:"也许他这样做已很不容易。不过对我来说,沉默才是最大的打击。"

苏风沂承认唐蘅的话有道理,有时候,沉默也是暴力的一种。

"别这么想，你爹爹没为这事儿揍你，已经不错了。他们那一代人作风老派，能理解的东西有限。"说罢，拍了拍他的肩，又道，"对不起我太自私了，只想到自己，没想到你的感受。我只是……有些害怕。每次我和子忻在一起，开头明明好好的，结果却总要闹翻。我只希望这一回我们能够从头到尾地美好一次……放心吧，既然你不愿意，我不会逼你。这事就只当我没提过。喝茶，喝茶，我仍旧请客。"

"为什么你跟我……就不怕？"唐蘅审视着她，问。

"因为你特殊。"

"你指的哪一方面？"

"你有服务精神，"苏风沂道，"这一点非常难得。"

"明白了。"

苏风沂拿了一块凤梨糕，放在手心里，就着茶，一块块地掰着吃。过了一会儿，低头打量唐蘅，见他心事重重，闷闷不乐，便用臂肘碰了碰他，道："喂，买卖不成仁义在，你干吗这么垂头丧气？"

"风沂，你真的很想这样？"唐蘅深深叹了一口气。

"嗯。"她用力点点头。

"你想过有什么后果吗？"

"他们说你妈妈是有名的大夫，你对医术也略知一二，"她满不在乎地道，"你一定有办法！"

"我从没见过像你这么胆大包天的女人。"

"你这是说，你打算帮我？"她小心翼翼地问。

他苦笑："至少我不应当违背我的第二条原则：高高兴兴为女人服务。"

苏风沂大喜："真的？你答应了？太好了！事成之后我一定要好好谢你！客栈不方便，你看那座小庙怎么样？那地方十分隐蔽。明天下午你可有空？"

唐蘅的脸又红了："这么快？……你不多想想？我首先告诉你，我真的不大会。"

"那就找本书学习学习吧！"

"既然求人帮忙的是你，学习也应当是你的事吧？"唐蘅连连摆手，"不过，你若是想看看《素女经》或《摄生总要》上怎么说，我倒是可以想想办法……"

虽从未听说过这两本书的名字，苏风沂却能猜出大致的内容，忙问："阿蘅，你说，这两本书子忻会不会读过？"

唐蘅的神情很古怪："我不知道……我怎么会知道？"

两人尴尬地对望了一眼，各自拿起茶杯喝了一大口茶。

苏风沂双手捧着茶杯，笑道："你知道在古董这一行也有伪造的高手。胆子大的人，三代秦汉的东西都敢做，且能做到形制分寸丝毫不差。比如市面上的青铜葬器，有铭文的要远远贵于没有铭文的。他们就能仿造商周的铭文，将它们刻在没有铭文的铜器上。又比如为了让仿制的铜器有各色的古斑，他们会掘一个地坑，用炭火烧红，泼下酽醋，然后放铜器入内，以醋糟罨，再加土于上窖藏三日，取出之后便有斑驳的古迹……"

虽是继承祖业做了本城四家二流古董店的老板，唐蘅对古董的兴趣其实只停留在"好奇"这个层面上。

而行里的人都知道，好奇意味着"感兴趣""一知半解"，同时也意味着"与己无关""不想深究"。所以"好奇"常常与"关心"背道而驰。

唐蘅抬起眼，淡淡地道："而我关心这个问题是因为——"

"技术。"苏风沂道，"无论干哪一行技术都很重要。请问，你的假发为什么做得那么好？无论怎么跑怎么跳，它都不会掉下来？"

"因为我有一位朋友专门为我配制了一种黏剂。"

"还有，你指甲上的蔻丹，为什么涂上去之后一抹就掉？"

"因为这位朋友还送了我一个很有效的配方，专门用来洗掉指甲上的红色。"

"你这位朋友是——"

"子忻。"

苏风沂不敢相信自己的耳朵："子忻？他替你干这个？"

"你可想试试他替我配的胭脂？"

苏风沂愤愤地道："难怪你这么喜欢和他在一起！"

唐蘅两手一摊："你看，这世上的职业从来都是成双出现的。有人喜欢化妆和假面，就有人喜欢做胭脂和道具。"

苏风沂为之气急："这就是你们的友谊？"

"我们的友谊很纯洁。"

苏风沂双眼骨碌碌地一转，一个念头跳到脑中，问道："既然你们是好朋友，你可知道子忻最忌讳的事情是什么？"

"知道，不过不告诉你。"

苏风沂一阵呜咽："阿蘅，求求你！"

"好吧。"唐蘅的心很软，"子忻最讨厌人家动他的手杖。"

苏风沂有气无力地"哦"了一声，绝望地道："为什么？"

"你可曾听说过小湄的事？"

苏风沂的心咚咚直跳："小湄？谁是小湄？"

唐蘅没有回答，而是向左边努努嘴，又使了个眼色。她突然闻到空气中有一股酸苹果的气味。转过头去，发现邻桌不知什么时候坐了一个白衣人。白衣人明明很年轻，却有一头亮眼的白发。他的外表很洁净，浑身上下一尘不染。桌上放着杯清茶。茶还是满的，冒着热气。白衣人很斯文地咬着手中的一个青苹果，看样子已吃了不止一个，手边的百鸟漆碟上留下了两个啃得相当干净的苹果核。

沈空禅。

他吃苹果的样子很专心,似乎没有注意到他们。苏风沂指了指门口,示意唐蘅赶紧溜走。

正在这当儿,沈空禅咳嗽了一声。一双眼斜睨了过来,刀锋般地盯在苏风沂的脸上。

唐蘅双眼一眯,转过身去,不动声色地打了一个招呼:"一日不见,沈兄可好?"

"唐公子真是健忘,昨天你不是问我什么时候有空,好到茶庄喝杯茶?"沈空禅将目光一收,看着自己手中的果核,漫不经心地道,"今天我正好有空,所以就来了。"

当然不会有这么巧合的事!苏风沂心中暗想。沈空禅的追踪术在江湖上鼎鼎有名。三和镖局不是没丢过镖,只是每一次都被他带着人找回来了。

"抱歉抱歉,瞧我这记性!"唐蘅叫来一位侍女,吩咐道,"麻烦姑娘将这位公子的茶账记在我的名下。"

他原本是这里的常客,侍女添了茶,点头离去。

"沈兄若是对苹果情有独钟,不妨试试这里的果茶。"唐蘅认真地建议,"有一种叫作'青花果茶'的,便是用苹果、山楂及蜂蜜调制而成,味道清纯酸甜,非常爽口。"

不知为什么,沈空禅的脸上一直有一种让女人看了心酸的神色。他原本是个很英俊的男人,因为这种神色,看上去有些失魂落魄。他的嗓音也很动听,深沉而柔和,如果他能说一两句充满情感的话,会让很多女人着迷。

沈空禅看了唐蘅一眼,又将目光转回桌上幽幽的烛火,仿佛陷入某种甜蜜的回忆:"我妻子怀孕的时候吐得很厉害,除了青苹果,什么也吃不下。偏偏正赶上一个冬天,市面早早就断了货。我四处托人去买,才从南边弄来两筐。那几个月她吃了无数个青苹果,却仍然很瘦,成天昏昏欲睡。"他怔怔地望着前方,目光恍惚,神情肃穆,嗓音沉痛。

不知他为什么要提起此事,唐蘅与苏风沂面面相觑,吓得不敢插话。

"那时她已有六个月的身孕,却仍然害喜。大年初三,她说想回娘家看看,我原本是要陪着她去的,因镖局临时有事缺人手,我只好留下来,让四弟替我送她。她的娘家离镖局只有两个时辰的路程,她说会在家里歇一晚,次日即归。想不到当天夜里他们就把她送了回来。她身上中了一剑,伤口贯穿小腹,血流了一地,什么金创药也不管用。那时她已开始昏迷,大夫来看了一眼,就说没救了。她在床上挣扎了一个多时辰,样子很痛苦。最后那一下她猛地又清醒过来,我知道那是回光返照,只能紧紧地抱着她,抱着她。她说——"沈空禅的声音开始哽咽,"她说她不成了,但她感到孩子还活着,在她的小腹里乱动,问我有没有法子救救孩子。我只好哄着她,说大夫就要来了,要她不要担心。其实那时她已没有了说话的气力,我知道谁来也救不了她了。她一直看着我,一直问我大夫什么时候到,直到断气,眼睛还盯着门口。"

听到这里,苏风沂感到一阵心酸,禁不住揉了揉眼,满眼泪光地看着沈空禅。只听得他继续道:"我在她的坟前发誓,就是上天入地也一定要抓住这个人,挫骨扬灰,给她报仇。一个月之后，我果然抓住了他。我对他百般折磨，弄得他不像个人样。……这小子不愧是郭家的儿子，脾气够硬，死活不求饶。但我最后却放了他。哈哈，我放了他，不是因为心软，而是因为只死一次太便宜他了。对我来说，他至少要死一百次才能解我心头之恨！想不到因为我一时的任性酿成了大祸。他杀了我的五弟，我母亲伤心得快要疯掉。这时我才知道，他活在这世上，就是要杀光沈家所有的人，一个一个地来，只是不知道下一个轮到谁！——如果当时我一剑结果了他，就不会有后来的惨事。"

说到这里，他目光陡然一寒，冷冷地扫了二人一眼，唐蘅倒是无动于衷，苏风沂只觉脊背一阵发寒。

"苏姑娘的父亲苏庆丰苏老爷子，是退休的翰林，有名的金石学家，古董界的泰斗。在下曾有一面之缘。据我所知，苏姑娘的十来个兄弟都是文质彬彬的读书人，不曾习武。唐兄的家世，武林中尽人皆知，自不必说，但这些年唐门自己也是债务缠身、自身难保，就是小小的三和镖局，你们也欠了三笔镖银至今未还。我希望两位不要介入沈、郭两家的仇恨，不然就是与沈家为敌。如若两位愿意现在就离开嘉庆，沈某恭送，敬赠盘缠。如若还打算与郭倾葵朝夕相伴，我只好预先提醒两位——"他用手指敲了敲桌子，阴森森地道，"这里，这座城，就是郭家兄弟的葬身之处。谁帮他们，谁就和他们葬在一起。沈某言尽于此，两位多多保重。"

说完这话，他冷笑一声，站起来，拂袖而去。

门口停着他的马车，一群手下恭敬地垂下头。沈空禅看见管家沈均站在马车的门口边，轻手轻脚地替他打开车门。

"老爷子到了？"他问。

"刚到。"

"谁陪着过来的？"

"二爷和六爷。"

"四爷还在路上？"老四沈枯禅管着西边的生意，按理该提前到达才是。

沈均突然垂下头，半晌没说话。

"出了什么事？"

"刚刚接到消息，四爷他……"

沈空禅心一沉，只觉头顶金花乱冒，身子不禁摇晃了一下。

"四爷在半路惨遭毒手。"

他的预感一向灵验。沉默片刻，他颤声问："老夫人知道了吗？"

沈均点点头。

他咬了咬牙，又问："你肯定是郭倾竹下的手？"

沈家的仇人不少，并不止郭氏兄弟一对。

"不敢肯定是他，不过手法十分相似。"

他皱眉："什么手法？"

"这……"沈均迟疑着，不敢说下去。

"你说。"

"他拿走了他的肝。"

　　她一向不喜欢别人称她"老夫人"，因为她认为自己并不老。

　　她是沈泰的续弦，嫁给他时只有十五岁，为他生了五个儿女，一直过着养尊处优的生活。老夫少妻，沈泰对这位夫人宠爱有加。她今年刚过完自己的五十大寿，沈泰为她大宴宾客。沈府里一片喜气洋洋，送来的寿礼还没得及收拾，包灯笼的红布也还没来得及取下，她就在一月间连失二子。

　　她还记得分娩时那突然撕裂的剧痛，仿佛一刀深深扎在血肉上，将她一分为二。而那剧痛却是喜悦的，因为另外一部分变成了生命，走入自己的世界。

　　她所有的儿子，不论是否亲生，都对她很恭敬，很孝顺。在这个大家庭中，沈泰有绝对的威望。她记得刚刚嫁入沈府时，长子沈挥禅——沈泰元配之子——怎么也不肯称她母亲，为此被沈泰狠狠地揍了一顿。生下四个儿子之后，她以为自己在这个家的地位十分牢固。就在这当儿，沈泰却忽然提出想要一个女儿。

　　他说他的儿子已够多，女儿却连一个也没有。如果她不给他一个女儿，他就要另外娶妾。

　　她是沈泰最宠爱的女人，脾气大，任性，一向要什么有什么。马不停蹄地生完四个儿子以后，她对生孩子这件事已由身心俱疲到彻底厌倦。当然，这种厌倦说不出口，只能深埋心底。表面上她仍然是个好母亲。而且，为了与这种不妥的情绪作斗争，她偏要弄得自己精疲力竭。她不信任奶妈，不相信用人，每个儿子都由自己亲自哺乳，所有时间都花在他们身上。她觉得自己是沈家的有功之臣，而沈泰显然对自己的功绩并不在意。

　　她暗自赌气，不信自己生不出女儿。果然，她很快怀孕，且顺利地生下了一个漂亮的女儿。沈泰无话可说，只好打消娶妾的念头。

　　而她却对这个女儿产生了敌意，认为这不是她想要的孩子。越来越糟的是，沈泰对这个女儿爱不释手，言听计从，对妻子却渐渐有些冷落。她尤其看不得女儿在丈夫面前撒娇，认为这原是她的专利。而女儿的脾气与她相仿：固执、任性，敢想敢要且说干就干，远不如几个儿子乖巧听话，晓得讨好迁就母亲的意愿——哪怕是假装出来的。

　　她知道自己的妒忌毫无来由。可妒忌就是妒忌。她不怎么喜欢女儿，却把这心思藏得很深。她照样给她买衣服、买首饰、买胭脂，在她身上毫不吝啬地花钱。她把珠宝给了女儿，把爱给了儿子。

　　直到有一天，她听说女儿竟然和仇人在一起，那股潜藏了很久很久的心事才终于爆发。这世上再没有人比母亲更懂得对付自己的女儿。她轻而易举地将女儿骗回客栈，亲手剥光了她的衣裳，吩咐丫鬟将她绑在房柱上。

在幽然的烛光下，女儿的肌肤闪闪发亮。而母亲的脸却因悲伤提前衰老，皱纹爬上额头，双眼发黑肿胀，唇线下折，露出颓丧之态。

女儿像她年轻时那样美貌如花，争强好胜。追求她的男人很多，她喜欢过的也有好几个。风言风语不时传来，大家心知肚明，都知道她做过几件令沈家丢脸的事，惹得一向对女儿宠溺有加的沈泰亦按捺不住，大发雷霆。全家人开始性急地替她物色夫婿，婚事正在紧锣密鼓的张罗之中。

"你爱上了他，"在女儿的身上，她嗅出一股淫荡之气，"是吗？"

"我没有！"

"有人看见你们俩在一起，很亲热，"沈氏冷冷地道，"在兴元府的如来客栈，你们甚至住在一间房子里。"

她的眼神好像一把裁刀反复打量女儿的小腹，研究它的曲线。她深吸一口气，小腹如处女般紧绷。

"是什么让你们如此投机？"她尖着嗓子逼问，"是你爷爷奶奶的惨剧，还是你兄弟的死？"

"不是！都不是！我是为了打听郭倾竹的下落，"沈轻禅扭过头去，不敢看母亲愤怒的眼睛，"好为四哥、五哥报仇。这一直都是您的意思、您的计划，您亲口吩咐的，难道您忘了？"

她自然听出了里面的讥讽之意，一反手，一掌掴在女儿的脸上："报仇雪恨我倒不指望，你不吃里扒外就谢天谢地了。天晓得，我们沈家怎么出了一个像你这样的女儿？你为什么要这样贱？这样丢你爹的脸？人家剜掉了你的眼睛，杀了你的亲哥，你还要送上门去，做他的弟妇？天底下的男人难道都死光了不成？"

沈氏一边说着，一边从抽屉里抽出一把剪刀，开始铰女儿的头发。她伸出枯瘦的手指，粗暴地将长发挽在手中，像剪断初生婴儿的脐带那样一绺一绺用力地铰着。其间她不断地喃喃自语，仿佛正和死去的儿子们说话。她完全忘记了自己还有一个女儿，把女儿看成是家族的叛徒、谋杀儿子的凶手。在偶然的一瞥中她看见女儿木然冷漠的神态，立即把它当作是一种抵抗，不由得惹起更大的恨意。而柱上人一直倔强地昂着头，没有挣扎，没有哀求，也没有眼泪，只是任她将自己一头乌发铰得七零八落。

最后，她铰得手酸了，将剪刀掷在地上，忽然喊着儿子的乳名痛哭着奔了出去。

沈轻禅知道母亲是个感情激烈的女人，稍遇刺激便通宵难寐，以泪洗面。父亲的大半空闲时光，便消耗在安慰这个女人莫名其妙的愁肠与悲怀之上。所以她冲出去，投入丈夫的怀抱，指派一位女仆传达她的吩咐："夫人命我转告小姐，从现在开始，小姐须得老老实实地待在家里，哪里也不许去。夫人说，这是老爷的意思。"

她错过了一次上药的时间,受伤的眼睛钻心地痛了起来。她扭曲着脸,向丫鬟轻轻哀求:"翠玉,好姐姐,替我解开这些绳索。"

翠玉咬着嘴唇道:"小姐……奴婢不敢。这是夫人特意吩咐下来的,小姐还是快些向她认个错吧。"

"我口渴,你帮我拿杯茶来吧。"沈轻禅淡淡道。

"是。"翠玉应声而去。

她听见窗格有几声轻微的响动,紧接着,"托"的一声,一个黑影穿窗而入。

沈轻禅知道他来了。黑影拔出匕首削断绳索,从床上扯下一张薄单,将她身子一裹,带着她跳出窗外,飞马而去。

在路上他一言不发,只是紧紧地抱着她,感到她的身子一直在发抖。

走到一半,他轻声问她冷不冷。她说不冷。接着,她问他要将她带向何处。他说先回客栈。

"子忻说你的伤需要定时上药,不然就会剧痛难忍。"

她苦笑,整个身子缩进他的怀里。

他的胸口还绑着纱带,呼吸和体温透过层层纱带向她传来。一时间,她像婴儿回到母亲的怀抱那样感到了安全和温暖。他们一起回到客栈,他径直将她抱到自己的床上,将重剑插在床头的地板上,坐在床边守着她。

"轻禅,这一回,谁也不能将你带走,除非越过我的尸体。"

沈轻禅怔怔地看着他,疲惫地笑了笑,没有说话。

过了一会儿,她拉住他的手,轻轻地问:"倾葵,咱们的孩子,你打算起个什么名字?"

那是一场欢乐的结果,两个人都没有料到孩子会这么快到来。他们窘然相对,故作欢颜,谁也不知道该怎么办,该怎么向亲人们交代。

"就叫他'无恨'吧。"过了一会儿,郭倾葵苦涩地笑了一声,答道。

她习惯性地捋了捋脑后,这才意识到长发已失,便看着他,幽幽地道:"我的样子是不是很难看?"

郭倾葵伸出粗糙的手,抚摸着她的额头,告诉她无论她是什么样子,他都照样喜欢她。在他的眼中,她永远是最美丽的女人。

远处传来隐隐的钟声,夜已深了。他叫来子忻给她换了药,她很快就熟睡过去。

"谁剪了她的头发?"临走时子忻问道。

"她母亲。"

"哦!"子忻诧异地看了他一眼,皱着眉头想了片刻,道,"如果她需要假发,唐蘅一定能帮上忙。"

郭倾葵看着他的背影,想笑却笑不出,只觉腮帮子有些发酸。时隔多年子忻没什么变化。他与唐蘅一样关心事情的细枝末节胜过了它的实质。不过他的感叹很快就消失得无影无踪,因为子忻出了门,又折了回来,终于问了一个很实在的问题:"你们打算怎么办?"

"逃走。"

"从这里坐船,顺流而下,很快就能到云梦谷。"

"你难道忘了我当初就是从云梦谷里逃出来的?"

子忻微微一怔,心想自己若以家书相托,以云梦谷的实力,郭倾葵的安全当有十分的保障。转念一想,便知以沈家穷追不舍的做派,云梦谷只怕难有宁日。且父亲专心学问,一向与江湖格外疏远,郭倾葵自不愿云梦谷卷入这场干系,故有此推托。当下也不催逼,只道:"等你找到了安全的去处,我和唐蔺送你。"顿了顿,他又道:"不过,就目前的情形而言,我还是认为云梦谷最安全。"

提起云梦谷,回忆如一道遥远的钟声敲响了。郭倾葵的脸上浮出温暖的笑意,"十几年不见,不知子悦是什么样子。"

"她嫁了人。"

"嫁了人?让我猜猜——嗯,一定是他,那个波斯人,乌总管家的老二慕容济,对不对?"

子忻笑了笑,笑容有些凄凉:"你怎么知道?"

"那小子打小就是子悦的尾巴。那次子悦嚷着要吃蜂蜜,他拿着竹竿去捅马蜂窝,结果大家抱头乱窜,只你跑不快,还是他背着你跑,两个人都给马蜂蜇成大猪头。他倒没什么,过几天就好了。倒是你大病了一场。弄得他又挨他爹的揍,又挨子悦的骂,左右不是人。"

子忻已快忘掉了这些童年小事,经他这么一提,淡淡一笑,道:"你猜得没错。"

"这小子终于学了医?"

"是啊。"

"你还记不记得他小时候给乌总管拧着耳朵去蔡大夫家拜师的事?他死活不肯,哭得跟天塌下来一样。现在他还在这一行里干?"

"只怕是云梦谷年轻一辈中医术最好的。我父亲很喜欢他。"

"那他岂不得叫你一声师叔?"

子忻摇头:"从来没叫过。就算他愿意,子悦也不会同意。何况他头五年虽跟着蔡大夫,后来却一直跟着我父亲,所以辈分早就乱了。"

子忻温和地看着这位儿时好友,有些奇怪他为何反反复复地提起童年往事。郭倾葵的记忆如父亲编写的药书那样面面俱到,毫无遗漏。而他的记忆却像一团灰雾那样模糊不清。

就在他离开云梦谷的那一年,子悦出嫁了。紧接着,她很快怀了孕,生下了一个奄奄一息的男孩,只活了五天。虽然谁也不知道缘由,云梦谷的人都隐隐约约地猜出这事与慕容无风的血缘有关:他这一脉的每一个男孩都不健康。过了一年半,丧子的伤痛还未平复,子悦再次怀孕。全家人都变得小心翼翼,就连子悦偶尔咳嗽或打个喷嚏都弄得父母一阵紧张。怀胎十月,子悦再次产下一个男婴,却仍旧难逃噩运。婴儿的心脏极度虚弱,只活了不到一个月,任慕容无风如何通宵守候、绞尽脑汁,也回天乏术。

在云梦谷人的印象中,子悦一直是个大大咧咧、高高兴兴、野性十足,对什么事都满不在乎的女孩。虽然遭遇这样的打击,她看上去远没有人们想象的那样痛不欲生。她休息了两个月,便像往日那样风风火火地忙碌开了,陪乌总管谈生意,帮郭漆园选药材,倒是慕容无风一连推掉了两个月的医务,独自在竹梧院内伤悼。

人们都在心里悄悄赞叹,慕容无风的这个女儿果然坚强。

半年之后人们却在湖中找到了她。

那是一个炎热的夏天,子悦的水性很好。她与一块大石沉向湖底,却把自己的手拴在湖心亭的一根不起眼的栏杆上。

失踪之后,全谷的人分成几队人马,踏破云梦群山的每个角落,毫无所获。最后却是慕容无风发现了那根绳子。顺着绳子,发现了她。

从此,他再也没有去过那个湖心亭。

那一年冬季,在听到这个伤心的消息后,子忻回了一趟家。

他还记得那一天天空是紫红色的,淡雪乡愁般纷纷扬扬地洒下来。他背着行囊,徒步走在通往云梦谷的山道上。偶尔有几辆华丽的马车从身边驶过,马蹄踬着碎雪,吱吱作响。谁也料不到这位戴着帷帽、穿着粗布灰袍的跛足青年,便是这个谷的下一位主人,神医慕容唯一的儿子。

他来到父亲的榻前,听见父亲说:"去看看子悦吧。"

他踩着薄雪,去了她的墓地。雪簌簌而下,无声无息地落在油纸伞上。坟地上白皑皑的一片。那一刻,万物消失了界线,融成一道白光。

他分不清谁究竟是这些坟的主人,只是茫然地站在丛丛的坟茔之中,感觉自己也是一具即将掩埋的尸骨。

直到他看见了那棵冷松,和冷松下的那个孤零零的小墓。他走过去,用袖子拂掉墓碑上的雪。

——马跑掉了,怎么办?

——我想睡了,明天再教你……

哦,小湄。

那一次,他只在谷里待了七天。催他走的人竟然是父亲。

"你为什么还不走?"第七天,父亲忽然问。

"您不愿意我留下来多陪陪您?"

"你不是说你这几年在外面过得很好吗?"

169

他点头。

"那就离开这里。"

他不解地看父亲。

"生活好比是走独木桥,"父亲道,"无论发生了什么事,你只能继续往前走,不能停下来,更不能往后看。"

烛光微微一晃,子忻猛地从回忆中惊醒过来。

哪壶不开提哪壶,郭倾葵又问:"既然子悦已成了亲,你只怕已当上舅舅了吧?"

他在犹豫是否说出子悦的死讯,想了想却道:"还没有。"就让子悦在闲谈中多活片刻吧。

然后他迅速转变了话题:"你方才可曾听见窗外有一道奇异的哨音?"

郭倾葵脸色微变,"没有……"说完这个字,哨声又起。

"我想你大哥可能正在找你。"子忻道。

"这是我头一回没注意到他的哨音,"郭倾葵黯然地向窗外看了一眼,苦笑,"我不想见他。"

"因为他伤了沈姑娘?"

郭倾葵迟疑了一下,心情复杂地点了点头。

"苏姑娘有没有告诉你,你大哥的眼睛也受了伤?"

郭倾葵抬起脸,吃惊地道:"什么?你怎么知道?"

子忻正想解释是怎么一回事,郭倾葵已经不见了。门晃动了一下,一个声音从门外传来:"替我照顾一下轻禅,我去去就来。"

第二十一章

风摇醉魄

那哨声是从一只紫竹箫上发出来的。

那是他父亲的遗物，长二尺一寸，九节五孔，是大哥最喜欢的乐器。每当月夜心情好的时候，他可以吹出一支支令人神魂颠倒的曲子。

经过双手长时间的抚摸，竹箫发出润玉般的光泽。他怀疑大哥经常在吹箫时陷入回忆，因为那些曲子音调忧伤，旋律模糊，可以从一曲毫无痕迹地窜入另一曲，无休无止地奏下去。只有忽来忽止的起伏暗示着他脑中的故事正朝着某个主题行进。

郭倾葵知道大哥的回忆里少有乐事，他拒绝讲父母的死。只是不断地说小时候父亲是如何教他钓鱼，教他吹箫，教他写字和武功。他说父亲是个和善的人，喜欢田野和村舍。他们住在大山中的一个村落里，父亲以捕猎为生，常常披一件粗布大褂，戴着桐帽穿着棕鞋，携着他的手，穿行于山间的小路。小时候他总是骑在父亲的肩上，一只手抱着他的头，另一只手举着糖葫芦，涎水混着黏黏的糖液滴在父亲的头顶上。——他有一个快乐的童年。

"那时你还小，"大哥说，"太小。"

他知道大哥说的"那时"指的是父亲去世的那一年。

那一年，他只有两岁，什么也不记得。

郭倾葵循声来到一株巨大的桐树下，大哥像往常那样披着纯黑的斗篷。唯一不似往常的，是他将半张脸隐藏在斗篷之中，月光温柔地洒下来，正照着他脸上那道可怕的伤疤。他的神态冷峻阴郁，眼中充满杀气，只有瞥向郭倾葵的那一瞬，目光中含着一缕难以觉察的温和。

"大哥。"郭倾葵垂首道。

"听子忻说，你受了伤？"郭倾竹拍了拍他的肩，低声问道。看得出伤在胸部，他的动作很轻，几乎只是用手掌轻轻触了触兄弟的衣裳。

"不碍事，已好得差不多了。"郭倾葵故意挺起胸脯，中气十足地说道。

郭倾竹看了他一眼，嘴角露出一丝笑意："你不该来这里，我来找你就是想劝你快些回西北。"

"我想帮你。"

"帮我杀人?"

"不不。"他连忙摇头。

"在西北人人都称你'刘大侠'，你只救人，从不杀人。"

郭倾葵感到脊背有些僵硬，道："是这样。"

"所以上次我托人给你带的银票，你叫那人原样给我送了回来。"

他沉默。

"你不屑用我的钱，因为我的钱上沾满了他人的鲜血。"

他继续沉默。

"所以你依旧做你的大侠，不要来蹚我这趟浑水。"

如果剃掉胡须，郭倾葵会露出一张与大哥十分相似的脸来。任何人只要看他们一眼，都知道他们是兄弟。不知为什么，他却不想让别人觉察出来。虽然是兄弟，他们生活在不同的原则下。在西北，他一直蓄着胡须，仍旧用刘骏这个名字。

"哥，不如我们一起回西北……"

"等干完了手头上的事就去。"

他知道大哥要干的事是什么，且知道他是个行事必有计划的人。大哥从来不干没有把握的事，不杀没有把握的人。

冷汗涔涔而下。

郭倾竹一直看着他，忽然道："你很冷?"

"不，"他沉默片刻，仿佛在下决心，然后抬起头，"哥，我想求你一件事。"

"什么事?"

"请不要杀沈轻禅。"

话一出口他就后悔了。他不该提起沈家。郭倾竹的瞳孔开始收缩，仇恨的火焰在眼底燃烧。虽已及时地低下了头，他还是听到了咬牙切齿的声音。

"我是个杀手，"他没有直接回答他的话，"可是我也有原则。"

郭倾葵默默地看着他，等他说下去。

郭倾竹缓缓地道："我不杀女人，也不杀小孩。可是，六年前我却犯了一个错误。我误杀了一个孕妇，以为她是沈空禅。"他转过脸，斗篷的风帽微微滑落，露出受伤的右眼，"其实她是沈空禅的妻子。为此，在接下来的六年里，我开始替一些女人杀人，只收取低廉的费用，有时甚至免费。很多人都说我不是人。可信不信由你，一个人不论干哪一行都需要有一种人的感觉，哪怕仅仅是幻觉。说了这么多，"郭倾竹淡淡地道，"我只是想告诉你，我不是一个杀人不眨眼的魔头。可是，"他慢慢地接着道，眼神很冷酷，"只有一个女人例外，我早晚非杀了她不可。这个女人就是沈轻禅。"

那一瞬间，郭倾葵只觉全身的血液都已凝固。大哥的话让他愤怒，他却没有争辩，只是紧握双拳，强行将愤怒吞咽了回去。

这么多年来，大哥一直小心翼翼地护着他。每杀一个人，都会有一笔钱寄到刘家贵的手中。等他知道了大哥的职业，便知道大哥手中的鲜血，也有自己的一份。但对于大哥，他一直保持着敬意，甚至畏惧。因为大哥独揽了一切，承担了一切，却从没有要求他做什么。

无论是挣钱还是报仇，大哥都冒着性命的危险。他则轻松得好像一片羽毛，在西北自由自在地干着自己想干的事情。

有好一阵子，两人一言不发，只是彼此盯着对方。

过了一会儿，郭倾葵道："如果你想杀沈轻禅，请先杀了我。"

郭倾竹反问："如果我杀了沈轻禅，你会不会杀我？"

郭倾葵不知道该怎么回答，所以没有回答，只是僵硬地站在大哥面前，听见他阴沉的声音从耳边传来："跟我来，我带你去见一个人。"

他不知道骷髅能不能算是个人。在大哥的心里，它一直活着。

那是间屋子中的屋子，散发着泥土和草根的气味。从外面看，好像刚从地底挖出来的一样。他心里暗暗地想，它原本就是个坟墓，只有大哥不时地从中进去。

对大哥来说，那骷髅当然是个人。无论是死去还是活着，只有人才需要时时被安慰。

骷髅的旁边放着一个青花瓷罐。他觉得这两样东西一左一右地摆在一起，怎么看也不对称。要么是两具骷髅，要么是两个瓷罐。

见他目露疑惑，大哥开始讲父亲和母亲的死。

为了以防万一，父亲在自己屋子的墙壁上挖了一个隐蔽的洞，仅够两个小孩藏身。那天夜里，全家人都中了埋伏，父亲很快发现情形不对，在被人破门而入的前一刻，及时地将两个孩子藏入洞中。

大哥那时不到十岁，而他则两岁出头。事发之时正当夜半，自始至终，他都在熟睡之中。

大哥亲眼看见父亲死于乱刀之下，浑身血肉剥离，不复人形。

母亲则是活活地被火烧死，她在火中尖叫，呼唤着父亲的名字。

"妈妈当时已怀胎四月，"郭倾竹轻轻叹道，"她总是问你，想要一个弟弟还是一个妹妹。"

青花瓷罐里装着的，是母亲的骨灰。

也许重述亲人的死是种罪过，父母的死在大哥的叙述中显得简单。郭倾葵闭上眼想象那一夜所发生的事，发现脑中除了些模糊的影子，一无所有。而在这当儿他却想起了自己的养父。想起了他粗糙的手掌和嘶哑的嗓门；想起了十几年前那个冬

第二十一章 风摇醉晚

夜父子俩一起推车的情形;他甚至还记得黎明前的空气是如何冰凉刺骨,道旁的冷杉是怎样高耸入云,包谷酒的味道是如何浓烈呛口……

对他来说,父母的死虽让他震撼,却远不如那一夜他站在冰水中的感受真实。

他记得养父说过,以后无论遇到什么难事,只要想起这一夜,便没有过不去的时候。也许正是因为这句话,他让太多的事情轻易地"过去了"。他想当大侠,便让"大哥"过去了;他爱上了一个女人,便让"仇恨"过去了。

不是吗,每个人的一生都在选择让什么过去,不让什么过去。

为什么他与大哥的选择恰恰相反呢?

烛火忽然"咻"地一响。他看见大哥在骷髅面前跪下来,用小刀割破手掌,血一滴滴地滴入烛火。同时口中喃喃自语,仿佛在进行某种仪式。

他也跟着跪下来,抽出匕首划破自己的手掌。学着大哥的样子,让血滴入烛火。这是他第一次这么做,很不熟练。手放得太低,差点被火燎了个泡。

一股奇异的腥味在他鼻尖游荡。他不由自主地屏住呼吸,却看见大哥深深地吸了一口气,仿佛生怕这股腥味会逃走。

然后,大哥站起来,他也跟着站了起来。

屋里的气氛让人无所适从,他像个生客一样不自在,想逃走。

"你常来这里?"他没话找话地问道。不知为什么,腿突然一个劲儿地晃了起来。

大哥斜睨了他一眼,点点头:"以后,你也可以常来。"

他低头,没有回答。

"你不喜欢这里?"

"我不喜欢这些仪式。"

"仪式有仪式的好处。有些东西如果脑子记不住,仪式可以让身体记住。"一丝讥诮浮上大哥的嘴唇,"你看过观音庙里磕头的女人吗? 她们并不是因为信才磕头。而是头磕多了,便信了。"

他听出了话中的挖苦之意,却没有反驳。

骷髅的面前摆着七只灰碟,其中一只上面放着紫砂陶罐。仪式完毕,他看见大哥从包袱里掏出一个一模一样的陶罐,恭恭敬敬地放到左手边的第二只灰碟上。

"里面装的是什么?"他问。

"祭品。"

"什么样的祭品?"他很好奇。

"沈静禅的肺,沈枯禅的肝。"

看着剩下的五只空空的灰碟,他心中暗暗盘算沈轻禅会被装在哪一只碟内。蓦地,一阵恶心涌上心头,他俯下身去,在地上找了个空桶,开始狂呕。

"听着,"大哥不为所动,"我会很快结束这件事,到时我们会过上没有仇恨的生活。"

郭倾葵略加思索便已了然。毫无疑问，大哥正在进行某种古老的祭仪。在祭仪中，他按照沈氏兄弟在中原的住所来安排他们的死。沈静禅在南，五行属火，祭用肺；沈枯禅在西，五行属金，祭用肝；沈空禅在东，五行属木，祭用脾；沈通禅在北，五行属水，祭用肾。沈听禅在中，五行属土，祭用心。剩下的两个碟子，想必会留给沈泰和沈轻禅。

"等拿到了所有的祭品，我会将它们抛入九泉。祭书上说，如果将这些祭品献给上苍，我在这尘世上的所有仇恨都将消弭。"

那一刻大哥的声音是空洞的，他怀疑大哥的心灵已被某种神秘的力量占满。

"我和你不一样，"郭倾葵轻声道，"你的仇恨是真实的，而我的却是想象的。我不会为一种想象去消灭真实的东西。"

说话时他看了大哥一眼，烛光正照在他的脸上。

大哥的犬齿很尖锐，白瓷般闪闪发光。而他却没有向他告辞，推开门，大步走了出去。

"咚！咚！咚！"

"是谁？"

"子忻。"

"等等！"

苏风沂一下子惊醒了，从床上弹起身来，飞快地洗脸、梳头、换衣裳，这才将门拉开一角，斜倚在门框上，睫毛窗帘般地一挑，笑吟吟地道："子忻，这么早找我什么事？"

笑到一半，忽想起昨天刚和这个人有过争吵，现在这么高兴似乎不妥，笑容便悄无声息地从脸上溜回了嘴角。既而眼光落到扶在门框的手腕上，上面戴着子忻做的那只藤镯，便是睡觉也舍不得摘下来，忙将手放到身后，滑下袖子悄悄掩住。

"这只米缸还给你。"子忻举起一只沉甸甸、黑黝黝的铜壶，在她的眼前晃了晃。

"哦。"

过了一会儿，她更正："这不是米缸，是铜器。"

"很珍贵？"

"很珍贵。"

"值多少钱？"

"这么说吧，"她本想说些好话，心里忽有一股亟待发作的恶意瞬间爆发，"倘若你在大街上走着走着，突然抽筋死掉。要我卖掉这个铜器去给你买个棺材，我绝对不干。"

苏风沂叉着腰，气鼓鼓地看着他。

"嗯，这玩笑我喜欢。"他道。

苏风沂无法发作,发现这个人说话能把人气死,但别人想气死他却不容易。

"还为昨天的事生气?"

"我就是气量小,怎么着?"

"其实和人相处不需要那么多专业精神嘛,每个人的脑子多少都有点问题。"

"哈!你终于承认了!"

"我承认什么了?"

"承认你脑子有问题。"

子忻叹了一口气:"为什么你总喜欢在对与错之间纠缠?"

"因为我有专业精神。"

"还因为你胆子大。"

"我?胆子大?"

"这世上聪明人不少,但敢于聪明的人不多。"

"明白了,你在恭维我。"她咧开嘴,哈哈大笑。

那一刻,子忻的目光柔和地落在她的脸上。她一点也不温柔,笑声很大,笑起来的样子也很傻。但他喜欢这种毫无拘束的样子。

他当然记得这个笑容,还有一个女孩也喜欢这么笑。他曾以为自己这一辈子都可以这样逗她笑下去,可惜她笑的时间很短很短。

"为什么每次我高兴的时候,你的样子却有些难过?"苏风沂歪着头问道。

"没有的事。"子忻避开她的目光。

苏风沂还想接着问下去,他迅速将手中的铜壶举到她面前:"我用毛笔将上面的灰尘刷了一下,你看,露出很多花纹。"

那是一只锈迹斑斑的铜壶。侈口、束颈、斜身、圈足,全身用红铜嵌错着采桑宴乐的图案。

她一把将铜壶抢到怀里,瞪大眼睛,将它仔细检查,大声道:"除了用毛笔刷之外还干了什么?"

"什么也没干。"

"没用刀子刮?"

"没有。"

"没用水洗?"

"没有。"

她松了一口气:"以后我的东西你别乱动好不好?"

"这暂时算是我的东西吧?那十五两银子你还没还呢。"

"听着,姚子忻,"她一板一眼地道,"我知道这世上有很多女人没职业,就是有也不当一回事儿。不过,我很喜欢我干的这一行,对里面的每一样东西都很认真。以后你若想动我的东西,一定要先问我一下。"

她的表情很严肃,话也硬邦邦的,让人难受,子忻的态度却很老实:"好的。"

她戴上手套,捧着铜壶,将上面的花纹细细地看了一遍,叹道:"可惜少了一个盖子,被那村夫当作烂铜扔掉了。"

"我倒见过一个类似的铜壶,上面有盖子。"子忻道。

苏风沂眼睛一亮:"在什么地方见过?"

"一个富翁的家里。"

"你可还记得他的名字?"

"不记得了。"

苏风沂叹息:"可惜。如果我卖给他的话,可以卖个好价钱呢。"

"你说它们会是一对?"

"有可能。这种随葬品从来都是成对出现的。"

"这真的是商代的东西?"

"没那么早。看这兽面衔环的图样,大约是战国初期。"

"我记得那盖子的形状有些奇特……"

子忻记得父亲的书架上有一只类似的铜壶,盖子是空心的,从盖缘处伸出三只小爪。小时候他和子悦在里面养过蟋蟀。不过,当他问父亲盖子为什么是空心时,父亲说不知道。

在他的印象里,父亲很少说"不知道"三个字。

"是啊,盖子是空心的。这是酒壶,盖子上伸出三只小爪,喏——就像这样,"苏风沂用手比画,"爪子抓住滤布,用来滤酒。"

子忻恍然大悟,指着图案又问:"那么,这些拿着藤筐在树上采桑的女人,还有旁边腰佩短剑的男人又是怎么一回事?"

"桑林是社祭之处。商汤在那里祷雨,男女在那里幽会,《周礼》所谓'仲春之月,令会男女,奔者不禁',便指此事。《诗经》上不是也说'期我乎桑中,要我乎上宫'吗?"

"嗯,有学问。我还有几个问题可以一并请教吗?"

苏风沂点点头,一脸兴奋,跃跃欲试。子忻果然一连串地问了七八个问题,正中苏风沂的下怀。她摇头晃脑、旁征博引地解释了半个多时辰,抱着铜壶的双臂累得发酸也不觉得。子忻则一直凝视着她的脸,专注地倾听着,露出钦佩的神色。

"现在你感觉好些了吗?"末了,子忻道。

"什么好些了?"

"你还为昨天的事生气吗?"

"不生气了,早忘了,嘻嘻。"

"我真羡慕你,"子忻道,"每天可以摆弄这么美的东西。"

"是啊!"苏风沂趁机大发感慨,"我不知道别人怎么想。对我来说,铜壶之美只在于桑间男女的舞蹈,只在于那一刻被工匠的手凝结下来的欢乐。时间冻结,经过千年,变成一道永恒的空间栩栩如生地呈现在你面前。这种愉悦无需知识、不待考证,双眼一瞥就能感受。这才是真正的美。"

子忻凝视着她,笑了。

"你笑什么?"

"我想起了一句话。"

"什么话?"

"天地有大美而不言,万物有成理而不说。"

"我明白了,你是说我很啰唆!"

"聪明人啰唆好过傻子唠叨。"

说完这话子忻感到有人拍了拍他的肩,接着一股大力袭来,将他整个人往旁边一拉,一只粗壮的手臂从门外挤进来,一眨眼,苏风沂的面前已多了一只满是汗毛的大手,食指和拇指当中捏着一朵小小的雏菊。

"阿风,早!"门外的声音道。苏风沂将头探出去,见王鹭川笔直地站在自己和子忻中间,一脸灿烂的笑容。

"咳咳,鹭川,这花……我不能要。"苏风沂偷偷看了子忻一眼,小声道。

"为什么? 这只是一朵花而已。"

"嗯……多谢……只是……我没有花瓶。"

"你手上的这个不是?"说罢,将雏菊往铜壶里一插。铜壶太大,整朵花全掉了进去。

"这位是姚子忻。"苏风沂指着子忻道,"他是——"

"我们刚刚认识了。"王鹭川沉着嗓子道。

小庙的背后杂草丛生。

不远处的山崖上,一瀑高挂,飞琼溅雪。水雾在树杪间蒸腾着,湿漉漉地落在道旁盛开的山花上。烟岚凝翠间,一道彩虹若隐若现。

越过半人多高的杂草,他们找到了那株冷杉树。苏风沂深吸一口气,看了看四周的景致,又用脚踢了踢地上的葛藤,道:"这地方不错。"

唐蘅一直默默地看着她,没有说话。

"你该不是想打退堂鼓了吧?"苏风沂转过身,盯着他的眼睛道。

唐蘅神秘地笑笑:"你是不是有点想要我打退堂鼓? 如果是这样,我随时准备撤退。"

"这事今天一定要完成!"仿佛要坚定自己的决心,苏风沂道。

"你不必这么大声。"唐蘅道。说罢从怀里掏出阿青,放到唇边低声祈祷。大约在他的心中有一段长长的祷文,他双目微合,喃喃自语,脸上满是肃然之色。

过了一会儿，见他的祈祷还没有结束，苏风沂从药筐里掏出一壶酒，仰头喝下一大口，用袖子擦了擦嘴，道："你要喝酒吗？"

唐蘅道："不喝，谢谢。"

他注意到她的手一直都在颤抖，喝了酒后，颤抖没有停止，反而越发严重了。

"我还需要再喝一口。"苏风沂拔开壶塞，又灌了一大口，这才将酒壶放回筐内。然后，她解开发簪，面向冷杉坐了下来。阳光透过树缝均匀地洒下来，树干上有她模糊的侧影。她不敢看他，却果断地脱起了衣裳。

很快唐蘅看见了她光滑的脊背。她比外表看上去要消瘦，脊骨像蜥蜴一样清晰。她双手紧紧抱住胸口，胆怯地看了他一眼，轻声道："你……过来。"

唐蘅走过去，坐在她身旁，将外套脱下来，披在她发抖的肩上："你好像很紧张。"

她笑了笑，道："我不紧张。这里虽然没有人，我们还是早些开始比较好。"

他淡淡地道："告诉我，究竟发生了什么事，你一定要这样做？"

"你为什么要问这么多？"

"子忻若知道了，是不会原谅我的。"

"子忻？子忻才不会在乎这些事呢，"她轻轻地道，"无论我怎样得罪他，他都不在乎。有时我倒希望他能多在乎一些呢。"

唐蘅道："那你也犯不着用这种法子来激怒他。"

苏风沂道："我没想过要激怒他。"

唐蘅道："可是，你不觉得这样做挺荒唐？"

"你已经答应我了。"

"我想最后再劝你一次……"

"不必了，我心已定。"

"那我就脱衣裳了。"唐蘅道。

"脱吧。"

唐蘅脱掉上衣，露出修长的上身。尚未靠近，她已感到从他身上传来热腾腾的气息。

"不要把树干抱得那么紧好不好？"见她浑身发抖，唐蘅失笑。

"抱歉，我知道你不喜欢这样，我也并不想逼你，"苏风沂小声道，"让你失贞我感到很过意不去。"

"别客气，我将竭诚为你服务。下面你想怎么开始？一切你说了算。"

苏风沂茫然地点了点头，表示同意，却又好像没听见他说的话，双手抱膝，静悄悄地坐在树边，心事重重地看着远方。

他什么还没开始做，只是刚解开腰带就听见一声尖叫。苏风沂忽然双手捂住脸，低声啜泣起来。

"怎么啦？"他问。

她没有说话，全身不停地颤抖，然后身子紧紧贴着树干，像只蜗牛一样卷了起来。

"害怕了？"

她摇摇头，又点点头。

唐蘅坐到她身边，柔声道："你知道，为了今天这件事，我想了整整一晚。"

她仍然哭个不停。

"你不了解子忻，"他继续道，"子忻的脾气其实很好，尤其是对女孩子。他绝不会让你难受的。"

她哭得更加厉害了。

"如果你一定要这样做，无论子忻知不知道，你将来都会后悔。"

"我……我……"她欲言又止。

"拿着我的帕子，把眼泪擦了，坐一会儿咱们就回去吧。"

她接过帕子，轻轻道："阿蘅，紧紧地抱着我，我害怕。"

犹豫了一下，他紧紧搂住她战栗的身躯。

他隐隐有些纳闷。不知道为什么她会怕得这样厉害，好像她所面对的并不是这件事，而是另一种深刻而无形的恐惧。她缩在他怀里，浑身哆嗦得像一个吓破了胆的小孩。眼泪不断地涌出来，淋湿了他的胸膛。

"告诉我，究竟出了什么事？"他握住她的手，终于忍不住问道。

"我恨我哥哥……他……欺负过我。"

那个画面又出现了。

——给我倒杯茶。

她战战兢兢地提起茶壶。那是只苍白无力的手，文人的手。上面的血管是浅蓝色的。那手一直慵懒地抚着碧青的茶盏，忽然间却一把抓住了她，将她扯到他的怀里。

她只是个女孩子，不到十三岁，无力挣脱。她从此便害怕看到任何一个赤裸的男人，一旦看见，就会产生无法克服的恐惧。

唐蘅浑身一震，手指忽然收紧，恨恨地道："这个畜生！我替你杀了他！"

沉吟半晌，他又轻声安慰："你放心，谁也不会知道这件事。爱你的人就算知道，也不会介意。"

"可是我介意！呜……呜……如果我连你也不能面对，"苏风沂抬起脸，满脸泪痕，"我只怕不能面对这世上任何一个男人，包括子忻。"

唐蘅忽然明白为什么她在新婚之前要逃走。为什么每当快要接近子忻时，会突然变得很粗暴，会违背初衷，将好事弄砸。她爱一个人，却害怕真正和他在一起。在爱的背后，恐惧如潮汐般涌动。

"也许我能将你治好，"唐蘅淡笑，"现在我觉得你的主意不坏。"

"不，我也不敢看你。原先我以为我敢，可是我还是不敢。我也不知道为什么……"

"不要把我当作男人。"

"那你是什么人?"

"我什么都不是,"这回轮到唐蘅沮丧,"总行了吧?"

"我并非故意为难你,"苏风沂叹道,"只是想说,我们所生活的这个世界有些东西无法改变。它们就像脚下的石头那样真实、坚硬。这世上只有一样东西最容易改变,也最好改变——"

她盯着他的眼睛,轻轻地道:"那就是你我的想法。可是,想法改变了,石头还是石头。"

"你是说,"唐蘅深深地吸了一口气,"我一直都在自己骗自己?"

"不是。"

"那是什么?"

"你自然不可以违背自己的感觉,可人心是变幻莫测的。你很难等到大家都能接受你的那一天。"

唐蘅脸上痛苦之色忽浓,怔了半晌,道:"你以为我不知道这一点吗?"

苏风沂看着他,温柔地摸了摸他的脸,道:"我只想告诉你,我能理解你,你可以自由地生活在我的世界里。"

"我知道……我一直都知道。"唐蘅颤声道。

然后,他们像朋友那样紧紧地拥抱起来。她感到他用力地搂着她,好像要把她塞进自己的胸膛。她听得见他心酸的梦和血液的滚动。

正在此时,一声叹息忽从身后传来。两人同时抬起头,转过身去。

不远处的山墙外,不知何时静静地站着一位身形修长的男人。

那是一个完全陌生的男人,却有一个与唐蘅一样饱满高昂的额头。他笔直地站着,目色深邃,神态平静,如同一尊石像。苏风沂飞速地拾起地上的衣裳,将身子紧紧裹住。

与此同时,唐蘅捏了捏她的手,低声道:"不要紧,他看不见你。"

"他明明盯着我们。"

"他是我父亲。"

唐潜! 苏风沂不由自主地屏住呼吸。

匆忙穿好衣裳,唐蘅拉着苏风沂快步走到父亲面前,故作轻松地叫了一声: "爹爹!"

唐潜没有理睬他,转过头,对苏风沂道:"姑娘,你认识你身边的这个人吗?"

"认识,叔叔。"

他的脸微微一沉,道:"告诉我,他刚才可曾有何非礼之处?"

"没有,叔叔。"苏风沂勉强控制着自己颤抖的舌头,"我们一直在聊天。"

唐潜淡淡一笑，没有接着往下问。

唐蘅扫了一眼父亲的身后，问道："爹爹，您怎么知道我在这里，大哥没陪您一起来？"

唐门的人都知道唐莆是唐潜的影子，任何时候都跟随在他身后。

"我要他去办一件事，是子忻陪我来的。"

两人慌张地对视了一下，苏风沂的脸已急得发青了。

"子忻？他一早就出诊去了，怎么知道我在这里？"唐蘅的脸也白了。

"是这样，我找到子忻，让子忻打听你的下落。有位朋友说看见你和一位苏姑娘背着药筐一起出了门。子忻便说你可能陪着苏姑娘采药去了。"唐潜缓缓地道。

"那子忻呢？"东张西望也没发现子忻的人影，苏风沂还心存侥幸。

"他把我送到这里，突然说还有个病人等着他，匆匆地走了。"唐潜答道。他顿了顿，正想说话，忽听见有人绝望地哼了一声，忙问："苏姑娘怎么了？"

"她不大舒服，有些头昏。"唐蘅扶着浑身发软的苏风沂，强自镇定地答道。

回客栈的路上，苏风沂一言不发。

她一直在想回到客栈之后，该如何面对子忻，如何向他解释这一切。

等到了客栈她才发现一切已不用解释。她在门口遇到了郭倾葵，郭倾葵告诉她子忻走了。

"走到哪里去了？"她紧握双拳，尽量不让嗓音显得太过绝望。

"不知道。"

"连你也不知道？"

"你忘了他本是个江湖郎中，一向行踪不定，说来就来，说去就去。"郭倾葵疑惑地看着她，想从她的表情猜测出子忻出走的原因。

她冲到楼上拼命地敲子忻的门，开门的却是一个长脸老头子。

"姑娘找哪一位？"

"原先……原先住在这里的人呢？"她大惊失色。

"俺咋知道？俺刚搬进来。"老头子操着一口乡音答道。

第
二
十
二
章

丁
将
军

这几日丁将军的心情颇不愉快。他觉得朝廷不把他当回事,地方官不把他当回事,除了自己手下的士兵,谁也不把他当回事。

因一句冒冒失失的话,他得罪了宰相,被一道旨意打发去西北驻边。

因此他要跋山涉水,越凤翔,出兰州,到那鸡不拉屎、鸟不生蛋的地方,比西还西,比北还北!他领着兵千里迢迢从京城出发,还没走到路程的一半,又一道旨意传来,让他顺路剿匪。

说是剿匪,又不是什么大匪。既非太行山上来历资深的强盗,又非震动朝纲的义军,几个小小的山寨,一群乌合之众,就要让他的大队人马停步,杀鸡焉用宰牛刀?

在地方官绘声绘色的描述里,青岭的山匪格外剽悍,在云雾笼罩的大山中神出鬼没。官府束手,屡剿不尽。有时候一整队人马入山,还没探出山匪的踪迹,便要么身首异处,要么全部消失。

当然在这件事上,地方政府并不是没有努力。十年前,他们曾集结兵马杀上青岭,与山匪大战了九天九夜。官府代价惨重,山匪亦死伤殆尽。那场战役之后,大家都以为青岭山从此已是清净之地了,为了纪念自己的功劳,地方官耗巨资在山中修了一条宽敞的驿道,设有六站,每站都有驻兵。大江南北东西陆路的最近通道终于恢复了。

可惜好景不长。三年后,青岭山又成了强盗窝子,其凶狠猖獗比之往年有过之而无不及。驿道驻兵年年减少,粮草被抢,无以为生,派去的士兵都知道这是趟有去无回的差事,不少人干脆弃甲上山,与草寇为伍。

所以丁将军打起仗来也算常胜,剿匪却剿得很不顺手。使出了浑身解数,他总算抓到了要抓的那个人。

青岭十寨中住着十股山匪,各有首领旗号,平日偶有往来,到了有生意的时节,便如狼似虎,互不买账。而他要抓的匪首住在青岭南麓的神水寨。那一带地势险峻,山谷幽深,野兽出没,易守难攻,十寨中有四寨都将自己的老窝选在此处。众匪常为地盘大动干戈。

尽管来路各异,头领们都是成名的绿林人物。其中名头最响亮的便是"银刀小蔡"。

小蔡出道非常早,成名也很快。西北最著名的十八位刀客,他是老大,年轻时凭一把银色弯刀独霸一方。那时他做的是正经生意,杀马贼,护商旅,一趟下来可赚得不少银子。手下还有十几个铁杆兄弟,个个都是好手。后来不知为什么流落到了中原,又落草为寇,成了神水寨的寨主。

彼时小蔡不"小",已经年过四十,但豪气不减当年。

小蔡有小蔡的原则。小蔡不打家劫舍,也不动过境的行人商旅,只做大单生意。通常是做一笔歇一年。

他专抢驿道上的大宗现银。官银是主要目标,比如解往京城的地丁钱粮、盐课和关税,还声称自己这样做是劫富济贫。

周围的贫苦百姓的确得到了他的不少好处。吃不饱饭、过不了日子的穷汉们纷纷上山,把神水寨看成了桃源宝地。

神水寨的势力越来越大,十寨的首领们渐渐默认了他的老大之位。凡是银刀小蔡看中的东西,其他人一般不会动什么念头。

尽管银刀小蔡在西北名动一方,在青岭说一不二,他的名头也绝未响亮到可以惊动丁将军的地步,也不致招来灭顶之灾。可是,他却干了一件不该干的事。

三个月前,朝廷从两浙的藩库中调集了十八万两军饷,由布库大使卫东升押往西北,拟作固边的军费。五十名镖兵随车押送,一路平安无事。不料到了青岭境内,还未过山,便被银刀小蔡带人抢了个精光。不但九辆镖车里的九十箱银子被洗劫一空,五十名卫兵连同卫东升本人也都命丧当场。

事发之后,本地官员曾派兵入山企图找回那十八万两银子。结果半途就被获知消息的神水寨拦截,给杀了个片甲不留。无奈之下,地方官一道折子上到朝廷。

丁将军便因此收到了"就近剿匪"的旨意。他派人检查了卫东升的遗物,发现了一张纸条,上面写着"此山是我开,此树是我栽,若想从此过,留下买路财"。下方画着一把银色的弯刀。

纸的当中有一个刀孔。丁将军的第一印象是,这个小蔡很庸俗。做了这么多年的山匪,抢劫也该抢出点花样来,还玩这种留刀寄简的老把戏,还留下这四句百听百厌的老话。

"唉,两年前秦将军曾率兵来剿过一回,只可惜强龙斗不过地头蛇。这十寨的匪徒平日无事还要群殴,那一次竟都联合起来,一致对外。"地方官察言观色,知他心中郁闷,不乐意承揽这趟差事,故意说道。

丁将军听了,知他激将,心里更加不服气。

他最不相信的一句话便是"强龙斗不过地头蛇",斗不过地头蛇只能说明那条龙不够强。怎么着也得玩几招厉害的给这獐头鼠目的小官瞧瞧。

那次突袭迅雷不及掩耳,他预计会有一场苦斗,整个过程却远比想象的要容易,要快。

血战中,他杀掉了两百多人,灭掉了整个山寨。在剩下的八十五个人中,除了几个需留活口以待审问的匪首之外,大半是些女人和小孩。

他带着人亲自上山,将神水寨翻了个底朝天,也没找到丢失的军饷。莫说一辆镖车,就连一个镖箱也没发现。

小蔡自然不承认,说他根本没有抢过这笔银子。

对付不承认的人丁将军有丁将军的办法。他二话不说酷刑伺候。

整整两天的严刑拷打,小蔡的身上已没有一块完好的肌肤,他还是说不知道,真的不知道。

丁将军怒了。他将小蔡六岁的儿子拉到他面前,将男孩子的手掌按在桌上。

"说！军饷在哪里?"

小蔡通红的眼中终于露出恐惧之色,却仍然摇头。

他抽出腰刀,手起刀落。银光中,男孩的食指飞到半空,血溅到小蔡的脸上、嘴上。

"哇——爹爹救命!!!"小男孩痛得浑身乱扭,哭得惊天动地。

他舔干儿子的血,低下头,浑身颤抖,却仍不说话。

"你招是不招?"丁将军眯起双眼,一脸的杀气。

"我……我真的不知道!"小蔡的嗓门因痛苦而嘶哑,他跪倒在地,十指在泥土中揉搓,鲜血淋漓。

刀光一闪,又一根手指剁了下来。

他已不敢看儿子的脸,连忙闭上眼。

丁将军自己有好几个儿子,当然知道一位父亲在这种情况下是什么感受。

"人们都说你是个铁汉。我倒要瞧瞧你这铁汉究竟有多铁!"他冷笑。

小蔡果然够铁,他还是不承认。

剁掉第三根手指时,小家伙已没了哭喊的力气,两眼一翻,疼昏了过去。

丁将军仍然按着男孩的手,没有半点放过他的打算。

"你知道止血最好的法子是什么吗?"他淡笑,指着男孩子那只流血的断掌,"烙铁。用烧红的铁一烙就能止住。来人啊——"

"不不！我招！我招！求你放过他吧!"

铁打的小蔡满脸是泪,终于柔软了。他说他托一位可靠的朋友将军饷藏在了一个绝密之处,连他自己也不知道下落。而那位朋友行踪不定,找到他需要时间。

"需要多少时间?"他问。

"至少一个月。"

"限你十天之内找到。"丁将军阴森森地道,"不然,我将你的儿子大卸八块,将这八十五个人也全剁成肉酱。"

他废掉小蔡的武功,给他一匹马,将他放了出去,然后派人向地方官传话:"十天之后来接军饷。"

地方官大喜过望,亲自来谢,说将军您真是神勇无敌啊,拜托您将其他的九个寨子也一并端了吧。

丁将军心里想道,我是给你使唤的吗?当下冷哼一声,摆起了架子:"朝廷没这道旨意。"

岂知过了两天才有人告诉他,这位孙知府是孙贵妃的侄儿,万万得罪不得。得罪了,他这后半辈子就留在西北别想回来了。

他后悔了,可是话已出口,难以收回。所以当孙知府告诉前面的初安镇出了瘟疫,求他派兵"支援"时,他再也不敢拒绝。

"那镇子有多少人?"他问。

"五百多人。"

"死掉了多少?"

"两百多。"

"两百多少?"

"说不准。"

"说不准?"

"瘟疫蔓延极快。也许就在你我谈话间,又死掉几个。"

"哦。"

"那镇子就在前面不远处,离嘉庆城只有二十里地。我已派兵把住了镇子的两道出口,外面的人是肯定不会进去的,但里面的人,不论染病与否,都在想法子往外逃。——也难怪,镇子里住着的全是农户,如今已成了死人窟。满地、满屋子的死人,谁也不敢碰不敢埋。我这父母官看着难过,却也不敢贸然派人进去料理。只在镇口设了两个大锅,给活着的人熬些草药,然后定期送些粮米和净水。"

"草药管用吗?"

"安慰人罢了。起先我请过一位大夫,谁知他死活也不肯进去。我威胁了几句,他便说得回家查书想方子,第二天再来。我也没在意,岂知第二天派人找他时,他竟带着全家逃得无影无踪。"

"这么说来,剩下的这两百多人只是等死而已?"

"差不多。在这种时候,不能让他们出来乱走。若把瘟疫带进了城里,麻烦就大了。唉,这也是没法子的事。"孙知府叹道。

"如果这些人硬要出来呢?"

"这就是我为什么要请将军您帮忙的原因。"

话里的意思孙知府全用眼神暗示出来了。

"嗯,明白了。"

作为父母官,在这种关头不亲临本地视察疫情、安抚百姓已很不妥当。若把事情做得太绝,只怕招人诅咒,所以得请一个外人来扮黑脸。

因此,军饷的事尚无着落,吩咐几个手下留在原地等待小蔡之后,丁将军又把队伍拉到了初安镇。

"反正也是顺路,丁将军,就辛苦您走这一趟了。"孙知府的一张脸半笑不笑,很客气地向他抱拳作揖。

丁将军却从中看出了一丝戏弄。看着知府的背影他气得用手狠狠地一拔,拔掉了自己好几根胡子。

从药铺里配回了药,郭倾葵匆匆向裕隆客栈走去。

尽管有唐蘅在那里陪着沈轻禅,他还是很不放心。他知道沈家的人马已全到了嘉庆,他们在四处寻找郭倾竹。他知道自己与沈轻禅也在他们的监视之中。

至于这家人究竟有什么计划,为何到现在还迟迟不动手,他却半点也不知晓。

远处的天空阴霾满目,一片风雨即来之势。他在心中暗暗地想,该来的就让它快点来吧!该结束的也让它快点结束。毕竟,这一生除了仇恨,还有别的事可做,别的很多很多事。

他想把这个想法告诉大哥,可心里明白大哥不会理解。大哥只为仇恨活着。

正在这时,一只手不知从哪里伸了出来,拦住了他的腿,几乎将他绊倒。他低头一看,动手的是街边的一个乞丐。那人的脸已不能算是一张脸,上面脓血淋漓,状态可怖。

他以为他是想向他乞讨,忙从怀里掏出一块银子。

那人嘶哑着嗓子,哼哧了半天才道:"刘……刘大侠?"

那是个久已不曾听见的称呼!他心头一震,将那乞丐仔细打量,半天也没认出来。

"咱们……认识?"他终于问道。

"在西北见过一面……赛刀大会。"

"恕我眼拙——"

"我是小蔡,"那人道,"银刀小蔡。"

他悚然动容。只要在西北武林中混过的,没人不知道银刀小蔡。如果混过的人恰巧也练刀,不可能不知道银刀小蔡。

他大吃一惊:"银刀小蔡,你……你怎么会在这里?"

"说来话长，不说也罢。"那人动作僵硬，显然受了重伤，说话时喉咙呼呼作响，仿佛有积痰一般，"看在我们认识的分上，你能不能帮我一个忙？"

郭倾葵听过他的传说，他的神话。银刀小蔡，西北十八刀客中的老大，当年是怎样一个铁骨铮铮的人物！

他弯腰将小蔡扶起来："帮什么忙？说吧！"

"我……走不了路，能不能劳驾你将我送到青岭山下？"

"放心，你想什么时候走？"

"现……现在行吗？"

"可以。我能不能带你先回客栈一趟？我要带着我的朋友一块儿走。"郭倾葵丢给旁边一个小贩几个铜板，让他帮忙叫来一乘轿子。

"多谢了！青岭山离这里并不远。"

"我知道。到那里你可有什么事情要办？"

"我想见我儿子……最后一面。"

吃了一顿饱饭，喝下两碗烧酒，小蔡的精神看上去恢复了不少，至少嗓子已不再那么嘶哑。唐蘅笑道："十年前蔡大哥可是刀榜上的风云人物，什么时候有空咱们约个时间比刀吧？"

话音未落，沈轻禅已在桌下踢了他一脚："还是让蔡大哥给咱们说说究竟发生了什么事。"

小蔡便讲了丁将军率兵灭神水寨的来龙去脉，三人脸上同时露出唏嘘之色。

"那姓丁的咬定是我带人劫了十八万两饷银，其实那天我们根本没下山。"小蔡道。

"可是，你究竟知不知道有这样一笔银子要经过此地呢？"唐蘅问。

"若是往日我肯定会知道。可那一阵子我们寨子里有人不知吃了什么，一夜间得了一种怪病，浑身上下长满了红色的疙瘩，紧接着便是高烧、溃烂。头十天就死掉了五位兄弟。渐渐地染病的越来越多。我忙着派人下山请大夫。大夫来了也说不出是何症候，只说可能是皮肤病。那个月我都在忙这件事。若不是大家都病了，那姓丁的岂能在一夜之间就端掉了神水寨？"小蔡捶着桌子愤愤地道。

郭倾葵道："会不会是别的寨子的人干的？"

小蔡摇头："除了神水寨，青岭山里谁也没有胆子动官府的东西，就是我们，也要仔细考虑得失才会下手。毕竟是官家的大宗现银，官府追究下来，自要派兵讨回。抢银子固然痛快，后头的麻烦却是没完没了。何况要把十八万两银子神不知鬼不觉地运上山，绝非易事，多少会暴露点行踪。"

唐蘅道："这么说来，到目前为止，你一点线索也没有。"

小蔡道："半点也没有。我只好承认是我们抢的，不过已托朋友藏到了绝密之处。丁将军这才将我放出来，给我十天时间，让我找回银子。"

沈轻禅道:"离最后期限还有几天?"

"五天。"

"你可筹到了一些银子?"

"不瞒大家,丁将军剁掉了我六岁儿子的三根手指,还扬言要将剩下的八十五位老弱妇孺剁成肉酱。寨子里原还有几千两碎银,早被官兵抢掠一空。绝望之中,我一下山就抢了一名商客的汇票,想到天顺钱庄兑些银子。岂知那汇票里藏着好些标记,银子没到手,差点给人抓了。我的一位兄弟想帮我,当晚只身到那家钱庄去抢银子,不幸被保镖一刀击中,命丧当场!第二日我听到死讯,想去收尸,"他惨笑,"所以就被打成了这个样子。非但没弄到银子,差点连命都没了。十八万两银子,这么大一笔数目,抢都抢不到,叫我往哪里筹去?"

郭倾葵想了想,道:"看来现在唯一的办法,便是悄悄地把这八十五个人救出来。"

小蔡苦笑:"谁帮我救呢?"

郭倾葵道:"我。"

沈轻禅指着自己的鼻子道:"还有我。"

唐蘅道:"我也去。"

小蔡的嘴唇嚅动了一下,没有说话,眼眶早已湿润,过了半晌才道:"你们根本不认得我,别去送死。"

郭倾葵拍了拍他的肩,道:"谁说我们会送死?我们一定会活着回来!你儿子也会活着回来!"

黎明悄悄来临时,苏风沂还没有睡,还在继续往前走。她围着嘉庆城转了一整圈,四处打听子忻的下落。

每到一处她都问同样的句子:"请问老先生,您可看见过一位戴着帷帽、拄着手杖的江湖郎中?"

有人说没看见,有人说看见了。

沿着这些人指给她的方向她总是遇到岔路,每到岔路,她又迷失了方向,然后她又像一只苍蝇一样四处乱转。

临走前,唐蘅问她是否要他同行,苏风沂一跳三尺高:"不不不不!你别和我在一起!"

唐蘅担心地看着她,叹道:"好吧,我不陪你。不过,你愿意听我一个劝告吗?"

"说吧。"

"见到子忻,什么也别解释,什么也别承认。"

"可是……"

"相信我,这样对你更好。"

"好吧。可是,"她眼中泪光闪闪,"我还能见到子忻吗?他……他还会……还会……"

唐蘅凝视着她,道:"他会。"

走的时候心慌意乱,刚出城门,王鹭川从后面追了上来。

苏风沂满脸泪痕地道:"别跟着我。"

"你忘了你的罐子。"他一笑,举了举手中那个黑乎乎的铜壶,"你一向是个细心人,怎么现在变得丢三落四?"

她将铜壶往马背的大兜上一放,道:"多谢。"

"你去哪里?"

"你问这个干什么?"

"我陪你去。"

"别跟着我。"

"天黑了,外面乱得很,我不放心。"他继续笑,"无论如何,现在你还是我的未婚妻。"

"别跟着我!别跟着我!"她忽然烦躁起来,冲着他尖声大叫,"别跟着!"

"别发那么大火嘛。"他根本不听,仍旧跟着她。

她向路人打听子忻的下落,王鹭川便在一旁冷眼观看。打听完毕,她上路,他就在后面跟着。

"他是个江湖郎中,满江湖地乱跑,你怎么可能找到他?"见苏风沂没完没了地往前走,他禁不住有气。

"不关你的事。"

"怎么不关我的事?你找不到他,咱们的婚事就有希望。"他将一朵雏菊衔在口中,漫不经心地道,"我恨不得他永远消失。"

苏风沂勒住马,向他一字一字地道:"没有希望。就算子忻永远消失,我也不会嫁给你。你不必跟着我,我不会改变主意的。"

他的脸又气青了:"为什么?除了不如他古怪之外,我有什么地方不如那个瘸子?"

"我就是喜欢他!"她大声道,"我就是喜欢子忻!"

王鹭川真想一把将她从马上抓下来,扔到阴沟里:"你喜欢他什么?说来我听听。"

"什么都喜欢。"

"算了吧,你喜欢的不过是你自己的想象和热情。等这些全消退了,你就该厌倦了。"

"你说得也许不错,"她冷冷地道,"可是我跟你在一起就缺这两样。你这人也不坏,就是俗不可耐!"

王鹭川拉住马,脸沉了下来:"从小到大我都让着你,你越来越放肆。"

"谁要你让着我?我最讨厌的就是每次你都假惺惺地让着我!"

他的脸已气得通红,忽然一把将她从马上拽下来,吼道:"住嘴!你这该死的女人!"

"你看,原形毕露了吧!"

"不错!"他的大手已拧住了她的脖子,将她的脸按到自己面前,"我倒忘了,我还没有吻过我的新娘呢。你故意激怒我,因为你就是喜欢被人欺负,对吗?"

苏风沂闻到他口中浓郁的酒气。她第一次发现原来这个人的手臂那么粗,好像两条熊腿。手掌那么大,好像一把蒲扇。她反手一掌,打了他一记耳光,气势汹汹地道:"别碰我!王鹭川,你休想强迫我做任何事!你敢!"

那一瞬间,她对他拳打脚踢,发狂地嚷道:"你知道吗?我从小就被人欺负惯了,谁也别想再欺负我!"

蓦地,苏风沂又想起了那天夜里,在朦胧的烛光下,那只苍白而粗暴的手,他的脸,还有那句话:

给我倒杯茶。

给我倒杯茶。给我倒杯茶。给我倒杯茶……

……

"喂喂,别发疯行不行?"王鹭川捉住她的手,脸上浮起一丝苦笑,口气缓和了下来,"谁敢欺负你我揍死他!我只是吓唬吓唬你。你说说看,我几时欺负过你?我哪敢呀。"

"那你回家去,你走!你走!别跟着我!"

"你不知道黎明前的天空是最黑暗的吗?现在月黑风高,正是杀人放火的时候。我还是得跟着你。"

苏风沂不理睬他,见前面有个挑担子的行人,一扬鞭,要追过去打听子忻的下落。王鹭川忽然叫住了她:"刚才我替你问过了。他在初安镇。"

小镇十分安静,却灯火通明。

走近一看,通明的不是灯火,而是无数的火把。数不清的士兵将一个巨大的广场连同四周的房舍围得水泄不通。广场的正中燃着熊熊烈火,极远处都听得见木柴在火中的爆裂之声。天空中弥漫着一股令人窒息的焦臭。

见一旁有个村民正在探头观看,苏风沂忙下马向他描绘子忻的形貌。果然,那村民点点头道:"姑娘问的是姚大夫吧?"

苏风沂一听,喜出望外:"是啊是啊!大叔您知道他在哪里?"

村民指着当中的那个广场:"他进去了。丁将军四处请大夫,这一带只有一位大夫,早就跑掉了。倒是这位江湖郎中恰好路过,还没等丁将军派人来请,竟自己走了进去。当真是好人啊！不瞒两位，自瘟疫发作以来，从来只有里面的人想出来，没有外面的人想进去的。"

笑容顿时僵硬在脸上，苏风沂惊道："瘟疫？什么瘟疫？"

"不知道。已经死了三百多人，剩下的人中有一半也差不多快了。"村人摇头叹息，"都是些老实巴交的农人，也不知前世造过什么孽，遭这灭顶之祸……"

"大叔您可曾看见姚大夫出来？"

"什么出来？"

"从里面出来。"

"姑娘你找这位姚大夫有什么事吗？"

"我……我是他朋友。"

"他不可能出来了。"

苏风沂心底一凉，刚要问为什么，忽听人群中一阵骚动，耳边嗖嗖几声箭响，踮起脚尖一瞧，见一个穿青布衫子的壮汉身中数箭倒在地上，血流如注，手中挥着锄头，兀自操着土语叫骂。他拼命想从广场内冲出来，眼见已冲到了临时围起的栅栏边，被一旁守候的士兵射倒。骂着骂着，那人的声音渐渐弱下去，腿在空中痛苦地抽搐了几下，便没了动静。

眼泪不知不觉涌了出来，她明白为什么子忻不可能出来了。

天际间泛起了一线曙光。朝阳像往日那样美好。

而初安镇的黎明浓烟滚滚，污浊逼人。井水发绿，土地干裂，焚尸的大火日夜不熄。尽管丁将军勒令活着的人要尽快将死去的亲人火葬，不少村民仍然信奉古老的土葬，宁肯将死者抛尸广场，也不愿将他们扔入火中。何况死者全是染病而亡，除了亲人，无人触碰。

在初夏骄阳的炙烤中，死人变了颜色，扑鼻而来的，除了呛人的浓烟，还有腐尸的气味。

而在一群变色的尸体当中，却卧着一个活着的女人。人们说，她叫阿珍，是这镇子里的贞女，十五岁开始守望门寡，如今已过三十。自村中人大批死去，她失去了所有的亲人。而她自己并未染病。

五年来，她安静地住在自己的屋子里，以织布为业，极少出门。

那是个美丽的女人，恬静的神态，皎洁的容貌，修长的身段，虽谈不上倾国倾城，却是全村人的骄傲。大家像守护自己的神祇一样守护着她。即便瘟疫来临，村中一片混乱，人们像苍蝇一样死去，且人与人之间避而不见，死而不管，亲人抛弃亲人，朋友不顾朋友，没人在此刻打扰她。年轻的男人不论染病与否，都通宵享乐，他们狂饮、赌博、找女人，想尽心思耗掉人生的最后一点时光。

就在瘟疫最严重的那一天，阿珍忽然出现在广场的中央，在众目睽睽之下，脱光了衣裳,赤身裸体地躺在地上。

无论村人怎么劝说,她拒绝穿回衣裳,宁愿就这样死去。

夜露降临时,有人曾递给她一条毯子,被她远远地抛开。她甚至表示,如果有人愿找她取乐,她将十分乐意奉陪。她不在乎染病,也不在乎死亡,更不在乎名节。

当人们问她究竟要什么,或者这样做究竟为什么,她说:"我什么都不要,什么也不为。"

她像初生的婴儿那样无辜、那样柔弱,任何一个念头都能将她伤害。

苏风沂看见阿珍的时候,她已在弥留之中。有男人找过她,她跟着他进了自己的房间,再出来的时候,她终于染上了瘟疫。红斑一点一点地爬上她的肌肤,开始只在脖颈和小腹,渐渐连成一片,然后脓肿溃烂。

那个江湖郎中给她送来止痛的药水,她拒绝服用,也拒绝治疗。后来她已渐渐不能说话,只将双目定定地看着头顶的青天。她保持着这个姿势,一动不动,等待死亡。

广场东头的入口处有两个大锅,一锅熬着米粥,一锅熬着草药。每到吃饭的时候,活着的人会从屋子里出来,丁将军则派人趁机清点人数。

这是一天之中,苏风沂唯一可能看到子忻的时候。

"这个郎中当真了得!来的第一天,不知怎么着,就说服了丁将军将里面九十多号未染病者转移到村西慧安寺僧舍。说是三天之后再检查一次,若是这些人的身上仍没有红斑,他们就是完全安全的,可以放出来四处走动了。现在那里的人全都说姚大夫是他们的救命恩人,还说要为他立个生祠呢。"村民赞道。

从早餐开始,苏风沂看见一个个村民从栅栏前经过,拿碗盛了稀粥回去。一直等到晚饭时分也没有看见子忻。那栅栏与外头的村众隔了几排士兵,染病的村民个个形容憔悴,目色呆滞,苏风沂隔着栅栏向他们打听。其中的一个人说,姚大夫忙着照顾病人,没空来领饭。他的粥都是别人代领的。

停顿了一下,那人又问:"你是姚大夫的朋友?"

苏风沂点点头。

"请问姚大夫是不是神仙?"

苏风沂道:"不是。"

"为什么他很少吃东西?他几乎什么也不吃,只喝水。"

苏风沂问:"今天发的是什么粥?"

"花生粥。"

"昨天呢?"

"顿顿都是花生粥。这里花生便宜。"

"他不吃花生。"

那人觉得很奇怪:"天底下还有人不吃花生?难怪他看上去有气无力的,照顾病人那么累,自己还不吃东西可怎么好?"

苏风沂听罢骑马掉头而去,回来的时候,身边已多了一个竹篮子。

王鹭川一直默默地陪着她,一直皱着眉头,没有说话,过了一会儿终于问:"你要进去?"

她点点头。

"你看见那个中箭的人了吗?"

"看见了。"

王鹭川的脸色十分苍白:"里面很危险,你极有可能染病。"

苏风沂道:"我不怕。"

他沉默地看了她一眼,喃喃地道:"你就这么喜欢他?"

她咬着嘴唇,点点头。

他伸出手,一把拉住她:"把篮子交给我,我替你送去。"

"不。"苏风沂坚决地摇了摇头,然后温和地看了他一眼,道,"好好保重,我去了。"

说罢,猛一拍马,从众人的头顶飞驰而入。

第
二
十
三
章

青
岭
山

　　将最后剩下的三十七个病人全部看过一遍,派完了药,敷好了伤之后,子忻已经累得头昏目眩。他感到拄着手杖的那只手在不停地发抖。

　　他扶着门框走出最后一位病人的屋子,正打算回到自己临时的小屋,身子不禁晃了晃。正在此时,有人扶住了他的手臂。他浑身一软,几乎倒在那个人身上。

　　"风沂?"他回过头,惊讶地道。

　　"哈哈,不知道是我吧? 你藏在这里呢,叫我一顿好找!"苏风沂笑着举了举手中的篮子,"瞧你都饿得两眼发直了,我给你买了好吃的! 大白馒头、薏米冬瓜汤、炒苦瓜。苦瓜要多吃哦,清火,不然全身长疙瘩才麻烦呢。"

　　他捏住她的手,急着道:"你怎么到这里来了? 你一个人来的?"

　　"当然不是一个人。"

　　子忻迟疑了一下,道:"唐蘅——"

　　苏风沂连忙打断他的话:"那天是这么一回事儿。唐蘅说他要教我玉女心经,也就是一种绝世武功。只是这种功法练习时需要两个女子裸然相对,四掌相交,好让内气游走一个周天。轻禅正受着伤,我不好麻烦她,又想着机会难得。且唐蘅基本上算是个女子,我们便找了个风水绝佳之处共同练习。你来的时候刚刚练完第一式,正休息呢。你可不要误会了!"说罢,拍了拍他的肩,又道:"误会了我没关系,唐蘅可是你很好的朋友。你若误会了他,他会难过的。好了,现在咱们去吃饭吧!"

　　子忻还没有弄清是怎么回事,已被苏风沂一阵风似的扯回了他自己的屋子。

　　吃下两个馒头之后,子忻道:"风沂,赶快出去,这不是你待的地方。"

　　"你没染病吧?"苏风沂反复打量着他。

　　"没有。这种瘟疫多发生在穷乡僻壤。我走过太多的地方,一般不会感染。"

　　"有法子治吗?"

"医书上倒是有记载，我已写了几个方子让丁将军照单熬药。现在这些病人每天都喝药汤，可惜成效极慢，只是延宕时日而已，昨天又死掉一个。大夫太少了，我一个人有些忙不过来。"子忻忙不迭地喝了一口汤，喝汤的时候，一只手仍紧紧地拉着苏风沂。

"你拉着我干什么？"

"谢谢你送来的饭。我马上送你出去，你绝不能在这里久留！"

"不是说你一个人忙不过来吗？我不走，我来帮你。我进来的时候就已帮了好几个人，"她得意扬扬地道，"有一位老奶奶求我埋葬她的儿子，我便在地上挖了一个坑，帮她把儿子埋了。好家伙，死人真沉。"

子忻听罢浑身一震，如遭雷击，嗓门不由得高出好几倍："你说什么？你碰过那些死人？"

"也就是把他们拽到坑里。"

"风沂，坐到床上，把衣服脱了。"他的脸色发青，看上去很可怕。

"为什么？"

"那病发作极快，我要检查一下。"

她乖乖地躺下来，让他解开自己的衣带。她曾经在梦中幻想着自己在子忻面前展露身体，她梦见自己躺在荷叶上，下面是微微流动的湖水，一群小鱼在荷叶边轻啮，露珠从荷心滴落，子忻划着船，宛如莲蓬一般将她从荷叶上采摘下来。她弯着身子，等待子忻像打开一把折刀那样打开她。

而现在的情形却让她窘迫，子忻研究她的神态如同研究某种病情。她像婴儿一样瞪大了眼，怔怔地看着他，不明白他究竟在干什么。

"别紧张。"他笑了笑。

他在她的腰上发现了三枚指甲般大小的红斑。他知道这些红斑到了晚上就会变成一大片，像腰带一样环绕着她的小腹。然后开始全身蔓延，紧接着发烧、溃烂，三五天内就会送命。

"怎么啦？"她轻轻地问。

子忻怔怔地看着她，没说话。

接着，她垂下头，看见了自己腰上的红点。

握着她的手在轻轻地颤抖，他垂下头，将湿润的眼睛隐藏起来，轻轻道："那些死人……你不该碰。"

苏风沂的表情一点也不难过，静静地凝视着他："我知道。"

子忻闭上眼，又看见小湄。

"为什么？你为什么要进来找我？"他心痛如绞，绝望透顶。

苏风沂目光迷茫地看着广场中心那个赤裸的女人，喃喃地道："我很小的时候就想死，直到六年前遇到了你。那时我才明白这世上原来也有好人，我不该时时对它绝望。六年中,每当遇到烦恼我都会想起你,想起咱们相处的那几天。我认识了一个陌生人,却走入了一个温暖的世界。在幻想中,我每时每刻都和你在一起——这种幻觉很可笑,真的。连我自己都要嘲笑自己。可人的一生总需要几个幻觉,不是吗?"

他怔怔地看着她,不知为何,忽然想起了子悦。除了脾气有些大以外,他一直以为苏风沂和子悦一样,是个率性开朗的女孩子。不是,她不是。

人性竟如此矛盾。在汹涌的笑声和无畏的面容之下,往往隐藏着孤独胆怯的灵魂。正如小湄偶然的死影响了他的一生,他与风沂的一次偶然相遇,改变了她的世界。

这一次,他绝不能再让另一个女孩死在他的手中。

子忻一动不动地坐在窗前凝神静思,半个时辰过去了,一个时辰过去了。

天渐渐地黑了。苏风沂在他身旁安静地睡着了。

星辰闪烁,远处的群山剪影般出现在夜空中。他眼波一动,霍然而起,带着苏风沂骑上马,向那黑色的群山奔去。

"统领,这两个人我们射不射?"一个士兵问道。

"丁将军吩咐,说凡是姚大夫带的人不射。"

子忻带着风沂刚出了小镇,一道快骑远远地追了上来。

"阿风!阿风!等等我!"

子忻带住马,回头一看是王鹭川,当下道:"别过来,她已染病。"

王鹭川惊道:"那怎么办?"

子忻道:"我要带她去青岭。听说这病最先就是从青岭山匪中传过来的。山里人以野物为生,饮食不洁,易染怪症。若能知道症候的起源,就可对症下药。"

王鹭川道:"如是这样,我带你去问一个人,不必跑远路了。"

子忻道:"你认得山匪?"

"刚刚认识了一位。"

他的样子看上去鬼鬼祟祟,带着子忻和风沂在镇外的集市乱转了一圈之后,来到一个隐秘的小屋。在门上敲了几下,里面人应了,方推开门。

"巧得很,人都来齐了。"王鹭川进门便道。

屋内灯火通明,一张圆桌旁坐着郭倾葵、沈轻禅、唐蘅、一位形容憔悴的中年人和一个矮个子山民。

见到一桌的老朋友,子忻微喜,继而道:"风沂刚刚染病,危险得很,我们俩就在门口说话,请大家不要过来,更不要碰她。"

王鹭川给两人各找了一把椅子,然后对子忻道:"你不是要找山匪吗?这位银刀小蔡便是山匪的老大。"

顾不得寒暄,子忻单刀直入:"不知蔡兄近几个月内可曾听说哪家的山寨子里有大批人忽然染病。症状先是满身红斑,紧接着浑身高热、溃脓流血,最后不治而亡。"

小蔡道:"我自己的寨子里就有人得这种病。三个月前病了五十来人,一口气去了十六位兄弟。后来大家又渐渐地好了。"

子忻眼睛一亮,问道:"这么说来病势并未扩散?请问蔡兄这病愈之人究竟吃了什么草药?"

小蔡摇头:"哪里是什么草药?是一种狸猫的肉。听寨子里老一辈的人说,这山上产蛇,山里人爱吃蛇肉,蛇吃多了便会染上这种红斑症。而这山里独产一种狸猫,偏也爱吃蛇,老人说若吃了这种狸猫的肉,便能治愈红斑。我们从未吃过狸猫的肉,想起来都觉恶心。可是死了这么多人,不敢不斗胆一试。便捕了些来,熬成肉汤分食。谁知吃了不久红斑渐退,冤枉死了这么些人。怎么?难道这初安镇的瘟疫就是我们山上的红斑症?"

子忻道:"听你这么说,十之八九。这镇子里有不少子弟与神水寨有瓜葛,或许在山上染了病,回来传给了乡民也未可知。"

小蔡指了指身边的矮个子,道:"我要是早知道就好了。现在你连抓狸猫的人都不用去找。这位是我的兄弟,我们寨子里吃的狸猫全是他一个人抓的。小金,救人要紧,不如你现在就上山抓几只回来救急?"

小金应声而去。众人见苏风沂痊愈有望,皆松了一口气。

苏风沂听了更是精神倍增,笑着道:"奇怪,为什么大家都聚到这里来了?"

郭倾葵道:"因为我们有一件事要办。"

苏风沂道:"一件什么事?"

郭倾葵心知子忻与苏风沂都不是外人,便将小蔡的事说了一遍,说是原打算今晚一起去丁将军的营中劫人。

子忻听罢摇头:"不妥。"

小蔡道:"为什么不妥?"

子忻道:"我跟丁将军打过交道,此人粗暴残忍,却颇谙兵法,军纪亦格外严明。手下有三万人马,不是很好对付。"

小蔡叹道:"你说得不错,不然他也不会这么快就端了神水寨。我们也是走投无路,冒险一试。"

苏风沂道:"为什么不想法子找回失去的饷银?"

唐蘅道:"除去今天,离丁将军交银的期限只剩下了两天。我们却连饷银的边也没摸到。"

苏风沂道:"刚才听蔡大哥说,那十八万两银子还没入山就被劫走了?"

"不错,是在山外他们自己的营地里被劫的。营地里所有的人也死光了。"

"有可能是别的寨子的人抢的。"子忻道,"虽说神水寨是老大,可见钱起心的人应当不少。"

"有一件事很奇怪，"沉默了半晌的沈轻禅忽然道，"那一段时间我们三和镖局也押了同样数目的镖从西往东路经青岭。他们走完了山路的全程，却平安无事。"

"对啊，"唐蘅也道，"抢镖局的银子比抢官府的银子要安全得多。抢劫的人为什么要舍易求难呢？"

苏风沂想了想，问道："轻禅，你可知道三和镖局押的是哪一家的镖吗？"

沈轻禅道："是云梦谷的药银，送往嘉庆的'通源银号'。"

"押镖的人回来之后，可曾说过他们遇到了麻烦？"

"没有。因为镖银很大，我父亲、二哥、三哥都去了。"

苏风沂想说什么，又闭了口。

小蔡道："苏姑娘想到了什么，请说无妨。这里毕竟干系着八十几条人命。虽然离最后的期限只剩下了两天，只要有一线希望，我们也要尽力而为。"

苏风沂浅笑："我只是胡乱猜测，几近荒唐。大家想听吗？"

郭倾葵道："快说吧，别兜圈子啊。"

苏风沂道："有可能这两家都忌惮青岭的山匪，都怕失了银子不好交代，又都知道彼此的银两数目相同。所以就近互兑，谁也不用押着银子冒险从青岭山下通过。"

众人都问："什么叫'就近互兑'？"

"就是两家各派一些人到对方那里，将军饷当作药银押到通源银号，再将药银当作军饷押往西北驻地。这样两边换人不换银，徒手从山下过，自然安全得多。"

小蔡没听明白："可是银子还是被抢了啊！"

苏风沂苦笑，不便说下去。

唐蘅淡淡道："苏姑娘的意思是，被抢的银子不是军饷，而是药银。"

沈轻禅张大口，讶然："什么？有这种事？"

小蔡点点头："这倒可以解释为什么军饷到了山口迟迟不出发。"

苏风沂道："证明也很容易。只要派人到通源银号去拿一个药银的银锭过来，就什么都明白了。"

子忻道："银锭上难道有记号？"

"莫忘了我干的是古董这一行，对历代的银币都有兴趣，"苏风沂得意扬扬，"通常的情况下，银锭上会有很多记号。从藩库出来的银子，多半由同一个银炉熔制，上面打着年月、官吏及工匠姓名。而药银虽不是官府的银子，上面至少也会有银铺及银匠的名号。"

小蔡道："我还是不明白究竟是谁抢了银子。"

苏风沂欲言又止。

唐蘅道："苏姑娘的意思是，如果她猜中了，至少我们终于有了一个线索。"

小蔡与沈轻禅一起道："什么线索？"

唐蘅道："最后见到死去的布库大使和镖兵的，是三和镖局的人。"

沈轻禅的脸色变了变,有些不自在,苏风沂忙道:"诸位,这只是猜测,猜测。"

唐蘅道:"验证起来也容易。只要明早派个人去通源银号拿个银锭看看,就什么都明白了。"

郭倾葵淡淡道:"那就劳驾子忻去一趟吧。我想苏姑娘得留在这里喝狸猫的汤。"

第二日一早子忻飞马去了通源银号,拿回了一个五十两的银锭。那银号原本是云梦谷的产业,药银却早已拆散运往别处,所幸尚有一万两装在鞘内,原封未动。

此时小蔡早已等得心急如焚,忙将银锭捧在手中仔细查看,忽然浑身一颤,扑通一声,在苏风沂面前跪了下来:"苏姑娘,你可是救了这八十五号人的命了!"

只见那银锭的中央有几行阴刻的文字:"两浙藩库饷银壹锭,重伍拾两。布库大使卫东升,银匠杨昆。"

王鹭川在一旁道:"只要将这个银锭交给丁将军,他至少知道神水寨是冤枉的,只怕会立即放掉那八十五个人,再派人查问三和镖局究竟是怎么一回事。"

众人正在心喜中,唐蘅忽然叹道:"这银锭只怕很难交到丁将军的手上。"

门外忽然传来杂乱的脚步声。

小屋的后面有个巨大的庭院。当中一个六角井台,四周密密麻麻地种着一人多高的葵花。

沈轻禅一眼看见井台上坐着一个提着刀的老人,惊呼一声,冲了出去,道:"爹爹,您怎么在这里?"

沈泰淡淡地看了她一眼,眼神空洞,少了以往的慈爱:"轻儿,你站在哪一边?"

沈轻禅不由自主地退了两步,退到门口,颤声道:"爹爹,难道是咱们……咱们镖局劫的军饷?"

"我们也是被逼无奈,"沈泰冷冷地打量了她一眼,"原本和卫大人谈好了就近互兑,不料就在互兑的前一天晚上,有人神不知鬼不觉地劫了我们的镖银。那么大一笔银子,我们实在赔不起,且镖局的面子也没法搁。"

沈轻禅道:"是谁劫了我们的镖银?"

沈泰的目光掠过女儿焦急的脸,落在唐蘅的身上:"你父亲也来了,想必是为了同一件事,不是吗?"

唐蘅淡淡地看了他一眼,道:"不错,唐门也在找这笔银子。"

"这不是唐大先生的意思吧?"沈泰冷笑,"唐门欠了一屁股的债,他立功心切,自然指使手下人在江湖明争暗抢。"

"最先发现此事的人是唐隐僧,唐门以前的财务总管。他人老心不老,很快从他以前手下人的闲聊中发现有大笔银子进账,一向紧张的财务忽然宽松了。他向唐大提及此事,要求派人查账,"唐蘅缓缓地道,"不料却被唐洹抢先下了毒手。"

沈泰冷哼一声,道:"若不是唐门下毒,我们岂能轻易着道?那天我们整队人马都昏睡了过去,醒来之后,镖银已不翼而飞。"

猛然想起了什么,沈轻禅飞身入屋,拉着小蔡小声问道:"倾葵呢?为什么我早饭回来就没看见他?"

小蔡一脸疑惑:"不是你差人送来一只戒指将他叫走的吗?倾葵还说只怕你已遇到了他的大哥。谁是他大哥?"

沈轻禅脸色陡然一变,嘎声道:"什么?我只是出去吃了点东西,并没差人叫过他呀!"

见她如此着急,小蔡更加摸不着头脑,指了指她的手,道:"可是,为什么别人的手里会有你的这只戒指?"

沈轻禅咬了咬牙,忽觉浑身发寒:"这戒指是我母亲给我的,共有一对,另一只在她的手上。"

后门的泥地上忽然"砰"地一响,沈空禅将一只长长的麻袋扔在地上,发出沉闷的声音。他将麻袋的底端用力一提,从里面软绵绵地滚出一个人来!

唐蘅往那人身上一看,不觉怒气冲天,将拳头捏得咯咯直响。

那人的身材原本高大,如今却缩成一团。身上的每一块骨头都被敲碎、折断。他面无人色,浑身血污,众人只能从他脸上胡须的形状勉强判断这个人就是郭倾葵。

沈空禅用脚将地上的人猛地一踢,冲着空中叫道:"郭倾竹!你出来!你出来呀!郭倾葵就在这里!你还不过来替你弟弟收尸?"

他发狂般地连叫了好几声,脚下的人静静地卧着,一动不动。虽被人沉重地一踢,整个身子竟毫无反应。沈空禅低下头,发现沈轻禅不知不觉已走到了他的面前。

她步伐僵硬,神色可怖,那一脚好像踢在了她的心上。

"七妹,你是不是想听见他骨头碎裂的声音?"沈空禅冷笑,"你听不到,因为他的每一根骨头都已碎了。"

她对他毫不理睬,继续向前走,一直走到郭倾葵的面前,轻轻蹲下身去,抚摸了一下他的鼻尖。他的呼吸已然停顿。

她跪了下来,将他蜷起的身子挪动了一下,让他拧成一团的肢体舒展开来。就像妻子看见丈夫的睡姿不稳,轻轻地帮他翻了个身子那般。然后,轻轻地吻了吻他的额头,喃喃地道:"倾葵,这样你舒服些吗?"

"用不着对他那么好,"沈空禅道,"他已经死了。"

沈轻禅扭过头去,冷冷地看了他一眼,没有回答。就在这一瞬间,她的食指微动,"锵"的一声,紫光一闪,整个人飞舞起来,顷刻间一团剑光已将沈空禅团团裹住。

那是她在江湖上的成名绝杀"蜻蜓十九式",她从未想过会有一天将它用在自己亲人的身上。

她嘲笑过郭倾竹,觉得此人终生为仇恨所累,十分不值。毕竟人生还有很多美好的事情。

　　如今，她忽然明白了郭倾竹的感受，那种亲眼看见亲人被折磨至死的痛，不可忘却，也无法宽恕！

　　"住手！胡闹！"沈泰大吼一声，"轻禅，这是你亲哥，你连自家人也不放过？"

　　她没有住手，反而越斗越勇，像真正的高手那样沉着冷静。

　　"实话告诉你，动手踩断他骨头的那个人是我。"沈泰沉声道，"郭倾竹杀了我两个儿子，你说说看，我有没有资格这么做？"

　　她心口一痛，忽然收回剑，不敢相信自己的耳朵："爹爹，是你？原来是你！"

　　父亲一直是爱她宠她的。从小到大，她一直以为无论自己想要什么，父亲都会同意，都会答应。父亲会对母亲板脸，会对哥哥们咆哮，只有她才是父亲的掌上明珠。

　　"还是你妈妈出的主意好，这世上只有母亲最懂得女儿的心思。"父亲又恢复了往日的慈爱，"轻儿，等我们杀光了这些人，三和镖局就没事了。你快去替爹爹将那个银锭拿过来。唉，你们这些年轻人真聪明，互兑的事情都能被你们猜出来。与官银互兑，我们倒没什么，卫大夫可是担了不少责任，这在朝中是非法的。事情若捅了出去，大家都脱不了干系。三和镖局也会跟着完蛋。爹爹知道你喜欢郭倾葵，可天下的好男人多的是，放心吧，爹爹将来定给你找个好夫婿！"

　　听了这话，她泣不成声："爹爹，倾葵他没杀过我哥哥。您……您放过他吧！他快要死了啊！"

　　众人一听，更觉心酸。郭倾葵看上去已死去多时，沈轻禅方才还清醒，现在却已神思混乱了。

　　"他早已经死了！"看着女儿在这要紧关头，仍是没完没了地胡搅蛮缠，沈泰的口气已有些不耐烦，"郭倾竹就在附近，你知道吗？刚才我们在半路上还交过手。你看爹爹的脸，还给他划了一道！也许他就在某棵树上看着我们。老二，拿刀来，将郭倾葵砍成八块，我看看郭倾竹他来不来！"他抚着脸上的一道剑伤，接过老二递过来的刀，习惯性地用脚踢了踢地上的人。

　　沈轻禅的心猛然一缩，仿佛被刀剜去一般，忽将父亲猛地一推，尖呼："别碰他！"

　　"轻儿，你对爹爹也敢动粗？"沈泰怒形于色，喝道，"大胆！放肆！"

　　说罢举起刀便要往下砍。就在此时，他的身子忽地一软，一张脸扭曲了，他回过头，吃惊地看了看女儿，又看了看自己的胸口。鲜血从胸间迸出，一把匕首直插心脏。

　　"你……你……"

　　他的嗓门咯咯地响了几下，说不出话，胸口仿佛为千斤巨石所压。他挣扎着向前走了一步，沈空禅抢过去想扶住他，他却一头栽倒在地。

　　"你……你杀了爹爹！"沈空禅嘶声道，指着她的手不住地颤抖。

　　他说的话她根本没听见，脸色苍白地俯下身去，抱起了郭倾葵的尸首，茫然地向前走。

不知走了多久，沈轻禅看见前面有一个山坡，一个黑衣人默默地站在坡顶，阳光正照着他背上的长剑。

她继续往前走，黑衣人忽然道："站住。"

她停下来，凄然一笑："郭倾竹，你为什么还不动手？"

他的眸子是青灰色的，看着她的神情隐含着悲伤。

"你想带他去哪里？"他道，"我送你。"

院子里除了沈家兄弟，还有他们请来的七位帮手。那七人面相陌生，兵器各异，却全都身法轻灵，动作敏捷，一看就是外门兵器的佼佼者，尤以其中使流星锤的瘦高个子最为力大，似乎是他们的首领。

而屋子里只剩下了小蔡、唐蘅、子忻、王鹭川、苏风沂五个人。小金上山猎猫，小蔡武功已废，苏风沂虽饮下了药汤，身子仍然虚弱，真正能上去搏斗的只有唐蘅、子忻、王鹭川三个。

小蔡正要抽出银刀，唐蘅将他一把按住："你别去，我们先上。我们都是光棍，你有儿子。"

小蔡腮帮子一拧，道："我若出了事，请你告诉我儿子，就说爹爹很爱他，然后告诉我的兄弟们，就说我已尽了力。"

他推开门，第一个冲了出去，还没摆开架式，便听得"当"地一响，脑瓜已被突然飞来的流星锤击了个正着。顿时脑浆四溢，倒地而亡。众人已红了眼，操起家伙杀进后院。眼见着第二锤又到了，子忻眼疾手快地拾起一把扫帚从中一搅，那锤快如流星，在半空中变了个方向，竟向瘦高个子砸了回去。瘦高个子手臂一甩，身子一闪，正要让开，唐蘅的刀已赶到了。

"我不喜欢杀人！"见刀尖上一团血污，瘦高个子应声倒下，唐蘅不由得大声嚷起来。

"这人不是你杀的。"忽有一个声音冷冷地道。

他回头一看，见唐苘不知何时站在他身后，正与另一个使长枪的白衣人缠斗。原来那院子虽大，四个人却越打越拢，最后竟像一丛蘑菇似的挤在了一起，唐苘趁机一刀捅过去，替唐蘅杀了瘦高个子。

"我可不买这个人情！"唐蘅恨恨地道，又想起了自己的头发，"你赔我头发！"

"说过多少遍，我不知道那参汤你喝了会掉头发。"唐苘追着白衣人到了屋顶，一边打一边辩解，"我的头发无论喝多少参汤都不会掉！不信我喝给你看。"

"你现在长大了，当然不掉了！"唐蘅也追到屋顶，反手一刀，将白衣人砍倒，"人情我还了。"

原来唐蘅练的是当年何潜刀的刀法，而唐苘练的则是唐隐刀的刀法。唐潜一直期望两个儿子能有一天双刀合璧，重现当年"唐氏双刀"的威力。偏偏这对兄弟多年不睦，从未有过联手抗敌的机会。如今终于走到了一起，双刀合璧果然威力大增，眨眼间又砍伤了两个人。

"爹爹呢？"打到一半，唐蘅问道。

"还在客栈里等着我们。我要他休息，这种事，哪犯得着他出面？有我们俩就行了。"唐苇那张百年严肃的脸，忽然向他笑了笑。

唐蘅故意板着脸，不理他。这还是十年来兄弟俩第一次讲话。

"小时候的事情就让它过去吧！毕竟咱们都长大了，还有比头发更重要的事情要做，对不对？"唐苇决定拿出大哥的气量，却还是死不认错。

唐蘅打得正欢，听了这话，忽然把刀一抽，扭头就走。

唐苇忙道："我错了！这世上没什么事比头发更重要！"

"这还差不多！"

正当唐苇、唐蘅与那七个外门兵器的人搏斗时，沈家的老二、老三和老六正骑马尾随着抱着银锭狂奔的苏风沂。

她刚喝过唐蘅做的狸猫汤。虽然唐蘅一再声称自己长于烹饪，保证烹出"十足的野味"，她喝了两口还是直犯恶心。见沈氏兄弟与子忻、鹭川苦苦缠斗，便抢过银锭，飞身上马，向青岭山上奔去。

山坡越来越陡，她只好将银锭拴在腰上，弃了马，手脚并用地往上爬。

一个人如果抱着五十两银锭爬山，自然会很累。她爬到一个山顶，回头一看，沈空禅和沈通禅就在离自己不远处。心中一惊，再往四面一看，方知自己爬错了地方。

那山头看似不高，其实下临绝谷，深不可测。数只巨大的老鹰在空中悠闲地滑翔。

等她再回头时，一只手已抓住了她的头发，将她的身子向后一扯，手脚麻利地反捆住了她的双手。那人看上去很陌生，长相却与沈空禅十分相似，只是年纪小得多。

沈通禅。

苏风沂早就听说沈家老六年纪最小，心却最毒，性好虐杀，走镖时略不顺心便大开杀戒，所到之处血肉横飞，连沈轻禅都不愿意搭理他。

沈通禅一把夺过她手中的银锭，狞笑："你这丫头真会挑死的地方。知道吗，这谷里的老鹰凶猛异常，专啄人眼珠子。等会儿我将你吊下去，你只管惨叫，你下面的朋友听见了，便会乖乖地上来，和我们决一死战！"

原来沈家三人对唐氏兄弟和王鹭川颇为忌讳。因不识子忻，倒并不怕他。

见沈空禅正与王鹭川苦斗，而子忻在山下亦拦住了沈听禅。沈通禅略一盘算，计上心来，从包袱中拿出一根粗绳套在苏风沂的颈子上，打算将她吊到悬崖上喂鹰。

见沈老六不断地将自己往悬崖上推，而山谷中的鹰声躁动不安，苏风沂忍不住尖声大叫。

那一刻，她的脚尖已踢到了崖壁，几块石头从崖上滚落，半晌听不见落地之声。

"救命啊!"

"阿凤!"

她看见王鹭川冲了上来,他的手也被捆住了。

"替我看着他,我下去接应二哥!"沈空禅道。

"原来是英雄救美!"沈通禅拍了拍手,"总之是个死,我给两位一个机会,由你们自行决定谁先喂老鹰,怎么样?"

苏风沂"呸"了一声,怒斥:"既然绳子已在我身上,你何不干脆一把将我推下去?"

沈通禅还未答话,王鹭川忽道:"沈兄,这种事一向是男人当先,这当英雄的机会,还请你让给我。"

"这话我爱听。"沈通禅"嗯"了一声,说罢便将苏风沂身上的绳索一解,往王鹭川的颈上一套。

苏风沂顿时惊惶不安:"不!鹭川!你疯了吗?别替我死!我一点也不爱你!"她放声大哭,"让我死!让我死!"

"阿凤别怕,子忻就在山下,他很快就能上来救你了。"

"不不不,我不要你当英雄,我不许你当英雄,呜呜呜……你这个时候当什么英雄啊,你真笨哪!"她胸口沉闷,泣不成声,"我不爱你,一点也不爱你,你不要为我死!"

王鹭川已站到了崖边,向她笑笑,道:"傻孩子,我从小就喜欢你啊。虽然没法让你爱上我,至少我能爱你,我能!"

这是王鹭川的最后一句话,然后他就从她面前消失了。

苏风沂恐惧地看着那绳索晃动了几下,紧接着,一片骚动的鹰声。

她浑身发抖,不停地发抖,泪水模糊了她的眼睛,她不知道自己抖了多久,忽然一只温暖的手放在她的肩上,替她解开了绳索。她睁开眼,看见了子忻,他一身的血污,手臂上都是伤痕,但他的脸上却是欣喜之色。他捧着她的脸,笑道:"你还活着!"

她的脸是冰凉的,不知道子忻一个人在山下好不容易杀了沈听禅,又与赶过来的沈三、沈六殊死搏斗,几乎失掉了性命,她大声道:"为什么?为什么你来得这么晚?"

子忻愣了愣,不明白她说的是什么。

"鹭川死了!"她指着悬崖哭道。

子忻惊道:"什么?他……他……"

他冲到崖边将那仍在晃荡的绳索拉上来,看见的却是一具惨不忍睹的尸体,忙将自己的衣裳脱下掩在尸身上。

死去的人体无完肤,已被老鹰几近分食。

"我要看他,我要看他最后一眼!"苏风沂扑过去,企图拉开那件衣裳,子忻一把死死地按住,道:"别看。"

"为什么我不能看？"她呜咽，"我连看看他的胆子也没有吗？"

苏风沂轻轻揭开衣裳，看了一眼他的脸，连忙闭上眼睛，用衣裳重新掩住。

就在这当儿，她的眼神滑落到了他的手上。那手掌血肉模糊，当中却紧紧地握着一朵嫩黄的雏菊。她伤心欲绝，眼泪簌簌地落下来。

他们就把王鹭川葬在了那个悬崖上。

"鹭川，我会经常来看你的。"苏风沂将一把雏菊放到墓边，轻轻地道。

唐蘅与子忻站在她的身后，默默不语。

她拭了拭泪，戴上斗笠，背上包袱，道："我们就在这里分手吧。"

子忻看着她，良久，轻轻请求："风沂，跟我一起走。"

她摇摇头，道："不。"

子忻迟疑了一下，想告诉她自己要去哪里。她没有问。

她没有问，他就没有说。

"轻禅好些了吗？"苏风沂避开他的脸，扭过头去问唐蘅。

葬了郭倾葵，沈轻禅郁郁寡欢，一直住在唐蘅的院子里，由唐蘅照顾着她。

"好多了。"

他们在山下分手，远远地看见一个人策马孤零零地站在山道的中央。

"郭倾竹？"

唐蘅注视他良久，忽然问道："这人的身上为什么背着五只小罐子？"

子忻道："我问过他。他说里面装的是祭品。他已搜集了仇人的五脏，祭书上说，如果将它们抛到九泉，这份仇恨就可以了结。"

唐蘅道："这世上真的有九泉这个地方？"

"他也问过我这个问题。还说我跑的地方多，可能会知道。我告诉他，九泉在昆仑山下。"

苏风沂瞪大眼睛问道："真的？我怎么没听说过？"

子忻道："我随口编的。"

第二十四章

尾声

自与子忻分手后,对苏风沂而言,子忻便从这个世界上消失了。

细想下来,她与这人相处的时间实在有限。就算加上六年前的那四天,也还不到二十天。她与子忻,既谈不上"白首如新",也算不上"倾盖如故"。她不知道他的年岁籍贯,甚至连"姚仁"这个名字也不知是真是假。他们之间也许有那么一两次温馨的时刻,却全淹没在争吵之中。

她知道子忻从不念旧,从不打算记住曾经交往过的人。这二十几天发生的事,对于他漫长的江湖生涯也算不上是什么大的风波。

而她选择了分手,就选择了忘掉他。实际上,在后来的日子里她独自谋生,生活变得格外忙碌,每天要操心的事情多如牛毛,夜晚上床倒头就睡,回忆往事只在茶余饭后,且渐渐成了奢侈。

她留在了嘉庆,在城内的古玩店里做了三年的鉴师,积攒了本钱,便开了一家小小的古玩店。

她一向认为自己不会做生意,不料只干了一年,便在同行中声名鹊起。人们介绍她都会说:"苏姑娘,苏庆丰老爷子的千金。"

其实认识她的人都知道,她与老爷子从不往来,只有临终的那一天去看过他一次。

老先生对这个女儿十分不满,却知道这个家里只有她一个人真正能继承他的遗学。只有苏风沂可以继续经营苏家丰厚的藏品,为他们赚回大笔银子。虽然她"偷"了他的家学,但说到底毕竟是他的女儿。

"方总管的儿子方家华很好,人老实,也有出息,你听了我的话,嫁给他吧。"临终时他握着女儿的手,喃喃地道,"你年纪太大,不然我会替你找个更好的人家。"

"嫁给他我就永远留在了苏家,这正是您的心愿吧?"苏风沂坐在床边,嗓音平淡。

"是啊。有你打理藏真阁，我就完全放心了。你那几个哥哥，咳咳，不中用啊。"他不断地咳嗽，末了，竟伸出一只干枯的手，摸了摸她的手。

她曾经多么渴望这只手能像这样时时地安慰她，安慰她的母亲。在她的记忆里，二十几年来这还是父亲第一次对她这么温暖，这么和蔼。

太迟了。每当她试图说服自己去爱父亲，总被他话音背后的寒冷冻伤。他利用她的时候是那样赤裸裸，一点也不怕让她知道。好像在说，你为这个家、这几个哥哥的牺牲是天经地义的。她与父亲合谋着出卖着自己。

"答应我，嫁给他，不然……我是无法咽气的。"临死前的痛苦终于没有放过他，他面部可怕地抽动起来，他可怜又勉强地挤出一个笑容。

苏风沂有些心碎，为自己竟然看到了这一刻。父亲在自己的最后时光，竟也没有想到要放过自己的女儿。

她抽回了自己的手，冷冷地道："不，我不答应。"

那天夜里，父亲去世了。几个哥哥为争夺遗产斯文丧尽，大打出手。文质彬彬的外表下面，野蛮的灵魂再次狰狞出现。她收拾了自己的衣物，在争吵声中悄悄离去。

这么大的家，谁也没有注意到她的来、她的走。

每隔数月她会去看望王鹭川的父母，去安慰这两个伤心欲绝的老人。第一次去见他们的时候，她双腿发软。要不是她那么任性地逃婚，鹭川现在只怕还好好地活着。老人的情绪倒还平静，告辞的时候他们送给她一个信封，里面装着一个房契。

"鹭川曾托人带回口信，说是要我们找出怡春县老宅的房契。他想把它当作新婚的礼物送给你，"老人凄然一笑，"他说房子里有你喜欢的东西。"

她再次心痛。

"我能爱你。"

是啊，他没有得到她的爱，但至少他能爱，他尽力地爱过了。

她没有接受那张房契，却帮他父母开掘了下面的宝藏。

"这些珍贵的古董可以作为传家之宝。"她一件一件地向他们展示从地底下挖出的铜器、玉饰、漆盘、黄金……

为了不让她难过，老人们不断地笑，笑容却很敷衍。

她忘了鹭川是这个家四代单传的独子。虽有传家之宝，却无人可传。

每年初夏鹭川的忌日，苏风沂都会去一趟青岭。

清晨出发，午后即到。从山下徒步走到山顶，沿路采上一大把雏菊。等她走到坟前，却发现坟头上已放着一把鲜黄的雏菊。坟前的杂草已被除尽，雨水冲走的砖块重新拾了回来。墓已被人细心地打扫过了。

地上散落着零零星星的纸灰。

她知道就在这一天的上午,子忻来过。她感到一丝安慰。

她知道子忻会很快忘记她,就像她第二次见到他时,他已完全不记得六年前在东塘镇的女孩一样。他们之间没发生过刻骨铭心的事,就是亲吻也是在争吵之后。她知道自己不是个理想的女人,而且对她来说,理想的女人与女人的理想永远不是一回事。

毕竟他还记得鹭川。她点起香火,坐在坟边,怅然地回忆着那一年的往事。

次年的同一日,苏风沂再次来到坟前。坟前依然放着把雏菊。他们又错过了。

第三年的时候,她特地起了个大早,赶到青岭山时太阳刚刚升起。她弃马上山,觉察到自己的脚步是如此轻快。实际上从头一天晚上开始她就很兴奋,几乎一夜未眠。她会见到子忻吗?几年过去了,他会变成什么样子?他还认得她吗?

等到了山顶的墓前,她失望了。她又看见一把雏菊,看见坟地像以往那样被人细心地打扫过了。他刚刚离去,雏菊上残留着初晨的露水。

她这才意识到子忻并不知道她也会来扫墓。放在墓上的花朵和香纸过不了几天就会被夏天的暴雨冲洗得一干二净。坟上砖块会被雨水冲开,墓顶将重新长满杂草。第二年子忻再来时,这里又变成了一块荒凉的野地。

苏风沂不知道自己期待什么。如果她期待子忻,当年何必拒绝他?如果不期待子忻,自己又为何如此兴奋,如此失望?

她并不知道此时的子忻正在遥远的西北丁将军的帐下做着一名医官。那里战事频仍,他在战场上治疗伤兵,见识了各种各样的伤口。

人们说这个江湖郎中不仅医术高明,且有一股天生的痴性,在治伤或手术时聚精会神,以至于多次被敌军捕获,又被丁将军要么以俘虏交换,要么干脆亲自带一队人马夺了回来。

谁也弄不清生性残暴的丁将军为什么会这么喜欢这个医官,竟允许他每年在初夏时节独自回南方为朋友扫墓。

这个医官非常守信。他只身穿过马贼出没的沙漠,越过大川巨河,千里迢迢地来到朋友的墓前,只在坟头停留不到半个时辰就回马返程。而来回花在路上的时间却足有五个多月。

他仍然不断地写书,不断地与父亲争论。杏林上的同仁们公认,想要完全读懂慕容无风必须借助慕容子忻的注本。而慕容子忻则习惯于在小注上挑战慕容无风的观点。因此,看完了子忻的注,人们又会对慕容无风的书产生怀疑,不知道这父子俩究竟谁说得更有道理。

"我父亲和我的说法都没错,只不过我的更精确。"这是子忻的解释。

据说这话传到慕容无风的耳朵里让他大为恼火。子忻难得看望一次父亲,而父子俩每见一面必然大吵。为了医书中的某个小注,两人会争得面红耳赤、通宵不睡。

又这样过去了两年。苏风沂决心不再刻意地去见子忻。

她仍然去扫墓,仍然是清晨出发,午后方到。到时必然看见一把鲜黄的雏菊。她仍然没有碰到过子忻。

在这期间她又逃过两次婚。最后一次她想嫁的人是一个温和的古董商人,她的同行,有学问、人品好,在业界颇有口碑。可是就在成亲的前一天,她还是逃掉了。

一想到在新婚之夜将要面对那个男人,恐惧再次攫住了她。她以为自己可以克服这种恐惧,随着时日临近,她却像以往那样坐立不安。渐渐地,情况越来越严重,她心绪烦乱,胸闷气塞,彻夜难眠,心跳如狂。最后只好逃走了事。

唐蔺抱怨说,他白替她缝了两套绝美的嫁衣。

"做衣裳是要花心血的,拜托你认真一点好不好?"

那时唐蔺已回到了唐门。唐门虽离嘉庆不远,以他懒散的性情,几年也不见苏风沂一次。只是每次听说她的婚讯,便会遣人送来一套亲手缝制的婚服。

最后一次逃婚时苏风沂无处可避,便逃到了唐门。她找到唐蔺时才惊奇地发现,唐蔺不仅成了亲,而且已经是一位年轻的父亲了。

"你一定想不到吧?"唐蔺亲自下厨,给她做了一大桌菜。

"什么时候可以见到你的夫人?"她拿眼在房中扫来扫去,寻找蛛丝马迹。

"她带着儿子到江边散步去了,这就回来。"

她"哦"了一声,有些激动。唐蔺都能改变,还有什么不能改变的呢?

"你为什么看上去一点也不高兴?"见她一脸愁容,唐蔺问道。

"是你父亲逼你成婚吗?"她小声问。

"没有的事。我自愿的。"

"我不相信。"

"你看,她来了。"唐蔺指着门外。

顺着他的手指苏风沂看见了一个身段绝美的女子,牵着个四五岁的男孩正款款地从月洞门外走了进来。等明白这个人就是沈轻禅的时候,她惊讶得连"恭喜"两个字也忘了说。

"你想不到?"沈轻禅微笑,"阿蔺昨天还说,要我们躲起来,好好吓你一跳呢。"

她神态自若,比往日更加丰满白皙。而那男孩的皮肤却有些黑,形貌与唐蔺大异。

"别误会,他是倾葵的儿子。阿蔺见我们母子二人孤单,便收留了我们。"

"反正我父亲也盼着我成亲,呵呵。"唐蔺淡笑,"一举两得。"

不知为什么,一看见唐蔺,苏风沂忽然想起了子忻。

她一直拒绝承认自己想念他。然而想念不请自来,且越来越浓,越来越执着,以至于鹭川的忌日成了她一年中最盼望的一天。

她一定要见到那把雏菊,那一年才能过得安稳。这种想法没来由、很荒唐,却开始日夜地折磨起她来。

第六年的忌日苏风沂提前一天赶到了青岭。

坟地已被一片荒草埋没,狼迹纵横,狐穴四布。她拿着把小锄,跪在地上,认认真真地收拾起来:拔掉杂草,清洗墓碑,拾回砖块,将塌陷的坟头重新垒起。然后,她点起香火,将一把鲜艳夺目的雏菊插进花瓶里。

她深深地怀念着一个人,同时又在等待另一个。直到死后,鹭川还在帮她。他的墓地,成了她唯一可能见到子忻的地方。

夏夜的山谷格外宁静。她幕天席地,躺在坟边。夜空星辰森冷,闪烁着孤独的光芒。到了夜半,能听见蝙蝠从头顶迅疾地掠过,在半空中打个急转,冲向山崖。

她望着坟前香头的三个红点,默默地祈祷。

从夜半等到清晨,又从清晨等到黄昏,树林中的每一次响动都让她激动。

等她明白过来,那只不过是风吹木叶的声音,没有雏菊,也没有子忻。

她以为他车马不顺,耽搁了,便到初安镇找了家客栈一口气住了十天。

每日清晨,她都在坟边守候。子忻还是没有出现。

她在坟头留下了一个牛皮小袋,里面写上自己的住址,请子忻见信后一定来找她。然后,她失魂落魄地回到了嘉庆。

接下来的日子里,苏风沂幻想夜半会突然听见敲门声。

敲门声从未出现。

三个月过去了,没有子忻的任何消息。

也许子忻收到了那封信,却根本不想见她;也许他在某地安家落户,不再游荡;也许他已找了自己的所爱,娶妻生子……

也许,无数的也许。

也许他出了什么事,已经不在这世上了。

她开始生活在越来越多的可能当中,被无数的可能折磨着。

那一年格外漫长。

她开始拼命地吃东西,变得越来越胖。到了年终,所有的衣服都不能穿了。

她埋首于生意,将自己弄得很忙碌。她挣了很多钱,又胡乱地花钱。

快到新年的时候,她决定不再想子忻这件事,打算将他永远地忘掉。她不能让这个根本找不到的人耽误了自己,更不能让这种没有着落的思念凭空旋转。

她还要生活,日子还要过下去,她的脑子不能时时出神,夜夜发胀。

忘掉他吧!如果鹭川能爱,她也能忘!不是吗?她是个勇敢的女人,绝不会为无所寄托的情感耗尽此生。

下定决心之后,她感到一阵轻松。这是她一贯的作风,摆布不了一件事,她便摆布自己的脑子。想法总比生活更容易翻转。为什么一定要是子忻呢?他性情孤僻,脾气古怪，身体孱弱，一穷二白。苏家若是知道她嫁了这样一个男人，不笑死她才怪！毕竟她也是名门的千金。她决定新年过后便去联络那位古董界的同行。逃婚之后那人居然大度地和她保持着君子之交，仍然时时来看望她，每个新年都送礼物。他们仍然是好友，在生意上仍然互有往来。记得有一次，为了一笔关系自己小店生死存亡的买卖，她厚颜无耻地找过这个人，要他帮忙："仁义不成生意在嘛！"

"你还肯嫁给我吗？"那人也不死心。

"不。"她断然拒绝。

"好吧。"他长吁短叹，还是尽力帮了她。

她一直觉得这人不坏，为了那一次，就更感激他了。

无论怕与不怕，她一定要再试一次。

下定决心之后，苏风沂给唐蘅写了一封信，寒暄之后她请求他给自己再做一套嫁衣，因为这一年，她"一定要把自己嫁出去"，且向他保证这是他为她做的最后一次嫁衣。

接到信后，唐蘅突然跑来看她。

那是个大年初三。唐蘅说，他们有几年不见，他得亲自过来量一下她的尺寸。

她一向对唐蘅无所隐瞒，于是对他讲了自己的烦恼。

听了之后唐蘅问道："你为什么不去找他？"

"我怎么知道他的下落？"

"你为什么不来问我？"

她张口结舌："你？……你知道？"

"我虽然不知道，但有一个人一定知道。"

"谁一定知道？"

"他父亲。"

苏风沂这才知道子忻的父亲就是慕容无风，闻名天下的神医。云梦谷富可敌国，他既是神医的衣钵传人，也是这个家族唯一的继承人。

听到这个消息，她的心情由兴奋转成了沮丧。她不愿意知道他的身份，宁可相信自己爱着的那个人是个地地道道的江湖郎中。

"他是个地地道道的江湖郎中。"唐蘅道，"据我所知，除了江湖郎中，子忻没干过别的职业。"

"可是，我若去见他，他还会记得我吗？"苏风沂叹了口气，"毕竟都过了六年了。"

"难说，"唐蘅一个劲儿地摇头，"若是去年你去见他，只怕他还认得出来。你现在的样子，就是我见了，也要认上半天。"

她苦笑着打量着自己。镜中的她胖了足足三圈，脸又大又圆，厚眼皮，双下巴，走起路来气喘吁吁，戴上围裙活像一个厨房里干活的大嫂。

风雪中苏风沂来到神农镇,却怎么也鼓不起勇气进云梦谷。

六年过去了,她与这个人毫无联系,不知生死。就算要见他,也找不到合适的理由。

何况,就算找到了子忻又该怎样?嫁给他吗?逃了那么多次婚之后,她能面对子忻吗?她能保证在嫁给他的那一天不再逃走吗?还有,子忻还记得她吗?还会喜欢她吗?

毕竟,子忻从没有说过自己喜欢她啊。

好吧,苏风沂,你又自作多情了。她对自己暗笑。

所以,好不容易来到云梦谷的门口,她想了又想,对着大门长叹一声,吩咐车夫掉头而去。

她在神农镇里随便找了间客栈住了下来。在饭馆里吃饭时忽然想到,既然神医慕容这么有名,就在这镇子里打听子忻的下落怕也不难。她叫住了小二,向他询问。

"姑娘问的是慕容先生的公子啊,知道知道。以前他一直在外游荡,去年忽然受了伤,所以回谷住了半年。"

她这才知道这几年子忻一直在西北丁将军的手下做医官。在一次战事中左臂为流矢所伤,因军中只有他一位大夫,医务繁忙,无暇护理,致使创口炎症并发,延及全身。丁将军见他病势沉重,痊愈无望,便派一队人马千里迢迢将他送回了云梦谷。虽在父亲悉心照料下渐渐康复,子忻的左臂却因经脉受伤,治疗延迟,留下遗症,至今举动麻木,甚不灵便。据说,病前子忻一直用这只手拿脉,受伤之后,他已无法替人手术。

"这位公子脾气甚是古怪,自十六岁出谷做起了郎中,便从没要过他父亲一分钱,到现在也是这样。"小二道。

"那他……还住在谷里吗?"

"身子一好就搬出来了。他住在另一个镇子里。你说怪不怪,他既不行医,也不开馆授徒,竟跑到寺庙里以替人抄经为生。一千字才挣五个铜板,竟还抄得乐此不疲。那寺里的方丈说,他写得一手清秀的灵飞小楷,交回去的稿子从无错字。有一回有人发现他漏抄了一个字,便跟他说算了没关系,补一个字在旁边就可以了。他竟不依,将稿子讨回来工工整整地重抄了一遍。连方丈都说,这样的人打着灯笼也难找,给这么少的工钱,还干得这么一丝不苟。"

"可是,这么一点钱他够生活吗?"脑子里一浮出子忻那张苍白顽固的脸,苏风沂知道他就是这么一个人——宁肯饿死也要将原则坚持到底——不禁急出一脑门的冷汗来。

"他住在一间小房子里,只有一床一桌加一个条凳,终日都吃便宜的面条。连他父亲看了都难过。唉,也不知中了什么邪,他家那么有钱……他犯得着吃这份苦吗?"

苏风沂讶然。子忻还是子忻。他什么也没有变,还是那么令人费解。

"你可知道他住在哪个镇子里?"她终于问道。

"不知道。"小二摇了摇头,见她大失所望,又道,"我替你打听一下。"

他到后堂走了一圈,回来告诉她:"是东塘镇。"

她心中猛然一震,忽然抛下杯子,跳上马,疾驰而去。

天地间飘着无边无际的大雪。那条道路苏风沂十二年前曾经走过,如今大雪中却变得彻底陌生。有好几次她怀疑自己走入岔道,正在走向某个陌生的村落。

路上行人稀少,马蹄奔驰在雪中,溅起串串雪花。黄昏时分,风雪中的小镇如此安谧。橙黄的灯火梦寐般闪烁着,炊烟弥漫,搅乱了漫天的雪气。

北风卷地,严寒刺骨,青石小道已被积雪埋没。勤快的小贩仍在道旁兜售担子里的最后一把青菜,米袋里的最后一斗米。他用颤抖的嗓音吆喝着,不时地将红肿的双手放到口边,用自己的呼吸取暖。

苏风沂沿着街边的招牌一路看过去,它们大小一致,毫无特点,她无法确信哪一间铺子是十二年前他们相遇的地方。最后,她只好随便敲了一间铺子的门,打算向主人询问子忻的住处。

开门的那一刹那,她忽然怔住!她看见了子忻!

子忻也愣了愣,既而向她微微一笑。

苏风沂顿时满脸通红,支支吾吾地看着他。她知道自己变了很多,子忻只怕已不认得门前的这个大胖子女人了。刚要张口,子忻却抢先打了个招呼:"你好,风沂。"

"我……我……你好。"

"外面很冷,进来坐。"他将门拉开一角,等她走进屋内,便将门轻轻合上。

那果然是间很小的屋子,除了最简单必用的几件家具之外,一无所有。可是房子却收拾得很干净,当中一个取暖的火盆,炭火微温,薄薄的窗纸挡不住室外的寒气,他披着一件陈旧的皮袍,手指冻得发青。

子忻给她倒了一杯热茶,却无法递给她。因为他一只手受了伤,另一只手必须扶着手杖。

看得出他很尴尬,她淡淡一笑,从桌上端起茶杯,轻轻地抿了一口。

"我担心你已经不认得我了。"她抬起头,看着他的脸。

这么多年过去了,她还是那样容易被他的脸、被脸上那双遥远而深挚的目光打动。

"怎么会呢?"他凝视着她道,"我永远认得你。"

脸无端地又红了,苏风沂握着茶杯,低头不语。

子忻笑了笑,忽然想起了什么,从地上拾起一个竹筐,道:"你先坐着,我出去买些炭回来。屋里太冷。"

苏风沂连忙站起来,抢过竹筐,道:"我陪你去。"

"不必了,外面下着大雪……"

"我刚从外面进来。"

"好吧。"

子忻走到门边坐下来,拿出一双靴子正打算换上。他的左手很不灵便,穿了半天才穿上一只,她跪下身来,推开他的手,道:"我来吧。"

说罢,不由分说地替他穿上了另一只靴子。

他想说"多谢",又觉得生分,话到了嘴边,没说出口。

出门走在雪地里,他忽然挽住她冰冷的手,问道:"风沂,这些年你过得好吗?"

"挺好的,你呢?"

"也挺好。"

"上马吧,地上很滑。"她牵着马对他道。

"不不不,"子忻立即想起了小湄,此生此世,他绝不再让女人替他牵马了,"集市离这里不远,走着去就可以了。"

她只好陪着他一起走到集市。

在路上子忻一直默默地牵着她的手。她感到他受了伤的左手没有以往那样有力,却仍然温暖,她甚至感到他牵手的样子很无辜,很依赖,像个小孩。子忻还是那样消瘦,却固执地走在前面,替她挡住迎面而来的风雪。

找到一家炭铺,子忻忽然问:"你打算在这里住几天?"

苏风沂生气地停住脚,恶狠狠地盯着他。

"不不不,我不是这个意思。"他连忙解释,"如果你住得短,我就买好一些的炭,少些烟气。如果你住得长,我只好买一般的了。我的银子不多。"

子忻有些紧张,又有些懊恼,怎么一张口就又把她得罪了呢。

苏风沂道:"我住得长,但我也不要烟气。"

子忻看着她,叹气:"风沂,这么多年过去了,你还是这么难伺候。"

苏风沂一下子又跳了起来:"我一点也不难伺候,你才难伺候,你最难伺候了!这些年你到哪儿去了?为什么不小心,又受了这么重的伤?幸亏还留下一条命,不然……不然……我岂不是要到阴曹地府才能找到你?"

他赶紧闭嘴,用手中的银子买了最好的炭,由着苏风沂抱着沉甸甸的竹筐跟着他往回走。

添了炭,火盆的火旺起来,屋子也跟着暖和过来。环堵萧然,想他生活如此清苦,苏风沂不禁有些伤感。

两人默然无言,对视良久。

憧憧的烛影中,她忽然压低嗓门,悄悄地问道:"子忻,你还见过竹殷吗?"

子忻摇摇头："没有。"

的确没有。自他与苏风沂分手的那一天起,竹殷再也没有出现过。

"你不必这么惩罚自己,"她握着他的手,轻轻地道,"这不是你的错。"

子忻的手猛地一抖,道:"我不知道你指的是什么。"

"唐蘅告诉过我小湄的事。"

他不安地看着她,眼中忽现痛苦之色:"不,是我杀了她!……我不该约她出来,我不该学骑马,我不该粗心大意丢失了手杖,——是我害了她,是我杀了她!她还那么小,才十一岁……"

闭上双眼他又看见了小湄,听见了那天的雷声。她倒在地上,黑色的血从脑后蔓延开来……她瞪着大眼看着他,好像不明白发生了什么事。是啊,直到死她都不明白生命原可以这样轻易而偶尔地消失。

——我想睡了,明天再教你……

苏风沂用指甲掐了掐他的手,看着他的眼睛:"所以你选择了放逐,选择了流浪,认为自己不配过好日子,是吗?"

是吗? 他问自己,是这样吗?

每当打定主意去看风沂时,到了最后一刻他都放弃了。他知道自己为什么要回避她。

就像鹭川跟他发过的牢骚,苏风沂这个人,真实得令人倒胃,尖锐得让人难受。而她偏偏目光如电,丝毫不肯放过别人。

他不肯面对自己的内心,因此也不肯面对她。

"这不是你的错!"苏风沂大声地又说了一遍,"请不要让爱你的人也跟着一起受惩罚吧!"

是啊,他有多少年没去看望父亲了? 子悦出事时若有他在身旁,也许不会轻了此生吧?

他脸色苍白地笑了笑,道:"好吧,这不是我的错。"

"那你就原谅了自己吧,"苏风沂坐到他身边,将头歪过来,甜甜蜜蜜地靠着他,"也顺便原谅我。"

子忻有些听不明白:"原谅你什么?"

"凡是你不喜欢我的地方,都得原谅。"

"只要你是你自己,我都喜欢。"

子忻摸了摸她头顶上柔软的长发,然后用竹棒拨了拨盆中的红炭,道:"晚饭想吃什么,我给你做。"

"夫妻肺片、四喜丸子、清炒萝卜。"她毫不客气地开出了菜单。

他站起来,闷头闷脑地走向厨房,走到一半,忽又折回来,在她面前深深地吸了一口气,抬眼看着她道:"风沂,嫁给我吧。"

蓦地,苏风沂的眼红了:"为什么你现在才说啊!"

子忻顿时很紧张:"现在说晚了吗?"

苏风沂瞪大眼睛看着他,半晌,粲然一笑:"不晚,一点也不晚。"

那天夜里,他们终于住在了一起,没有红烛,没有嫁衣。

苏风沂以为自己会害怕,而一切却自然而然地发生了。她这才明白,在子忻面前,那些潜藏多年的恐惧并不存在。如果深爱着一个人,什么恐惧都可以克服。

第三日,子忻到寺庙辞去了抄经的差事。

"哦,"方丈有些惋惜,"是太累了吧?以后你还常来抄,少抄一些就可以了。工钱不变。"

"不不不,"他说,"我成亲了。"

"恭喜啊恭喜!"方丈替他高兴。

"我妻子挣的钱比我多。"子忻笑道,"她说,我可以在家里静心写书,不必抄经了。"

版权合同登记号：图字：11-2018-585 号

图书在版编目(CIP)数据

迷神记 / 施定柔著. —杭州：浙江文艺出版社，
2019.2
ISBN 978-7-5339-5459-8

Ⅰ. ①迷… Ⅱ. ①施… Ⅲ. ①长篇小说—中国—当代
Ⅳ. ①I247.5

中国版本图书馆CIP 数据核字(2018)第 251208 号

选题策划　柳明晔
责任编辑　关俊红　王晶琳
装帧设计　嫁衣工舍
内文设计　吕翡翠
责任校对　许龙桃
责任印制　吴春娟

迷神记
施定柔　著

出版　浙江文艺出版社
网址　www.zjwycbs.cn
经销　浙江省新华书店集团有限公司
制版　浙江新华图文制作有限公司
印刷　杭州广育多莉印刷有限公司
开本　710 毫米×1000 毫米　1/16
字数　285 千字
印张　13.75
插页　1
版次　2019 年 2 月第 1 版　2019 年 2 月第 1 次印刷
书号　ISBN 978-7-5339-5459-8
定价　39.80 元